Gefangen in
Lucantajo

D1728723

INVICTICON

Originalausgabe, erschienen 2022
1. Auflage

ISBN: 978-3-96937-098-8

Copyright © 2022 LEGIONARION Verlag, Steina
im Förderkreis Literatur e.V.
vertreten durch die Verlagsleitung: Annett Heidecke
Sitz des Vereins: Frankfurt
www.legionarion.de

Text © Uta Pfützner

Coverdesign: © Marta Jakubowska, LEGIONARION Verlag,
nach Vorlage von Anke Donath www.don-arts.de
Umschlagmotiv: © shutterstock 1669687867 / 1740830948
Berg © Anke Donath www.don-arts.de
Kapitelbild + Trenner: © shutterstock 1054600157
Bilder im Text: © Anke Donath www.don-arts.de

Druck: AKT AG, FL-9497 Triesenberg (AgenTisk Huter d.o.o)

Bibliografische Information der Deutschen Nationalbibliothek:
Die Deutsche Nationalbibliothek verzeichnet diese Publikation in der
Deutschen Nationalbibliografie;
detaillierte bibliografische Daten sind im Internet über
http://dnb.d-nb.de abrufbar.

Uta Pfützner

Gefangen in Lucantajo

Das Buch

Liane hat die Nase voll von ihrem bisherigen Leben. Ihr Ehemann ist ein selbstzufriedener Mensch, der sie nicht ernst nimmt und beständig kritisiert. Mit ihrem Chef kommt sie noch weniger zurecht. Eines Tages beschließt sie, diesem Chaos zu entfliehen, um einen Neuanfang zu wagen. Ihr Weg führt sie nach Peru, wo ihre Firma eine neue Zweigstelle eröffnen möchte. Dort bekommt Liane es mit der einflussreichen Mahagoni-Lobby zu tun. Der skrupellose Inhaber der Mahag-Company hat es besonders auf den Waldbestand eines Reservates abgesehen, in dem ein indigener Volksstamm lebt. Doch dieses Reservat birgt ein Geheimnis, mit dem Liane niemals gerechnet hätte.

Die Macht der Gefühle ist etwas, das kein Mensch dieser Erde beherrschen kann. Sie treten aus unserem Unterbewusstsein ans Tageslicht, geleiten uns ehrlicher als Augen und Ohren durch das Leben und behüten uns vor Unheil.

Wir müssen nur lernen, darauf zu vertrauen, dass unser Herz uns den rechten Weg weist.

Für Tanja – Du weißt, warum …

Prolog

Chan Chan, die Hauptstadt der Chimú, nahe der peruanischen Pazifikküste im Jahre 1469 nach Christi Geburt

Sie kommen, mein Gebieter, sie kommen mit unendlich vielen Kriegern! Wir müssen uns wappnen. Der Feind ist nur noch einen Tagesmarsch von unserer Stadt entfernt!«

Blutend, zerrissen und schmutzig kniete der Späher vor Minchancaman, dem wohl größten und wichtigsten König seiner Linie. Eine riesige Streitmacht bedrohte die Hauptstadt. Deren Anführer Túpac Yupanqui schickte sich an, mit der Einnahme der Hauptstadt seinen letzten vernichtenden Schlag auszuführen und das Volk der Chimú endgültig zu besiegen. Der Machthunger des Inka-Herrschers war zu groß, um eine friedliche Koexistenz der beiden Kulturen zu akzeptieren.

Seit mehr als einer Woche belagerten die gegnerischen Truppen nunmehr das einzig verbliebene große Refugium seines Volkes, und sie rückten mit jeder neuen Sonne immer weiter vor. Die kanalartigen Zuläufe, die der Stadt frisches Wasser aus dem Gebirge lieferten, wurden mit Dämmen aus Holz und Steinen unterbrochen. Zusätzlich dessen verdarb man die verbliebenen kleinen Quellen mit faulendem Unrat und Fäkalien, sodass es sehr gefährlich wurde, daraus zu trinken.

Mehr und mehr Menschen, die zum Teil über mehrere Tage hinweg aus dem Umland in die Hauptstadt flüchteten, sammelten sich jetzt in der Nähe seines Palastes und flehten um Aufnahme.

Selbst im prachtvollen Tempel, dem unantastbaren Heiligtum der Großen Göttin, lagerten allerorts jämmerliche Gestalten, mehr tot als lebendig und nur allzu oft schwer verwundet. Manche von ihnen hatte man mit größter Brutalität gefoltert, obschon sie über keinerlei Informationen verfügten.

Die Flüchtlinge lehnten mit dem Rücken an den steinernen Säulen, erschöpft, trauernd und bitterlich weinend. Viele von ihnen hatten Angehörige, Kinder, Eltern und Freunde bei den grausamen Attacken der Feinde verloren. Die Diener der Hohepriesterin schafften es kaum noch, ihre Schützlinge zu versorgen.

Verzweifelt liefen sie von einem zum anderen, um wenigstens denen ein wenig Erleichterung zu verschaffen, die es am schlimmsten getroffen hatte. So verteilten sie Decken, legten reinliche Verbände auf offene Wunden und brachten Essen herbei, wenn dies auch fast ausschließlich aus Früchten bestand. Die Vorratskammern, ohnehin schon nicht im Überfluss gefüllt, leerten sich jetzt zusehends.

Minchancamans frühere Verbündete, die reichen Fürsten im Norden und im noch weiter abgelegenen Hochland, konnten ihm nicht mehr helfen. Sie mussten selbst um das Fortbestehen ihrer Häuser bangen und kämpften vergeblich an allen Grenzen ihrer Ländereien. Somit war es ihnen unmöglich, zusätzliche Einheiten zur Verstärkung nach Chan Chan zu entsenden und die Verteidigung der Hauptstadt zu sichern.

Der König wusste dies, so wie er bereits wusste, dass seine eigenen Armeen der Truppenstärke von Túpac Yupanqui nicht lange standhalten konnten. Der junge Krieger vor ihm, selbst fast noch ein Knabe und kaum fünf Fuß hoch, hatte sein Leben aufs Spiel gesetzt, um die neuerliche Schreckensnachricht nach Chan Chan zu tragen.

Minchancaman ließ dem durstigen Burschen von einer Dienerin einen Krug frischen Wassers reichen. Danach wies er ihn an, sich im Kochhause der Palastwachen gründlich zu stärken und seine müden Glieder anschließend ein wenig auszuruhen. Er brauchte jetzt jeden einzelnen kampffähigen Soldaten zum Schutz seiner Hauptstadt.

Wenn die Chimú schon untergehen sollten, so schwor er sich, dann mit genau jener Würde, die ihnen seit ihren Vorvätern innewohnte!

Nachdem sich die Tür zum Thronsaal hinter dem Späher geschlossen hatte, blieb der König allein zurück. Zutiefst bestürzt betrachtete er die Malerei an den Wänden. Sie zeigte die Geschichte seines Volkes, das vor vielen Generationen die Moche besiegte und die teuflische Herrschaft von Königin Cao beendete.

Er selbst war kein kriegerisch gesinnter Mann. Minchancamans Führung gründete sich seit jeher auf Diplomatie und Bündnissen zum gegenseitigen Vorteil. Doch nun sah er sich gezwungen, den goldenen Speer in die Hand zu nehmen. Túpac Yupanqui war nicht an Verhandlungen interessiert.

Umgehend rief der König nach dem Hauptmann seiner Wache. Kejo, ein stattlicher Mann Mitte dreißig und beeindruckend in seiner goldenen Rüstung, eilte nach wenigen Sekunden herbei und fragte nach den Wünschen seines Herrn.

»Das Ende ist nahe. Es lauert bereits vor unseren Toren. Ich brauche jetzt deine Hilfe. Nimm die Königin und meinen Sohn, und begib dich mit ihnen zur Festung nach Lucantajo. Du musst sie dort hin geleiten, hörst du? Sie werden deinen Schutz brauchen. Nur dir kann ich noch trauen.«

»Lucantajo? In die Verbotene Stadt, zum Berg der Seelen? Seid Ihr sicher, mein Gebieter?«, fuhr Kejo erschrocken auf. Er würde die kräftigsten und besten Pferde aus dem Stall benötigen, und selbst mit diesen war ein solcher Gewaltmarsch so gut wie unmöglich. Doch sein Befehlshaber winkte ab und antwortete:

»Das bin ich, Hauptmann. Nirgends könntet ihr besser aufgehoben sein. Sucht nach Hoga, dem Anführer der Tempelwache, und versteckt euch bei ihm. Unsere Gegner wissen um die besondere Bedeutung des Ortes. Sie werden ihn niemals betreten. Die Schuppenwesen bewachen Lucantajo und strafen jeden Eindringling, der es wagt, die Ruhe der Ahnen zu stören.«

Noch immer war Kejo besorgt, wenn auch nicht um seine eigene Sicherheit. Die Geburt Minchantonans lag noch nicht lange zurück, und schlimmer noch, sie verlief nicht ohne Komplikationen. Die Heiler hatten größte Mühe, das Leben der Herrin und ihres Sohnes zu retten. Mehrere Tagesritte ohne erholsame Pause, noch dazu unter solch unsicheren Umständen, konnte man Königin Maranqua kaum zumuten. Er legte seine Hand auf den Arm seines Gebieters, eine äußerst vertrauliche und deshalb umso seltenere Geste.

»Der Feind ist im ganzen Land. Sollte ich nicht ein paar zusätzliche Wachen mitnehmen?«, fragte er leise.

»Nein! Ihr fallt weniger auf, wenn ihr nur zu dritt seid. Du musst es schaffen, hörst du? Und jetzt eile dich, rette meine Familie!«, entgegnete sein Herr ohne Umschweife.

Der Hauptmann erhob keinen weiteren Einwand. Er wusste, was der Befehl des Königs zu bedeuten hatte. Minchancaman würde an der Spitze seiner Soldaten zum letzten Kampf gegen die Armee der Inkas reiten. Dass er Frau und Kind in Sicherheit wissen wollte, war nur sein Ausdruck seiner Gewissheit, dass es keinen Sieg für die Chimú gab – nicht heute und wahrscheinlich niemals wieder.

Chan Chan hatte den mörderischen Wirbelsturm überlebt, der vor zwanzig Jahren vom großen Wasser aus über das ganze Land wütete und viele Menschen das Leben kostete. Die massiven Steinhäuser blieben stehen und boten auch denjenigen Sicherheit, die kein Obdach mehr besaßen. Die Hauptstadt überstand auch die darauffolgenden Jahre der Dürre, in denen nicht ein einziger Tropfen Regen fiel und es keine nennenswerte Ernte auf den Feldern gab.

Ebenso trotzte sie den fortwährenden Vulkanausbrüchen, die anderenorts große Teile des Landes binnen kurzer Zeit in Schutt und Asche legten. Doch nun, angesichts einer solchen Übermacht an unbarmherzigen Kriegern, sah sein Volk dem sicheren Tode entgegen.

Kejo verließ ohne ein weiteres Wort den Thronsaal und lief zu den Gemächern der Königin, so schnell er konnte. Dort überbrachte er den Befehl Minchancamans. Erschüttert blickte Maranqua den Hauptmann an, als er die ausweglose Situation schilderte.

»Ich werde mein Volk nicht im Stich lassen!«, erwiderte sie entschieden.

»Meine Herrin, es ist der ausdrückliche Wunsch Eures Gemahls, dass Ihr und Euer Sohn mit mir flieht. Bitte zwingt mich nicht, seine Anweisungen infrage zu stellen.«

Ungläubig schüttelte Maranqua mit dem Kopf, fügte sich aber dann. Kejo verstand ihre Reaktion. Auch ihm fiel es schwer, in der Stunde der Not Chan Chan zu verlassen wie ein verachtenswerter Feigling. Viel lieber hätte er Seite an Seite mit seinem König gekämpft und um das Wohl und Wehe der Hauptstadt gefochten.

Schweren Schrittes und leise seufzend stieg er die Treppen des Palastes hinunter, um in die Stallungen zu gelangen. Nachdem er sich mit ein wenig Wegzehrung und mehreren gut gefüllten Wasserschläuchen versehen hatte, wartete Kejo auf dem Schlosshof. Kurz darauf erschien eine vermeintliche Bäuerin mit einem Kind im Arm, gehüllt in einen einfachen Leinenumhang. Ohne jedweden Kopfputz und das Antlitz mit Asche beschmutzt, drückte sie den friedlich schlafenden Säugling fest an ihre Brust.

Der Hauptmann eilte ihr entgegen. Er half ihr auf ein einfach gezäumtes Ross, stieg dann selbst in den Sattel seines Pferdes und galoppierte mit ihr in Richtung Norden durch das große Tor. Niemand nahm von den beiden Notiz. Das umhereilende Dienstvolk hatte wesentlich wichtigere Aufgaben, als zu überprüfen, mit wem Kejo gerade den Königshof verließ. Minchancaman blickte ihnen aus dem Fenster seines Schlosses beruhigt hinterher.

»Möge die Große Göttin euren Weg beschützen, meine Geliebte«, raunte er leise.

Drei Tage danach fiel das Heer der Inkas, angeführt von Túpac Yupanqui, in Chan Chan ein. Trotz der heldenhaften Verteidigung wurde die Stadt des Königs binnen kürzester Zeit überrollt. In den äußeren Vierteln loderten bereits hohe Flammen aus den Dächern der Häuser. Schwarzer, stinkender Rauch durchzog die Gassen, der den Menschen sowohl die Sicht als auch die Luft zum Atmen raubte. Riesige Katapulte, mit großen Steinen bestückt, standen vor den Mauern und zerstörten, was das Feuer nicht fraß.

In aller Hast fliehende Einwohner rannten sich gegenseitig um bei dem verzweifelten Versuch, sich in Sicherheit zu bringen. Es gab keinen Ausweg aus der tosenden Hölle, die so brachial über sie hereinbrach. Ein leichtes Spiel für die Inka-Krieger, denn sie metzelten mit ihren scharfen Waffen alles nieder, was sich ihnen in den Weg stellte oder in rasendem Lauf entgegenkam. Männer, Frauen und Kinder wurden gnadenlos getötet. Ein kleines Mädchen starb von Pfeilen durchbohrt in den Armen seiner Mutter, deren furchtbare Schmerzensschreie ungehört blieben.

Selbst das panisch aus den brennenden Ställen flüchtende Vieh kam nicht mit dem Leben davon. Vor den Schwertern und den Speeren der Eindringlinge gab es kein Entrinnen. An diesem Morgen floss das Herzblut der Chimú in Strömen durch die grauen Rinnsteine der Stadt. Tausende Leichen säumten schon nach wenigen Stunden die Straßen.

Es war einzig König Minchancaman zu verdanken, dass das grausame Geschehen unterbrochen und den gemarterten Menschen wenigstens eine kurze Atempause gegönnt wurde. Er hatte zusammen mit der letzten verbliebenen Hundertschaft und seiner berittenen Palastwache heldenhaft um den Stadtkern von Chan Chan gekämpft.

Doch jetzt galt es, die Verantwortung für das Überleben des Volkes zu tragen. Also stellte er sich mit den wenigen noch verbliebenen Soldaten vor Túpacs goldverziertem Streitwagen und bat ihn um Gnade, obgleich er tief in seinem Inneren ahnte, dass dieses Ansinnen vergebens sein würde.

»Ich erkenne meine Niederlage an und biete Euch im Gegenzug mein Leben, wenn Ihr das meiner Untertanen verschont«, sprach er würdevoll zum Heerführer der Inkas.

Sofort riss einer von Túpacs Leibwächtern Minchancaman die königliche Krone vom Kopf und legte ihm Fesseln an. Unter lautem

Gejohle wurde er daraufhin von den Pferden seines eigenen Streitwagens auf den Platz vor der Palastanlage geschleift, wo man ihn zwang, am Opferstein Großen Göttin niederzuknien wie ein Tier.

Dort, wo in friedlicheren Zeiten berauschende Feste und feierliche Zeremonien stattfanden, schlug man dem wehrlosen Mann unter den Augen seines gepeinigten Volkes den rechten Arm ab. Ein entsetzter Aufschrei fuhr durch die Menge, als der König daraufhin wie gebrochen in den Staub fiel.

»Nun, großer Minchancaman, wirst du erfahren, was ich von deinen Wünschen halte!«, brüllte Túpac. Er stellte seinen schweren Stiefel direkt auf den verbliebenen Armstumpf des Königs und genoss dessen gequältes Aufstöhnen. Sogleich gab er seinen blutgierigen Horden den Befehl, die zusammengetriebenen und unbewaffneten Menschen zu erschlagen. Als er sich wieder seinem Opfer zuwandte, lachte er gehässig.

»Siehst du nun, wozu ich imstande bin? Inti, der unbesiegbare Gott der Sonne, ist mit mir! Glaubtest du, ich schließe Verträge mit einem Geschmeiß wie dir? Dein Wort ist mir nicht mehr wert als der Dreck, den du frisst, elender Wurm!«

Unter Tränen sah der blutende König seine schutzlosen Untertanen sterben. Er hörte die markerschütternden Schreie ihrer Qual. Mit dem letzten Rest an Kraft hob er seinen Kopf empor. Die Worte, die er seinem Feind zuflüsterte, waren kaum noch zu vernehmen:

»Dies soll nun mein Ende sein, aber es ist auch deines. Ich verfluche dich zu einem ewigen Leben in tiefster Dunkelheit, Túpac Yupanqui! Deine Seele wird erst zu den Ahnen gehen, wenn die Schuld gesühnt ist, die du auf dich geladen hast. Heute magst du uns alle töten, doch du wirst die Chimú niemals wahrhaft besiegen. Nicht, solange mein Sohn lebt! Er wird …«

Weiter kam er nicht, denn Túpacs geballte Faust traf ihn direkt an der Schläfe. Sein regloser Leib wurde dann von ein paar Soldaten über die steinernen Stufen hinauf in den Palast gezerrt. Niemand wusste, ob der König noch am Leben war oder auf den Marmorfliesen seiner eigenen Wohnstatt verstarb.

Im Norden des Landes gab Hauptmann Kejo derweil sein Bestes, um Königin Maranqua und ihren kleinen Sohn zu beschützen, doch die Inkas waren überall. Längst hatten sie das gesamte Königreich der Chimú eingenommen. Minchancamans Glaube, der Feind würde die Verbotene Stadt nicht angreifen und Lucantajo verschonen, erwies sich als großer Irrtum.

Die fremden Krieger schändeten auch den Heiligsten aller Tempel im Berg der Seelen und töteten die wenigen Wachen, die sich ihnen entgegenstellten. Was sie auf den Altären an Gold und Schmuckstücken fanden, nahmen sie mit sich. Den Priesterinnen wurden bei lebendigem Leib die Brüste abgeschnitten. Anschließend warf man sie nach draußen in den Schmutz und ließ sie dort unter hämischem Gelächter zu jedermanns Warnung verbluten.

Auch die Große Göttin selbst vermochte es nicht mehr, ihre schützenden Hände über Lucantajo auszubreiten. Die geschundenen Seelen unendlich vieler geliebter Menschen reihten sich vor ihren Toren und baten um Einlass. Eigentlich sollten sie von einem mächtigen Wesen in ihre Gefilde geleitet werden.

Im Auftrag der Großen Göttin sorgte dieser Wächter seit Anbeginn aller Zeiten für einen friedlichen Übergang in ihr nachtsilbernes Mondreich. Heute aber blieb dessen behütende Obhut aus, als sei sogar er dem Ansturm nicht gewachsen.

Lucantajo lag schließlich ebenso in rauchenden Trümmern wie alle anderen Städte und Siedlungen der Chimú. Lediglich die Festungsanlage inmitten der Häuser blieb von der Zerstörungswut des Feindes unangetastet, um sie zu einem späteren Zeitpunkt selbst nutzen zu können. Die wenigen Menschen, die rechtzeitig vor den brutalen Heerscharen flüchten konnten, retteten sich in den nahen Wald. Voller tückischer Sümpfe, wilder Kreaturen und undurchdringlicher Pflanzen bot dieser den Fliehenden sicheren Schutz.

Königin Maranqua und ihr Begleiter durchquerten gerade einen kleinen Fluss, als sie abseits des Ufers Geräusche aus dem dicht gewachsenen Grün vernahmen, die nicht von Tieren stammten. Gleich darauf musste die Königin absitzen, weil ihr Pferd sich unversehens aufbäumte und laut wiehernd zurückscheute. Hauptmann Kejo hatte alle Mühe, es vor dem Durchgehen zu bewahren.

»Sie sind hinter uns her! Schnell, bringt euch in Sicherheit!«, rief jemand aus dem Dickicht.

Wenige Sekunden danach tauchten ein paar Gestalten am Ufer auf. Darunter war auch eine junge Frau, die mit gehetztem Blick immer wieder hinter sich schaute und ängstlich zusammenzuckte, als ein schauerliches Geheul aus der Ferne ertönte.

Maranqua zögerte keine Sekunde. Sie drückte der Frau ihren kleinen Sohn in den Arm.

»Lauf, und behüte ihn!«, sagte sie, bevor sie selbst ihren schäbigen Leinenumhang abwarf. Darunter trug sie das Gewand, das jeder in diesem Land kannte. Das goldene Tumi an ihrem Gürtel bewies, wer sie in Wirklichkeit war – nicht nur die Gemahlin des Königs, sondern auch die Erste Hohepriesterin der Großen Göttin, denn nur diese durfte ein solches Tumi bei sich tragen.

»Meine Herrin …«

Ein letzter ungläubiger Blick traf die Königin. Dann verschwand die Flüchtende mit dem leise wimmernden Kind in den Tiefen des Waldes, während Maranqua ihr Schwert zog und sich entschlossen den Verfolgern in den Weg stellte. Zusammen mit Kejo kämpfte sie mutig gegen fünf der fremden Krieger.

Damit verschafften sie der kleinen Menschengruppe wenigstens einen Vorsprung, ehe man sie überwältigte und an Ort und Stelle enthauptete. Die Königin und ihr Hauptmann starben Hand in Hand, tief beseelt von der Hoffnung, dass zumindest des Königs Nachkomme überleben würde.

Obwohl man den Jungen landauf und landab suchen ließ, wurden die Häscher seiner nicht fündig. Nur zu gern hätte der grausame Túpac den Erben der Chimú zum Vergnügen seiner Getreuen öffentlich und bei lebendigem Leibe häuten lassen. Allein der Gedanke daran, das reine Blut des Prinzen dem allmächtigen Sonnengott Inti bei einem seiner Rituale zu opfern, bereitete ihm einen wohligen Schauer auf der Haut. Bisweilen träumte er sogar des Nachts davon, wie sein Messer durch das Fleisch des schreienden Kindes fuhr.

Doch der Sohn des früheren Königs war und blieb verschwunden. Nach Monaten der aussichtslosen Hetzjagd kehrten die Sucher zurück nach Chan Chan. Abgerissen und einiger Krieger verlustig geworden, die sich zu weit in die Sümpfe des Urwaldes wagten, erstatteten die Männer ihrem Herrn einen ausführlichen Bericht.

Keiner von ihnen wusste, ob sich die Verschwundenen nur verlaufen hatten oder zur willkommenen Mahlzeit eines wilden Tieres wurden. Ihr tatsächlicher Verbleib lag allerdings auh nicht im Interesse Túpacs. Wütend nahm er zur Kenntnis, dass es keinem seiner Soldaten gelang, das verhasste Kind zu finden.

Nachdem ihm schließlich Maranquas Mörder zum Beweis ihres Todes das goldene Tumi überbrachten, erklärte sich Túpac Yupanqui zum einzigen Herrscher über das Land und das Volk. Er zwang den Menschen den Glauben und die Lebensweise der Inkas auf. Die gepeinigten und gedemütigten Untertanen brachten nicht mehr genügend Mut auf, ihm Widerstand zu leisten, wenn auch eine leise Hoffnung bestand, dass Minchancamans verschollener Sohn das Volk eines Tages befreien würde.

Túpac ließ ausnahmslos jeden auf der Stelle töten, der nicht das Knie vor ihm und seinem Gott Inti beugte oder gar die alten Rituale zugunsten der Großen Göttin durchführte. Zu Tausenden versklavte er die Besiegten und entsandte sie mit Karawanen in sein immer größer werdendes Reich, wo sie den nunmehr Höhergestellten zu dienen hatten.

Unter ihnen war auch ein Mann, dem der rechte Arm fehlte. Schreckliche Narben auf seiner Haut zeugten von den unsagbaren Gräueltaten, die man an ihm verübt haben mochte. Er erwies sich als unfähig, zu sprechen oder sich anderweitig zu artikulieren. Nur in seinen Augen war noch ein wenig Leben. Man brachte ihn zusammen mit ein paar jungen Frauen zu einer ältlichen Fürstentochter, wo er fortan sein Dasein als Leibeigener für die Gespielinnen der Herrin fristen sollte.

Der neue König Túpac konnte sich jedoch nicht allzu lange an seinem Sieg über die Chimú erfreuen. Die unendliche Gier nach Macht, der er verfallen war, steigerte sich recht schnell in den Wahnsinn. Bald ereilten ihn Trugbilder, die ihm vorgaukelten, er selbst sei der verschwundene Sohn Minchancamans. Auch dachte er zuweilen, übermenschliche Kräfte zu haben und unverwundbar zu sein.

So wies er eines Tages seine Diener an, ein Fass mit kochendem Gold aufzustellen, in dem er wie der Sonnengott baden und sich damit von allen weltlichen Makeln befreien wollte. Weil sie diesem Befehl nicht sofort folgten, ließ er sie zur Strafe am Torbogen des Palastes aufschlitzen und ihre Gedärme zur Abschreckung über die Zinnen hängen.

In seinem verwirrten Geist glaubte er eines Tages sogar, er wäre der einzig wahre Gott und stünde somit auch weit über Inti! Anmaßend forderte er den Herren der Sonne wieder und wieder heraus, bespuckte sein Abbild und ließ den Tempel, den er einst Inti zu Ehren erbauen ließ, wieder abreißen. Túpac verbot auch die Opferungen, die er selbst unter Androhung von schweren Strafen befohlen hatte. Ihm sollten die Menschen huldigen, ihm allein!

Ein paar Jahre später wurde der maßlose Tyrann von seiner Ehefrau Chuqui Ocllo im Schlaf ermordet, um ihrem Sohn Huayna Cápac die Herrschaft über das Land zu ermöglichen. Mit einem glühenden Messer, das sie Túpac durch die Rippen stieß, beendete sie dessen schändliches Leben. Der tote Leib des einstmals größten Inka-Königs wurde auf dem Schlosshof zerhackt und anschließend vor den Augen des erleichterten Volkes verbrannt.

Inti hingegen, der aufgrund der steten Schmähung Túpacs auf Rache sann, wandte sich endgültig von dem mit seiner Gunst erschaffenen Reich ab. Demnach entzog er auch den darin lebenden Menschen seine Gnade. Stattdessen beschwor er eine schreckliche Dürre, die das Land im Süden, aus dem der Herr der Inkas stammte, über Jahre hinweg austrocknen ließ.

Fruchtbare Felder und bis dahin blühende Wiesen wurden unter Intis sengenden Händen zu einer lebensfeindlichen Wüste, welche sich alsbald mit den Sanddünen der weiten Atacama vereinte. Mit dem Land starb zuerst das Vieh und alsbald danach auch das Volk der Inka.

Auf dass es nie wieder ein unwürdiger Mensch wagen sollte, sich über die Macht eines echten Gottes zu stellen, ließ er die Brunnen von Chan Chan für immer versiegen und gab die Stadt damit dem endgültigen Untergang preis.

Túpac aber, einst selbst ein Verfechter des alten Glaubens wie sein Vater vor ihm, hatte seine Ahnen verraten und damit keine Gnade verdient. Deshalb fand seine verderbte Seele auch vor der Großen Göttin keine Erlösung.

Sie verblieb einsam in der Zwischenwelt, verdammt dazu, auf ewig zu altern und niemals zur Ruhe zu kommen, solange Minchancamans Sohn das schreckliche Schicksal seines Volkes nicht gerächt hätte. Der Fluch des Königs erfüllte sich, und er sollte Jahrhunderte überdauern.

Teil 1

Holz

Heute ist mein vierzigster Geburtstag. Wie in jedem Jahr mache ich das Frühstück selbst, nachdem ich mit dem Hund auf dem Spaziergang war. Wie in jedem Jahr darf ich mich nachher ums Aufräumen, später um das Mittagessen und noch später um die Gäste kümmern.

Ich sag es mal, wie es ist: Ich möchte heute absolut nichts tun, außer vielleicht mal wieder ein gutes Buch lesen, ein Glas Wein trinken oder schwimmen gehen. Etwas, das mir guttut, etwas für mich allein.

Aber ich weiß, dass der Tag nicht so wird, wie ich ihn mir wünsche. Falsch – wie ich ihn mir seit Jahren wünsche! Was für ein Scheiß, echt!

Vielleicht sollte ich einfach ins Auto steigen und verschwinden. Irgendwo wandern gehen und dort, wo es am schönsten ist, eine Rast einlegen und picknicken. Ich könnte auch Annett anrufen und mit ihr um die Häuser ziehen. Das haben wir viel zu lange nicht mehr gemacht. Es fehlt mir, unbeschwert durch die Stadt zu bummeln, beim Lieblingsgriechen zu essen und mich anschließend darüber zu ärgern, dass die Hose mal wieder zu eng ist.

Aber es geht nicht.

Karsten würde ausflippen, wenn seine Eltern zu Kaffee und Kuchen kommen und ich wäre nicht hier. Als ob die es gut mit mir meinen würden! Manchmal hab ich den Eindruck, dass meine Schwiegereltern denken, sie tun mir einen ungeheuer großen Gefallen, wenn sie sich hier einfinden. Tun sie nicht! Ich sollte es ihnen mal sagen!

Da, im Radio läuft Udo Jürgens. »Ich war noch niemals in New York, ich war noch niemals auf Hawaii«, ja ich auch nicht.

Warum kommen mir jetzt die Tränen? Ist doch nur ein Lied …

Liane Alsfeld klappte seufzend ihr Tagebuch zu, als sie ein Geräusch vor dem offenen Fenster vernahm. Es war erst fünf Uhr morgens. Normale Menschen schliefen um diese Zeit noch. Für Liane allerdings eine gewohnte Situation, denn seit sie denken konnte, stand sie in aller Frühe auf. Das galt sowohl für Wochentage als auch für das Wochenende.

Ihr Mann Karsten nannte ihre Eigenart »senile Bettflucht« und pflegte sich öfter darüber aufzuregen, dass sie beim Aufstehen viel zu laut sei und ihm damit den wohlverdienten Schlaf raube. Ihretwegen wäre er schon völlig verspannt, hatte er erst kürzlich behauptet. Da er sich aber derzeit über so ziemlich alles echauffierte, was mit seiner Ehefrau zusammenhing, mutierte die allmorgendliche Szene inzwischen zum Kabarett, das man nicht mehr ernst nehmen konnte.

So kam er auch jetzt laut gähnend die Treppe herunter, polterte ohne Vorwarnung los und fand, dass sie offensichtlich nicht genügend ausgelastet sei. Anders wäre ihr zeitiges Erwachen beim ersten Hahnenschrei nicht zu erklären. Gestern empfahl Karsten ihr darüber hinaus den Besuch bei einem Psychiater, mindestens aber in einem Schlaflabor. Außerdem plädierte er im Folgenden dafür, Flur und Treppe mit einem schallschützenden Teppich auszulegen, da ihre Hausschuhe zu viel Lärm verursachten. Von einem »Guten Morgen« keine Spur, erst recht nicht von einem »Alles Gute zum Geburtstag« – typisch Karsten!

Liane hingegen konnte über sein Verhalten nur noch milde lächeln. Sie kannte es nun mal nicht anders. Bei ihr schlugen eindeutig die Gene des Vaters durch, ebenfalls ein Frühaufsteher und Wenigschläfer. Er war gelernter Landwirt, dessen umfangreicher Tierbestand stets vor der regulären Arbeit das Futter bekam, und sie wuchs so selbstverständlich damit auf wie jedes andere Bauernkind.

Nur zu gern hätte sie einmal länger im Bett bleiben wollen, aber ihre innere Uhr ließ es einfach nicht zu. So saß sie eben auch heute am Küchentisch und trank einen starken Kaffee, während ihr geliebter Hund nach einem kurzen Gang durch den Wohnblock schon wieder unter der Eckbank schlief. Der Terriermischling schnarchte sogar. Solange sein Frauchen bei ihm war, fühlte er sich wohl. Wenigstens er beschwerte sich nicht über mangelnde Ruhe.

Auf der Fensterbank saß, wie fast jeden Morgen im Sommer,

Nachbars Kater Hugo. Er hatte wohl wieder auf ihrer Terrasse, besser gesagt auf der gemütlichen Gartenbank, übernachtet. Zu diesem Zweck »vergaß« Liane gern mal, ein Sitzkissen aufzuräumen, was Karsten ebenfalls aufregte.

Eigentlich konnte man Hugo ebenso gut als ein Gemeinschaftstier bezeichnen. Waren seine Besitzer nicht daheim oder deren Balkontür geschlossen, kam er eben zu ihr. Laut maunzend schaute der bildschöne Kater durch die blitzblanken Scheiben nach Liane. Es könnte ja sein, dass sie Mitleid mit ihm bekam und er sich ausgiebig in ihre warmen Arme schmiegen durfte.

Aber nicht heute, beschloss sie innerlich. Hugo musste sich mit einer kurzen Streicheleinheit durch das halb geöffnete Fenster begnügen.

So sehr sie den Kater auch liebte, so sehr wollte sie das Getöse vermeiden, das der eigene Hund aufgrund dieser Frechheit verursachen würde. Er duldete keine Katzen, nicht draußen und erst recht nicht in seinem Haus.

Außerdem konnte sie heute wirklich keinen zusätzlichen Streit mit Karsten gebrauchen. Soeben stampfte er wieder die Treppe hinauf. Also hatte er wohl beschlossen, noch einmal ins Bett zu gehen. Eine kleine Gefälligkeit des Himmels!

Zwei Tassen Kaffee und eine Zeitung später wähnte sich Liane wach genug, ein paar Mails zu schreiben. Ihr Vorgesetzter hatte während der Nacht mehrere Nachrichten auf dem Anrufbeantworter hinterlassen. Der kleine Bildschirm zeigte acht entgangene Telefonate von Herrn Reinecke, wie nett! Als wüsste er nicht, dass sie Urlaub hätte!

Auch er gratulierte ihr nicht zum heutigen Geburtstag. Natürlich nicht! Sie war doch nur die Abteilungsleiterin der Außendienstmitarbeiter und bewegte sich nicht in den Kreisen der oberen Büroetage, wo zu solchen Anlässen gern Präsentkörbe der teuersten Kategorie verschenkt wurden.

Die zum Teil unverschämte Beanspruchung durch ihren Chef war ebenfalls ein Thema, über das es demnächst zu diskutieren galt.

Liane fühlte sich in ihrem Job schon seit einiger Zeit ausgepowert, leer, überarbeitet und ausgenutzt. Betrachtete man die Sachlage genauer, so zahlte sie damit den Preis für ihren inzwischen fünfzehnjährigen und stets dienstbereiten Einsatz. Seit sie ihr Diplom in Betriebswirtschaft, Fachrichtung Import und Export, erworben hatte, arbeitete sie in Herrn Reineckes Großhandel.

Liane war sich sehr wohl dessen bewusst, dass sich an ihrer Unzufriedenheit nichts ändern konnte, solange sie ihre sich selbst verpflichtende Einstellung zu ihrer Arbeit nicht ablegte. Dies nahm sie sich auch immer wieder vor, aber es gelang ihr nur selten, weil das schlechte Gewissen gegenüber ihren Untergebenen sie antrieb.

So viele Jahre vergingen damit, dass sie tat, was von ihr erwartet wurde. Nicht nur in der Firma, sondern auch in ihrem Privatleben funktionierte Liane meist so, wie sich ihr Umfeld das vorstellte. Abgesehen von ein paar rebellischen und halbherzigen Versuchen, wenigstens ab und zu ihren eigenen Kopf durchzusetzen, gab es kaum ein Entweichen aus diesem zermürbenden Hamsterrad. Man nahm es als selbstverständlich hin, dass sie sich jederzeit bemühte, allen Anforderungen gerecht zu werden.

Das lag auch daran, dass sie, sobald sie die Flucht nach vorn antrat, auf der Stelle Egoismus und theatralisches Selbstmitleid vorgeworfen bekam. Über seelische Probleme, Ängste und Nöte sprach man nicht oder nur mit seinem Therapeuten. Jedenfalls sagte Karsten das, und nicht nur er.

Ein Satz, der sich übrigens unauslöschlich in ihrem Gehirn eingeprägt hatte, zeigte er doch recht deutlich seine familiär bedingte Ignoranz. Das chronische Desinteresse, das er an den Tag legte, wenn es um Lianes Belange ging, stritt er zwar immerfort ab, aber es war nun mal da und es tat ihr weh. Sollte er sie nicht ein wenig mehr unterstützen?

Sinnend ging sie in sich. Sie wollte im Grunde das, was alle Menschen wollten. Eine Familie, in der man sich schätzte, ein bisschen Liebe und Verständnis, war das zu viel verlangt? Vermutlich ja. Für solche Wünsche gab es offensichtlich keinen Platz mehr.

Für ihre Verbitterung, die sich nach so vielen Jahren des sinnlosen Kämpfens aufgebaut hatte, gab es doch gar keinen Grund, wenn man Karsten und seinen ewigen Tiraden glaubte.

Schließlich war *sie* es, die sowohl in der Arbeit als auch im Privatleben unangemessene Forderungen stellte und keinerlei Maß kannte. Kurz gesagt, Liane hatte alles hinzunehmen und dankbar dafür zu sein, dass man ihr ein paar Brotkrumen hinwarf. Der einzige Platz, an dem sie sich verstanden sah, war ihr Vater. Ihr Fels, ihre sicherste Bastion und der eherne Rückzugsort an seiner warmen Schulter …

Als er im Jahr zuvor an einer schweren Krankheit verstarb, brach ihr mühsam aufrechterhaltenes Lebenskonstrukt zusammen wie ein Kartenhaus. Ihr blieb keine Zeit, zu trauern oder gar den herben Verlust zu verarbeiten. Man hatte sie gerade zur Abteilungsleiterin ernannt, was mit einem erheblichen Mehraufwand an Arbeit einherging.

Die Beförderung erwies sich im Nachhinein als eine willkommene Ablenkung von ihrem Schmerz, denn Liane merkte sehr schnell, dass ihr die neuen Aufgaben halfen, wieder zu sich zu finden. Sie betäubte sich regelrecht, indem sie sich stundenlang in Aktenberge und Diagramme vertiefte. Schon bald kehrte das altbekannte Gleichmaß wieder ein, als sei nichts Gravierendes geschehen.

Doch das würde sich in naher Zukunft schlagartig ändern. Sie hatte sich etwas vorgenommen, das vermutlich nicht jedem Menschen in ihrem Umfeld recht war. Ganz sicher gefiel es nicht ihrem Ehemann. Zu einschneidend war der Schritt, den sie gehen wollte, ganz besonders für Karsten.

Liane sah vor ein paar Tagen eine interne Ausschreibung in ihrem Geschäft. Irgendwer, vermutlich die fleißige Sekretärin Angelika, hatte ein schlichtes Blatt Papier an den großen Aushang im Foyer geklebt. Lange stand sie davor und grübelte, ob ein solch gravierender Umbruch überhaupt machbar wäre und was dieser für ihr zukünftiges Leben bedeuten würde.

Während der Kaffee in ihrer Hand erkaltete und zwei Kollegen unbemerkt an ihr vorbeihuschten, ließ Liane ihren Gedanken freien Lauf. Es ging um den seit Wochen vakanten Posten als Auslandsvertreter in Südamerika. Peru, besser gesagt die Hauptstadt Lima, war der Sitz des größten Lieferanten ihrer Firma. Ihr Vorgesetzter interessierte sich schon länger für die Mahag-Company. Von dort stammten die Tropenhölzer, die von ihrem Großhandel aus im gesamten Bundesgebiet vertrieben wurden. Liane hielt im Grunde nicht viel vom Arbeiten im Ausland, bis jetzt jedenfalls. Für diese Stelle aber wollte sie sich bewerben, weil sie sich wirklich dafür interessierte.

Soweit es ihr bekannt war, ging es darum, dass sich gleich mehrere Umweltschutzverbände bei ihrem Direktor gemeldet und ihm einige Verstöße in der Lieferkette nachgewiesen hatten. So sollten angeblich illegale Holzeinschläge zur Abdeckung des Kontingents vorgenommen worden sein, was natürlich fatal wäre, falls es der Wahrheit entsprach.

Zuzüglich dessen wurden Herrn Reinecke unter der Hand ein paar brisante Informationen zugespielt, die direkt aus dem Umweltministerium des Bundestages stammten. Das Projekt »REDD«, einstmals zur Rettung der tropischen Regenwälder ins Leben gerufen, konnte zwar global gesehen nach wie vor keinen signifikanten Durchbruch verzeichnen, aber das hieß nicht automatisch, dass es zur Gänze auf Eis lag.

Aus streng vertraulicher Quelle teilte man dem Direktor mit, er möge sich dringend darum bemühen, in dieser Hinsicht nicht allzu auffällig zu werden. Schließlich warb der Großhandel bei seinen deutschen Geschäftspartnern explizit mit dem nachhaltigen Anbau von Mahagoni und der ständigen Überwachung der Einfuhr.

Demnach sah sich Herr Reinecke jetzt gezwungen, in Lima eine Art Zweigstelle einzurichten, um direkt vor Ort an der Auswahl des Holzes und in gleichem Maße an der Sicherung seiner persönlichen Reputation beteiligt zu sein. Somit entfielen auch die nicht unerheblichen Kosten für die Vermittlung, die bisher von einer unabhängigen Fremdfirma in Lima übernommen wurde.

Der in Aussicht gestellte Posten beinhaltete darüber hinaus die Notwendigkeit, den Wohnsitz wenigstens zeitweilig von Deutschland nach Peru zu verlegen. Wohl einer der größten Knackpunkte, denn Liane wusste schon jetzt, dass ihr Mann das selbst gebaute Haus nicht aufgeben würde.

Er hatte hier seinen Platz gefunden und war in einer Stellung, die ihn freute und erfüllte. Seine Eltern, inzwischen auch Senioren, lebten gleich nebenan. Um nichts in der Welt hätte ihr Mann etwas an seinen Lebensumständen ändern wollen, weil sie ihn von Herzen glücklich machten.

Karsten war so herrlich mit sich selbst zufrieden, dass sie ihn oft darum beneidete. Liane hingegen hielt im Grunde nichts mehr hier. Telefon und Internet würde es auch in Lima geben. Zudem stand auf dem Papier, dass es sich vorerst um maximal drei Monate handelte. Es gab also nichts, das gegen eine grundsätzliche Veränderung ihres bisher recht konservativen Daseins sprach.

Noch war sie jung genug, um wie der Phönix aus der Asche aufzustehen und sich noch einmal neu zu entfalten. Wie hatte es ihre Freundin genannt? Freischwimmen, ja, das war das passende Wort für ihren Plan. Den ganzen »Schrampampel«, wie Annett es nannte, hinter sich zu lassen und gleich einer Raupe zum Schmetterling zu reifen, sich selbst dabei finden und nicht mehr nur zu existieren, sondern endlich zu leben. Dies war die einzige Aufgabe, die Liane für sich noch sah.

Leben ist wirklich ein komisches Wort, dachte Liane, bevor sie ihren Hund zu sich rief und mit ihm erneut nach draußen ging. Wie immer prüfte sie vorher sorgsam, dass Hugo nicht mehr in der Nähe war. Sonst, so wusste sie, gäbe es auf der Stelle eine wilde Jagd quer durch die Grundstücke sämtlicher Nachbarn, begleitet vom lauten Kläffen eines äußerst empörten Terriermischlings.

Aber der Kater war schlau und hatte dazugelernt, nachdem er einige Male sehr schnell flüchten musste. Sobald sich ihre Haustür öffnete, verzog er sich schleunigst. Mit Sicherheit lag er bereits in seinem Versteck unter der Fichtenhecke. Liane lächelte zufrieden und atmete die frische Luft ein.

Alles war still im kleinen Dorf an der Spree. Fast schon ländlich gelegen, spürte man hier kaum etwas von der nahen hektischen Hauptstadt. Nur die Morgensonne gab bereits jetzt alles, was sie hatte, um Lianes Geburtstag so schön wie nur möglich zu machen. Sie und der Hund, der fröhlich durch das taufeuchte Gras sprang und nach den ersten Grillen des Tages haschte. Diese ungezügelte Lebensfreude machte ihr Mut für die kommenden Stunden.

»Ich ruf dich später zurück, Karsten. Keine Zeit!«, rief Liane ein paar Tage danach hastig ins Telefon. Sie saß gerade bei Herrn Reinecke, der sie zu einem letzten, wichtigen Gespräch vor der Abreise bestellt hatte. Es waren noch ein paar Eckdaten für die kommende Zeit in Peru zu klären.

Eigentlich wusste ihr Ehemann das auch, denn sie sprachen noch am Frühstückstisch über das anstehende Meeting. Was ihn aber nicht daran hinderte, sie jetzt in einer für ihn höchst dringlichen Angelegenheit anzurufen.

»Kannst du nicht ein einziges Mal Ordnung halten? Wo hast du das Klebeband versteckt? Ich finde es nicht!«

Karsten sprach so laut, dass alle Anwesenden es hörten. Ging es noch banaler? Und erneut spürte sie, dass er ihre Arbeit absolut nicht ernst nahm. Aber wenn *er* etwas wollte, hatte es noch immer auf der Stelle stattzufinden. Liane registrierte den peinlich berührten Gesichtsausdruck der Sekretärin, verkniff sich daraufhin das genervte Seufzen und wandte sich wieder konzentriert den Ausführungen ihres Vorgesetzten zu.

»Abgesehen von den Verhandlungen mit den Umweltschützern legen wir natürlich Wert darauf, dass Sie als Leiterin der Abteilung in Lima vorrangig die Interessen unseres Handelskonzerns vertreten. Das heißt, dass Sie den Lieferanten dahingehend beeinflussen sollten, uns als Vorzugsabnehmer der Mahag-Company zu etablieren. Egal welche Menge oder welche Qualität, zuerst muss das Konvolut uns angeboten werden, verstehen Sie mich? Wir möchten in absehbarer Zeit die Firma zur Gänze übernehmen.

Ich habe mit dem Geschäftsleiter Herrn Krause vor ein paar Tagen darüber gesprochen und werde ihm, sofern die jetzigen Verhandlungen gut laufen, ein entsprechendes Angebot unterbreiten. Sollte er dem ersten Entwurf zustimmen, wäre der Ablauf von der Fällung bis zum Verkauf allein in unserer Hand. Innerhalb dieser Vormachtstellung könnten wir dann die Preise so kalkulieren, dass unser Gewinn optimiert wird.

Ich bin mir sicher, dass Sie nachvollziehen können, wie wichtig das Vorhaben für unser Unternehmen ist. Immerhin brächte dieser Vertrag einen großen Vorteil auf dem Markt, zumal die Preise für Mahagoni und andere Tropenhölzer in den letzten Jahren eklatant gestiegen sind.

Was die Sprachbarrieren betrifft, so werden Sie sicher einen Weg finden, diese zu beseitigen. Spanisch, die dortige Landessprache, ist Ihnen ja geläufig. Alle für Sie wichtigen Partner sprechen ohnehin deutsch. Sie bekommen Ihre Anweisungen ausschließlich von mir persönlich und ich erwarte, über jedwede Tätigkeit außerhalb dessen sofort von Ihnen unterrichtet zu werden.

Jetzt ist nicht die Zeit für heroische Alleingänge, es sei denn, ich erteile Ihnen dafür freien Spielraum.

Für eine adäquate Unterkunft in Lima haben wir bereits gesorgt. Alle demnächst anstehenden Termine finden Sie in Ihrer Begleitmappe. Das Sekretariat aktualisiert von hier aus wöchentlich ihren Kalender. Natürlich stehen Ihnen auch in Peru zwei freie Tage pro Woche zu. Haben Sie noch Fragen?«

Nein, Liane hatte keine Fragen mehr. Eine gewisse Summe Startkapital, der Umstände halber in peruanischen Sol, lagen auf einem Konto der Banco Internacional del Peru in Lima zu ihrer freien Verfügung bereit. Sämtliche Unterlagen, von Angelika säuberlich in einem Aktenordner abgeheftet, befanden sich bereits in ihrem Reisekoffer. Besser gesagt in einem von insgesamt fünf Koffern, denn es war fraglich, ob sie der Klimatabelle von Lima trauen konnte.

Auch wusste sie nicht, inwieweit dort eine gewisse Arbeitskleidung nötig war. Schließlich bestand ein großer Teil ihres Jobs darin, in den peruanischen Urwäldern herumzustapfen und sich die Bäume persönlich anzuschauen, die von den Kolonnen der Mahag-Company gefällt werden sollten.

Liane hatte wirklich keine Lust auf Schlangenbisse und Hautkontakt mit unbekannten, möglicherweise sogar giftigen Pflanzen. Sie zog es daher vor, ihre eigenen Wanderstiefel und robuste Outdoor-Klamotten mitzunehmen. Dazu kam ein buntes Potpourri quer durch den Schrank, um auf alle Eventualitäten vom feudalen Geschäftsessen bis zum Strandbesuch vorbereitet zu sein.

Endlich war die Unterweisung im Büro ihres Vorgesetzten beendet. Liane atmete erleichtert auf. Wie gewohnt und in vielen anderen Sitzungen zuvor erfahren, bemühte er sich, im Stil eines wohlmeinenden Oberlehrers zu agieren. Demnach appellierte er auch heute an ihre unbedingte Loyalität zu seinem Unternehmen.

Herr Reinecke rieb sich nun, nachdem er sie hinreichend instruiert und auf Kurs gebracht zu haben glaubte, selbstzufrieden den Bauch und überreichte ihr das Kuvert mit den Flugtickets. Als sie hineinschaute, zogen sich ihre Brauen zusammen. Irritiert sprach sie ihren Vorgesetzten darauf an.

»Entschuldigen Sie bitte, aber ich glaube, hier liegt ein Irrtum vor. Es ist kein Ticket für den Rückflug dabei.«

Reineckes wie selbstverständlich lautende Antwort bestand nur aus einem Wort:

»Richtig!«

»Richtig!«, sagte auch Karsten, als Liane ihn am übernächsten Tag fragte, ob er sie nicht zum Flughafen bringen wollte. Natürlich passte ihm die ganze Sache überhaupt nicht. Allein schon deshalb, weil die besorgten Nachbarn und nicht zuletzt auch seine Eltern bereits darüber sprachen, dass wohl etwas in der Ehe nicht stimmen könne.

Warum sollte Liane sonst für mehrere Monate in ein so weit entferntes Land ziehen, noch dazu ohne ihren Mann? Nein, zwischen den beiden Eheleuten gab es Streit, ganz bestimmt! Im Grunde wusste man doch schon immer, wie zerrüttet diese Familie war. Sonst hätte es ja sicher Kinder gegeben. Außerdem passten die beiden überhaupt nicht zusammen.

Er, der mürrische und wortkarge Individualist, der nur gesprächig wurde, wenn er in seiner ungeheuren Weltweisheit jemanden belehren konnte und dagegen sie, die lebensfrohe, freundliche Frau? Das konnte nicht gut gehen! In dieser Meinung waren sich nicht nur Lianes Schwiegereltern einig. Sie hatten sich ohnehin eine andere und *bessere* Partie für ihren Sohn vorgestellt.

Jedenfalls nicht sie, die aus einem eher ärmlichen Hause kam, wo es kaum bis gar keinen Luxus gab und solche Dinge wie Geldnot am Monatsende – bisweilen auch schon in der Mitte des Monats – zum Alltag gehörten. Oh, Liane wusste sehr gut, was seitens ihrer Schwiegereltern das einzig Wichtige war, nämlich ein gut gefülltes Bankkonto.

»Den Teufel werde ich tun! Ich hab dir meine Meinung dazu gesagt, aber es interessiert dich ja nicht, was ich denke. Also nimm dir ein Taxi oder frag deine Freundin. Sie ist in letzter Zeit ohnehin dein wichtigster Ratgeber, nicht wahr?«, schimpfte Karsten gerade.

Nach dieser klaren Ansage drehte er sich auf dem Absatz um und verschwand in der Garage. Deutlicher konnte er seine Missbilligung nicht ausdrücken. Blieb also tatsächlich nur Annett, gute Seele, die sie war. Ein Anruf genügte, um zehn Minuten später den weißen Kombi ihrer besten Freundin und Kollegin um die Straßenecke biegen zu sehen. Ihr vergnügtes Winken machte Liane wieder Mut.

Das Erste, was sie nach ihrer Landung in Lima bemerkte, war die drückende Hitze in diesem Land, verstärkt durch eine ungewohnt hohe Luftfeuchtigkeit. Gleich danach kam das unkontrollierte Gewirr am Flughafen. In Deutschland wäre so ein Chaos undenkbar. Unendlich viele Menschen liefen kreuz und quer durch das Gebäude, riefen sich über mehrere Meter hinweg etwas zu und zerrten ihre Koffer ohne Rücksicht über den gefliesten Boden. Als Liane das dritte Mal unsanft von einem dieser Koffer angestoßen wurde, platzte ihr der Kragen. Sie schimpfte lautstark auf den Gepäckbesitzer ein, der wiederum so tat, als wüsste er nicht, weshalb sie sich so aufregte und lachend davonlief. Das fängt ja gut an, dachte sie sich und sah ihm kopfschüttelnd hinterher, bis sie vom nächsten Passanten einfach beiseitegeschoben wurde.

Über sechzehn Stunden Flug in der nicht eben komfortablen Economy-Klasse lagen hinter ihr. Sechzehn Stunden, in denen Liane weder schlafen noch sich auf etwas anderes konzentrieren konnte. Neben, vor und sogar hinter ihr saß eine peruanische Großfamilie mit gleich zwei Babys, welche sich entschlossen hatten, abwechselnd zu schreien und ihre Eltern auf Trab zu halten. Außerdem machte ihr nicht unerhebliche Zeitverschiebung zu schaffen.

Während sie den zahllosen Hinweisschildern folgte und vergeblich versuchte, über den allgemeinen Lärm hinweg die Lautsprecheransagen zu verstehen, kam ihr die morgendliche Debatte mit Karsten wieder in den Sinn. Was mochte wohl in ihm vorgehen, dass er sich dermaßen aufregte? Seine berufliche Karriere, verbunden mit einem Fernstudium und Zeiten, in denen Liane glaubte, im Grunde Single zu sein, wurde doch von ihr bestmöglich unterstützt.

Im Gegenteil, sie hielt ihm den Rücken frei und kümmerte sich nahezu allein um Haushalt und Garten, sodass er sein großes Ziel, ein erweitertes Ingenieursdiplom, ungestört erreichen konnte.

Warum also konnte er sich jetzt nicht überwinden, ihr ein Mindestmaß an freier Entscheidung zuzugestehen, was ihre eigenen beruflichen Interessen betraf? War das die Angst vor dem Kontrollverlust über sie oder ging es ihm tatsächlich darum, dass er sie vermissen würde?

Nach mehreren Irrwegen konnte sie endlich die Kofferausgabe ausfindig machen. Liane war im Grunde dankbar dafür, denn die Suche nach ihrem Gepäck lenkte sie von der unschönen Szene mit Karsten ab. Ein freundlicher Angestellter des Flughafens lud ihr dieses sogar auf einen Rollwagen, mit dem sie sich nun auf dem kürzesten Weg zum Taxistand aufmachte.

Dort fand sich recht schnell ein hilfsbereiter Chauffeur, der Liane lächelnd die Wagentür öffnete und sie zu ihrem Hotel bringen wollte. Bereits auf der Fahrt durch die verstopften Straßen der Innenstadt fielen ihr immer wieder die Augen zu. Nur unter Aufbringung aller Kräfte gelang es ihr, zu verhindern, dass sie im Fond des Wagens einschlief. Sie sehnte sich nur noch nach einem Bett.

Etwas später musste sie feststellen, dass ihr Vorgesetzter statt eines Hotels eine Art Gastarbeiter-Pension für sie auserkoren hatte. In dem mehrstöckigen Haus, vor dem das Taxi hielt, befanden sich insgesamt acht Ferienwohnungen in verschiedenen Größen. Abgebröckelter Putz zierte den schmutzigen Gehweg und mischte sich mit achtlos weggeworfenen Kaffeebechern. Gleich neben der Eingangspforte lag ein frischer Hundehaufen. Alles in allem war dies kein besonders einladendes Domizil.

Der dienstbeflissene Portier hingegen zeigte Liane stolz die ihr zugedachten Räume, als würde sie gerade im *Hilton* einchecken. Es handelte sich um zwei Zimmer, eine Kochnische, ein kleines Bad und – immerhin – einen winzigen Balkon zum Innenhof. Dort gab es allerdings außer zwei vertrockneten Platanen, moosbedecktem Kopfsteinpflaster und ein paar rostigen Mülltonnen nichts zu sehen.

Dennoch sprach der Portier regelrecht begeistert auf sie ein und verwies gerade auf den kleinen Kühlschrank und die alten

Herdplatten, als es im Erdgeschoss läutete. Sofort lief er hinunter an seine Rezeption, wo er auch blieb. Liane blickte sich desillusioniert um und nahm ihr Telefon aus der Tasche. Sie musste Herrn Reinecke sprechen, sofort! Was dachte er sich, sie in eine solch minderwertige Unterkunft zu verfrachten? Hier gab es nichts, das einen Aufenthalt gelohnt hätte, schon gar nicht für drei Monate!

Im Sekretariat teilte man ihr jedoch mit, dass sich die gesamte Firmenleitung in einem Meeting befände. Liane blickte prüfend auf ihre Armbanduhr. 12:20 Uhr, das hieß, in Berlin dürfte es inzwischen weit nach 19:00 Uhr sein. Für Herrn Reinecke galt es als sicher, dass er noch im Geschäft war. Schon um seiner zänkischen Ehefrau eins auszuwischen, die ihn während eines Tages gut und gern zehnmal anrief, um sicherzustellen, dass er sich auch wirklich im Büro und nicht etwa bei einer heimlichen Geliebten befand. Aber die restlichen Mitglieder der oberen Etage hielten um diese Zeit ganz sicher kein Meeting mehr ab. Sie lagen längst daheim auf ihrer Couch und genossen den Feierabend im Kreise ihrer Lieben.

»Soso, eine außerordentliche Zusammenkunft der Geschäftsleitung? Pfff ... Das glauben Sie doch selbst nicht, Angelika!«, lautete daher auch Lianes spöttische Antwort.

Die Sekretärin quälte sich ein bedauerndes »Ich kann da leider gar nichts machen, Frau Alsfeld!« heraus. Man merkte ihr durchaus an, wie unangenehm sie es fand, Liane eine derart plakative Ausrede aufzutischen. Wenigstens versprach sie, für einen baldigen Rückruf zu sorgen.

Nach dem Gespräch war Liane allein mit ihrer Entrüstung und einem muffig riechenden Bett, das wahrlich nicht zum Ausruhen einlud. Es blieb ihr wohl nichts anderes übrig, als sich vorerst mit den widrigen Umständen abzufinden.

Trotz ihrer Erschöpfung überkam sie plötzlich der unbedingte Wille, das Beste aus der unangenehmen Situation zu machen. Sie öffnete die Fenster, so weit es möglich war, griff energisch nach ihrer Handtasche und verließ die Wohnung mit raschen Schritten. Auf dem Weg hierher hatte sie eine Bank mit einem Geldautomaten gesehen. Gleich daneben befand sich ein Supermarkt, den sie ebenfalls besuchen wollte.

Unten im Foyer herrschte gespenstische Stille. Der Portier ließ sich auch nach mehrfachem Betätigen der Klingel nicht blicken, obwohl aus dem Hinterzimmer deutlich vernehmbare Geräusche an ihr Ohr drangen. Liane atmete tief ein und aus, um sich zu beruhigen. Der Mann wusste offenbar genau, dass sie in höchstem Maße empört war. Nach ein paar Minuten gab sie das nutzlose Warten schließlich auf und ging nach draußen.

So chaotisch, wie es im Flughafen von Lima zuging, gestaltete sich auch der allgemeine Straßenverkehr in der Hauptstadt Perus. Es gab zwar Ampeln, aber deren hektisch blinkende Lichter interessierten hier niemanden. Die Menschen liefen einfach zwischen den laut hupenden Autos und Motorrädern hindurch, sobald sich auch nur die geringste Lücke ergab. Auch auf dem Fußweg musste Liane förmlich im Sekundentakt ausweichen.

Ein Mann mit einem großen Stoffballen über der Schulter herrschte sie ungehalten an, dass sie ihm gefälligst Platz machen solle, während eine junge Frau links neben ihr gleichzeitig schrie, ob sie keine Augen im Kopf habe. Liane drückte sich erschrocken in einen offenen Hauseingang. So hatte sie sich ihre Ankunft wirklich nicht vorgestellt!

Während sie noch überlegte, ob sie es wagen solle, den schützenden Torbogen zu verlassen, klingelte ihr Handy. Herr Reinecke hatte sich also doch entschlossen, sie zu kontaktieren.

»Frau Alsfeld, wie gut, dass ich Sie noch erreiche. Sind Sie gut angekommen? Was kann ich denn für Sie tun? Ich bin nämlich jetzt sehr in Eile. Eigentlich sollte ich längst bei einem Geschäftsessen mit den Herren von Wiomas sein, aber Sie wissen ja, wie lange sich die Besprechungen bei uns hinziehen können.«

»Sie werden sich dennoch die Zeit nehmen müssen, mir zu erklären, weshalb Sie kein normales Hotel für mich gebucht haben,

Herr Reinecke. Die Pension, in der ich einquartiert wurde, ist schlicht unzumutbar! Hier mögen vielleicht Gastarbeiter wochenweise wohnen, aber Sie erwarten doch nicht ernsthaft von mir, dass ich mich in einer solchen Absteige für längere Zeit aufhalte! Wie stellen Sie sich das eigentlich vor?«

Gerhard Reinecke lehnte sich in seinem Ledersessel zurück und grinste überlegen, was Liane glücklicherweise nicht sah. Dann antwortete er mit gespielt unschuldiger Stimme:

»Nun, eine dauerhafte Unterkunft im Hotel wäre ungleich teurer und würde Ihren Spesenbetrag wesentlich verringern. Außerdem nahmen wir an, dass Sie lieber ein wenig Privatsphäre hätten. Schließlich werden Sie voraussichtlich in den nächsten drei Monaten in Lima bleiben.

Die Geschäftsleitung hat daher einstimmig beschlossen, Ihnen eine möblierte Wohnung zu ermöglichen, in der Sie sich nach Belieben frei bewegen können. Auf diese Weise sind Sie nicht vom Hotelbetrieb abhängig und können sich Ihren Tagesablauf so gestalten, wie Sie es möchten.«

Liane schnappte nach Luft und sprach nicht aus, was sie dachte. Das wäre das erste Mal, dass sich die Lackaffen in der Chefetage Gedanken um das persönliche Wohlbefinden eines Mitarbeiters machten.

»Hören Sie, Herr Reinecke, das lasse ich mir nicht bieten. Hier ist nichts so, wie es sein sollte! Die Küche ist ein Witz, genau wie das Schlafzimmer. Ehrlich gesagt, wäre ich sogar auf einem Zeltplatz besser aufgehoben. Nicht einmal vernünftige Bettwäsche …«

»Es tut mir wirklich leid für Sie, Frau Alsfeld, aber ich muss das Gespräch jetzt beenden. Ich werde bereits im Restaurant Richard erwartet. Ihnen muss ich ja nicht erklären, wie wichtig die Aufträge der Firma Wiomas für unser Unternehmen sind.

Wenn Sie noch etwas benötigen, wenden Sie sich bitte an den Inhaber der Pension. Er sagte mir im Vorfeld seine volle Unterstützung zu. Denken Sie bitte daran, dass Sie morgen einen

Termin mit Herrn Krause von der Mahag-Company haben. Bitte mailen Sie mir anschließend das Gesprächsprotokoll zu, damit ich mir selbst ein Bild machen kann. Viel Glück!«

Hatte der Direktor sie tatsächlich gerade unterbrochen und dann einfach aufgelegt? Ja, das hatte er, und er gab ihr damit zu verstehen, dass ihn ihre Probleme nicht im geringsten interessierten. Liane war so wütend, dass sie das Firmenhandy am liebsten in den nächstbesten Müllkübel geworfen hätte, wenn denn ein solcher zu finden gewesen wäre.

Restaurant Richard, na klar! Sie kannte das dekandent teure Speiselokal in Berlin Kreuzberg nur dem Namen nach. Herr Reinecke hingegen war dort Stammgast, schwärmte oft von der ausgezeichneten Gourmetküche und pflegte seine Untergebenen darauf hinzuweisen, welch hervorragende Geschäftsabschlüsse dadurch zustande kamen. Ein Besuch dort hieß, dass er in den nächsten Stunden definitiv nicht erreichbar war. Erst recht nicht, wenn es wirklich um die Vereinbarungen mit Wiomas ging. Sie selbst hatte im letzten Jahr auf der »boot Düsseldorf« dafür gesorgt, dass der Hersteller von Luxusyachten ein ernstzunehmendes Interesse an langfristigen Verträgen bekundete.

Demnach blieb ihr wohl nur die Möglichkeit, sich irgendwie mit der widrigen Situation zu arrangieren. Das bedeutete in erster Linie, die Pensionswohnung mit dem Nötigsten auszustatten. Mutig stürzte sich Liane wieder in das hektische Getümmel und erreichte bald darauf den gesuchten Geldautomaten. Zumindest das Spesenkonto erwies sich als annehmbar gefüllt, wie sie kurz darauf feststellte. Angelika, die nette Sekretärin, hatte in weiser Voraussicht dafür gesorgt.

Etwas später stand Liane im Supermarkt, der glücklicherweise neben Lebensmitteln auch diverse Haushaltsartikel in seinem Sortiment führte. Handtücher, Decken, ein Wasserkocher und Bettzeug landeten neben Obst, Gemüse und Brot im Einkaufswagen. Außerdem fand sie etwas, das wenigstens wie eine Gardine aussah. Die Preise schienen hier um ein Vielfaches geringer zu sein, als es in Deutschland der Fall war. Umgerechnet zahlte sie gerade mal dreißig Euro für den gesamten Einkauf.

Mit vier großen Papiertaschen beladen eilte Liane zurück in ihr Domizil. Der Portier ließ sich noch immer nicht blicken und hatte dies wohl in nächster Zeit auch nicht vor, wie die verschlossene Tür zu seinen Privaträumen bewies. Auf dem Tresen stand ein Schild mit dem handschriftlichen Vermerk *Bin außer Haus.* Ihm war wohl bewusst, dass seine neue Mieterin ihn auf der Stelle ansprechen und berechtigte Kritik äußern würde.

Also blieb es ihr selbst überlassen, die schweren Taschen in den zweiten Stock zu tragen. Erneut fühlte sich Liane unendlich müde und abgespannt. Die zornige Energie, mit der sie eben noch unterwegs war, verflog binnen Sekunden beim Anblick der schmuddeligen Wohnräume. Das weit geöffnete Fenster im Wohnzimmer hatte den widerlichen Geruch nicht zur Gänze vertreiben können.

Missmutig packte sie eine der neuen Kuscheldecken aus und legte diese quer über das wacklige alte Bett. Dann ließ sie sich einfach darauf fallen. Sie hörte nicht einmal mehr den besonderen Klingelton, bezeichnenderweise *Highway to hell* von AC/DC, der den Anruf ihres Mannes ankündigte. Auch das wiederholte Klopfen an der Wohnungstür drang nicht an ihr Ohr. Der lange Flug und die Aufregung bei ihrer Ankunft forderten ihren Tribut.

Liane wachte nur deshalb aus ihrem Tiefschlaf auf, weil es im Hausflur rumorte. In der Hoffnung, den säumigen Portier zu erwischen, sprang sie von ihrem Lager auf, fuhr sich der Einfachheit halber mit den Fingern durchs Haar und eilte an die Wohnungstür. Doch dort standen nur ein paar Kartons mit je sechs Wasserflaschen. Ein Zettel lag darauf:

*Das Leitungswasser hier ist stark eisenhaltig.
Sie sollten es nicht trinken, solange Sie noch
keinen Wasserfilter haben. Gruß I.*

Aha. Ein I. brachte ihr also am späten Abend Trinkwasser. Eigentlich sehr nett von Herrn I. Oder war es eine Frau? Sie horchte gespannt nach unten ins Treppenhaus, vernahm aber weder Schritte noch Gespräche. Schulterzuckend wandte sie sich wieder dem Wasservorrat zu und trug die Flaschen in ihre Wohnung.

Gleichzeitig stellte sie fest, dass sie mächtigen Hunger hatte. Während des Fluges brachte sie kaum etwas hinunter, aber jetzt grummelte ihr Magen umso mehr. Der Becher, von dem sie meinte, er enthielte einen Fruchtjoghurt, erwies sich als stark knoblauchlastiger Kräuterquark. Liane musste über sich selbst lachen. Unter anderen Umständen hätte sie die Aufschrift sicher korrekt übersetzt.

Nun, da sie einmal wach war, konnte sie auch gleich damit beginnen, diese Unterkunft aus der gefühlten Vorkriegszeit etwas ansehnlicher zu gestalten. Mit Desinfektionsspray und Putzlappen bewaffnet machte sich Liane nach dem Essen an die Arbeit. Glücklicherweise gab es in der Wohnung kein Ungeziefer. Jedenfalls fand sie keinerlei Hinweise darauf, auch nicht in der fingerdicken Staubschicht unter der Sitzgruppe.

Die Polster des Sofas und der sesselähnlichen Stühle reinigte sie dennoch sehr gründlich. Es machte ihr mit der Zeit sogar einen Heidenspaß, sämtliche Oberflächen abzubürsten und feucht nachzuwischen. Nur das Bett ließ sie vorerst aus. Auf einer durchnässten Matratze hätte Liane nicht schlafen wollen.

Nach getaner Arbeit sah sich die zukünftige Niederlassungsleiterin prüfend um. Es roch jetzt nicht nur deutlich angenehmer, sondern sie verspürte auch nicht mehr den Drang, diese Räume sofort verlassen und panisch nach dem Gesundheitsamt rufen zu müssen. Unter einer vergilbten Tischdecke mit altmodischer

Spitzenumrandung entdeckte Liane zu ihrer Überraschung eine dunkelrot lackierte Kommode.

Dem Biedermeier-Stil nach zu urteilen, stammte das schöne Möbelstück aus dem 19. Jahrhundert. Mit dem geübten Blick einer Fachfrau erkannte sie sofort, dass es sich um Pfefferbaumholz handelte. Sanft, fast zärtlich, strich sie mit der Hand über die glänzende Deckplatte. Viel zu schade, um mit so einem alten Fetzen verschandelt zu werden.

Sie wollte die Tischdecke mit einem Ruck herunterziehen, doch sie klebte an gleich zwei Stellen fest und zerriss mit einem hässlichen Knistern. Wirklich böse war Liane darüber nicht. Etwas vorsichtiger, um den Lack nicht zu beschädigen, entfernte sie die letzten Reste der Spitze und warf sie mit gerümpfter Nase und spitzen Fingern direkt in den Mülleimer. Dies war nun für die nächsten drei Monate ihr Büro, gleichermaßen ihr Zuhause und …

Gütiger Himmel, sie hatte völlig vergessen, daheim anzurufen! Eilig kramte Liane nach ihrem Telefon und schaute zur Uhr. Bedachte man die Zeitverschiebung, müsste Karsten jetzt gerade am Frühstückstisch sitzen. Schnell wählte sie die Nummer und wappnete sich innerlich gegen die unvermeidliche Auseinandersetzung.

»Tut mir wirklich leid, dass ich mich nicht eher gemeldet habe, aber ich war fix und fertig nach dem langen Flug. Ich habe mich erst einmal hingelegt und ausgeruht. Nein, ich bin leider nicht im Hotel. Das ist eher eine Pension der billigsten Sorte. Reinecke wollte mal wieder Geld sparen. Du kannst dir nicht vorstellen, wie schmutzig es hier war. Jetzt mag es gehen, nachdem ich alles geputzt habe. Na ja, wenigstens eine eigene kleine Wohnung, in der ich … Was?«

Das letzte Wort schrie sie förmlich.

»Ich sagte, dass mich das gerade gar nicht interessiert! Deinetwegen habe ich in der letzten Nacht kein Auge zugetan. Nach vier vergeblichen Versuchen, dich zu erreichen, ist das wohl auch kein Wunder. Kannst du dir eigentlich vorstellen, dass ich mir Sorgen mache, wenn du dich nicht meldest? Ist das zu viel verlangt? Du wolltest gleich nach der Landung anrufen!«

Karsten schimpfte sich offensichtlich in Rage, denn er ließ keinerlei Einwand zu. Auch als sie ihm erneut die chaotische Situation bei ihrer Ankunft zu erklären versuchte, unterbrach er sie.

»Ich habe jetzt wirklich keine Zeit und noch weniger Lust, mit dir zu diskutieren, was sich gehört und was nicht. Im Gegensatz zu dir kann ich mich jetzt nicht hinlegen, ich muss nämlich zur Arbeit. Wir können morgen telefonieren, oder von mir aus auch am Wochenende. Machs gut!«

Enttäuscht legte Liane das Telefon zur Seite. Ihr blieb nur die Hoffnung, dass Karsten sich bald beruhigen und dann etwas zugänglicher sein würde. Er hatte ja recht.

Nach einem guten Frühstück, bestehend aus Milchkaffee, Weißbrot und Obst, machte sich Liane am nächsten Morgen zu ihrer ersten Amtshandlung bereit. Sie hatte sich noch während des Kaffeetrinkens eine Liste geschrieben, die sie umgehend abarbeiten wollte. Die Gelegenheit zum Abhaken des ersten Punktes bot sich gleich nach dem Verlassen ihrer Wohnung im Foyer des Hauses.

Der Portier selbst war nicht zugegen. Stattdessen suchte eine rundliche Frau im Regal hinter dem Tresen nach ein paar Papieren und fluchte leise über die Unordnung. Liane sprach sie höflich an und bat um Auskunft, wo sie eine Waschmaschine fände. Darüber hinaus wollte sie wissen, ob es nicht eine Telefonnummer gäbe, wenn die Rezeption schon über Stunden hinweg nicht besetzt sei.

»Ach, Sie sind bestimmt unsere neue Mieterin aus Deutschland. Frau Alsfeld, nicht wahr? Ja, wir haben im Keller mehrere Waschmaschinen. Die hintere Maschine an der Therme gehört zu Ihrer Wohnung. Sie dürfen sie gern benutzen.

Allerdings müssten Sie die Wäsche in ihrer Wohnung trocknen. Auf dem Balkon geht das recht gut. Soll ich Ihnen einen Wäscheständer bringen?«, fragte die hilfsbereite Dame. Ohne eine Antwort abzuwarten, eilte sie nach hinten und kam mit einem klapprigen Metallgestell wieder zurück.

»Er ist nicht neu, tut aber gewiss seinen Dienst. Ich trage das Ding nachher hoch und stelle es vor Ihrer Tür ab. Was die Telefonnummer betrifft, verzeihen Sie bitte meinem Mann. Er hat hier im Haus viele Aufgaben zu erledigen und ist manchmal ein wenig durcheinander. Sicher hat er nur vergessen, Ihnen unsere Kontaktdaten zu übergeben. Wissen Sie was? Am besten rufen Sie gleich mich an, wenn Sie Hilfe brauchen.«

Dann nahm sie einen kleinen Zettel vom Schreibtisch, strich etwas darauf durch und schrieb ihre Nummer darunter.

»Sehen Sie, das ist die direkte Durchwahl, wenn Sie etwas benötigen. Sollte ich einmal nicht daheim sein, rufe ich umgehend zurück«, bemerkte sie höflich lächelnd.

Liane schaute erstaunt auf das Stück Papier. Nicht die Nummer selbst, aber die durchgestrichenen Zeilen darauf waren mehr als interessant.

00511 53442980
~~Ruf Don Mario bei Eintreffen Gast aus~~
~~Deutschland! wichtig!~~

Diese Ziffernfolge kam ihr durchaus bekannt vor. Es war die Telefonnummer des Lieferanten, den sie in einer Stunde treffen sollte. Wie kam der Portier dazu, und was hatte er mit der Mahag-Company zu schaffen? Ein Zufall konnte das nicht sein. Hier ging etwas vor, das sie unbedingt ergründen wollte. Trotzdem bedankte sie sich bei der hilfsbereiten Portiersgattin und verließ anschließend das Haus.

Das vorher bestellte Taxi wartete bereits auf sie. Es schien Liane sicherer, obwohl auch ein öffentlicher Bus in das Nobelviertel

La Molina fuhr. Hier residierte Marius Krause mit seiner neuen Lebensgefährtin in einer geräumigen Villa aus der Kolonialzeit. Die hohe Mauer und das schmiedeeiserne Tor vor dem großzügigen Anwesen wurden von einem externen Sicherheitsdienst in Uniform bewacht. Einer der bärbeißigen Männer musterte sowohl sie als auch den Taxifahrer mit argwöhnischen Augen.

»Wie lautet Ihr Name? Haben Sie einen Termin?«, wollte er wissen.

Nachdem er die entsprechenden Auskünfte erteilt bekommen hatte, wechselte er ein paar Worte am Funkgerät. Offensichtlich nahm er seine Aufgabe als Wächter sehr ernst. Kurz darauf öffnete er persönlich das Tor und ließ das Fahrzeug mit einem Fingerzeig passieren.

»Alle Achtung«, murmelte Liane, als sie die Parkanlage sah, die sich hinter dem Tor eröffnete. Ein mit grauen Kieseln ausgelegter Weg führte quer durch die äußerst gepflegten Rabatten. Riesige Zedernbäume, den heimischen Kiefern nicht unähnlich, aber auch halbhohe Bromelien und geschickt verteilte Ziergräser sorgten für eine angenehme Auflockerung der mustergültig gemähten Rasenfläche.

Nichts war hier streng nach Farben und Formen sortiert, und dennoch wirkte der Park in seiner scheinbar zufälligen Anordnung ordentlich und aufgeräumt. Etwas abseits vom Hauptweg befand sich eine dichte Rosenhecke in voller Blütenpracht. Welcher fleißige Mensch auch immer hierfür verantwortlich war, er liebte definitiv, was er tat.

Noch mehr war Liane vom Anblick des eigentlichen Wohnhauses beeindruckt. Ach was, Wohnhaus! Ein Schloss, ja, diese Bezeichnung traf schon eher zu. Nicht etwa strahlend weiß getüncht wie so viele andere hochklassige Immobilien, sondern in einem dezenten Terrakotta-Ton mit verspielten 3-D-Verzierungen im Verputz und Bleiverglasung in den Fenstern.

Die Mahag-Company warf sichtlich gute Gewinne ab. Allein der Wert dieser Villa dürfte sich nach Lianes Rechnung im zweistelligen

Millionenbereich bewegen, von den exorbitanten Grundstückspreisen hier im Distrikt La Molina mal abgesehen. Bereits jetzt ergab sich die erste Diskrepanz zwischen dem, was ihr der frühere Außendienstleiter über die Mahag-Company erzählte und dem, was sie soeben mit eigenen Augen sah. Von »gerade mal so über die Runden kommen«, »wegfallenden Einnahmen« und »kaum kostendeckender Bilanz« konnte angesichts einer solchen Residenz wirklich nicht die Rede sein!

Als sie aus dem Auto stieg, eilte ihr ein junger Mann aus dem Haupteingang entgegen. Nach einer kurzen Debatte mit dem entrüsteten Taxifahrer wies er diesen an, sich auf einen Parkplatz hinter der Villa zu begeben. Liane fand das Procedere etwas irritierend. Unter normalen Umständen hätte sie den Fahrer für seine Dienste bezahlt und sich später für die Rückfahrt ein neues Taxi gerufen. Doch das schien hier nicht üblich zu sein.

»Entschuldigen Sie bitte, aber mein Budget reicht nicht aus, um dem Fahrer die zusätzliche Wartezeit zu vergüten« mischte sich Liane in das Gespräch ein.

»Machen Sie sich keine Sorgen, Frau Alsfeld, diese Zeit wird Ihnen nicht berechnet. Ich habe die Modalitäten gerade für Sie geklärt. Darf ich mich kurz vorstellen? Mein Name ist Antonio, und ich bin für die Dauer Ihres Aufenthaltes Ihr persönlicher Concierge. Wenn ich Sie nun bitten dürfte, mir zu folgen? Der Hausherr wird Sie gleich empfangen.«

Die gestärkte Uniform des jungen Mannes und sein perfektes Auftreten erinnerten Liane an einen gut geübten Schauspieler, der seine Rolle bis ins kleinste Detail kannte. Bemüht, sich davon nicht verunsichern zu lassen, klemmte sie ihre Aktenmappe fest unter den Arm und betrat das herrschaftliche Gemäuer. Schon in der Eingangshalle empfing sie eine angenehme Kühle. Die Temperatur hier drin mochte um die fünf Grad unter der Außentemperatur liegen.

Das edle Interieur, die antiken Möbel aus dem späten Rokoko und ein über alle Maßen pompöses Fresko an der Decke ließen erahnen, dass der Besitzer in Wahrheit sehr gut »über die Runden«

kam. Blattgold an der Stuckverzierung und mehrere Kronleuchter, deren Kristalle in allen Farben des Regenbogens schimmerten – nein, hier wohnte definitiv kein insolventer Mann, dessen Geschäft kurz vor der Übernahme stand.

Dieser Eindruck verstärkte sich durch ein paar junge Frauen, die ebenfalls uniformiert mit Putzeimern und Handtüchern geschäftig an ihr vorbeiliefen. Außer Antonio, der dem Aussehen nach wohl europäischer Abstammung war, bestand das Personal ausschließlich aus Einheimischen. Sie bewegten sich fast lautlos durch die mit Teppich ausgelegten Gänge und sprachen nicht miteinander.

Wozu ein einzelner Mensch so viel Luxus und mehrere Dienstboten brauchte, konnte Liane seit jeher nicht nachvollziehen. Sie selbst lebte in einem vergleichsweise kleinen Einfamilienhaus und betrachtete die ihr zur Verfügung stehende Wohnfläche als völlig ausreichend für zwei Personen. Manchmal kam es ihr sogar in den Sinn, die obere Etage zur Einliegerwohnung umzugestalten und an Singles oder Studenten zu vermieten.

Vorerst dienten die Räume im Obergeschoss als Fitnessraum, Gästezimmer und Homeoffice. Aber das Haus wurde von Beginn an so geplant, dass man dort ein zweites Bad und eine kleine Küche einbauen konnte. Alle hierfür nötigen Anschlüsse lagen derzeit ungenutzt unter der Wandverkleidung.

»Ich melde Sie sofort an. Nehmen Sie doch währenddessen einen Moment Platz«, unterbrach Antonio freundlich ihre Gedanken, ehe er die Treppe hinaufeilte. Im Grunde eine gute Idee, aber wo hätte sie das tun sollen? Lianes Augen suchten vergeblich nach einer angemessenen Sitzgelegenheit. Außer zwei thronähnlichen Stühlen an der Garderobe gab es in diesem Foyer keine Sitzmöbel. Als sie sich gerade entschlossen hatte, besser stehenzubleiben, hörte sie am oberen Absatz der Treppe eine kräftige Stimme.

»Wenigstens ist sie pünktlich. Bring uns einen Kaffee, und dann sorgst du dafür, dass Makene in mein Büro kommt. Er sollte längst hier sein!«

»Sehr wohl!«

Gleich darauf traf Liane zum ersten Mal auf ihren Vertragspartner. Marius Krause schritt in seinem Maßanzug betont selbstbewusst die Treppen herunter, ganz Herr des Hauses, und sprach sie an:

»Da sind Sie ja, Frau Kollegin! Darf ich Sie in mein Geschäftszimmer bitten?«

»Guten Tag, und ich bin ganz Ihrer Meinung. Wir sollten keine Zeit verlieren«, antwortete Liane. »Immerhin gilt es, unsere Zusammenarbeit zum Vorteil für beide Seiten zu gestalten.«

Eine Minute später saß sie Herrn Krause in einem wuchtigen Ledersessel gegenüber. Wie in der Eingangshalle auch gab es in dessen Büro nur das Beste vom Besten. War das eine Kopie oder ein echter Claude Monet an der Wand hinter seinem Schreibtisch? Liane glaubte, das berühmte Bild vom Mittagessen zu erkennen. Sie vermutete das Original eigentlich im Besitz des Städel Museums zu Frankfurt. Verwirrt und kopfschüttelnd wandte sie sich wieder dem tatsächlichen Grund ihres Gespräches zu.

»Der Bedarf an Mahagoniholz in Europa und speziell in Deutschland steigert sich nahezu gleichbleibend. Sie haben die dazugehörigen Diagramme von Herrn Reinecke erhalten. Wie Sie sicher wissen, haben wir als Ihr Hauptabnehmer unser Auftragsvolumen im letzten Jahr um sechzig Prozent erhöht.

Leider konnten Sie uns in den vergangenen drei Monaten nicht entsprechend beliefern, was uns wiederum in Verzug bei unseren Kunden gebracht hat. Damit wir die erhöhte Nachfrage zukünftig wieder adäquat bedienen können, sollten wir mindestens einen Exklusivvertrag in Erwägung ziehen. Dieser hätte für Ihr Unternehmen zur Folge, dass Ihnen die Abnahme zu einem festen Preis garantiert wird, der sich auch dann nicht ändert, wenn der Marktwert wieder fällt.

Eine Fusion, wie sie Herr Reinecke in Bälde anstrebt, wäre demnach in jedem Fall auch für die Mahag-Company ein Zugewinn. Schließlich läge der Focus dann auf der Sicherheit einer im Vorfeld festzulegenden Liefermenge für beide Vertragspartner.

Sie sollten bei Ihrer Entscheidung auch die marktregulierende Wirkung bedenken.

Da sich im Fall Ihrer Zustimmung beide Firmen um die unbedingte Einhaltung der hier geltenden Naturschutzbestimmungen bemühen, wäre sogar den Vorwürfen der Umweltschützer jegliche Grundlage entzogen. Dies dürfte Ihnen die Arbeit vor Ort sehr erleichtern.«

Krause schwieg zu Lianes Ausführungen. Die von ihr vorgelegten Papiere sah er nicht einmal an. Statt einer Antwort lächelte er nur unergründlich.

»Also? Was meinen Sie zu unserem Vorschlag?«, hakte Liane noch einmal nach.

»Nun, ich denke, wir sollten uns vorrangig dem Lieferengpass der letzten Wochen widmen. Wie Sie selbst sagen, funkt uns der Umweltschutz immer wieder dazwischen, sowohl bei Ihnen in Deutschland als auch hier. In regelmäßigen Abständen werden unsere Maschinen von radikalen Aktivisten sabotiert. Durchtrennte Bremsschläuche, zerstochene Reifen und einmal sogar der Diebstahl des kompletten Ersatzteilwagens – Sie können sich denken, was uns das kostet. Das ist auch der Hauptgrund für unsere momentanen Lieferschwierigkeiten.

Es gibt hier eine Organisation mit dem Namen *Salvar de jungla*, die ich stark in Verdacht habe.

Hierbei handelt es sich um eine Gruppe von fanatischen Rangern, die innerhalb der Naturreservate patrouillieren und unsere Fällarbeiten massiv stören, obwohl sämtliche Areale ordnungsgemäß behördlich genehmigt wurden. Und an dieser Stelle kommen Sie ins Spiel, Liane.

Als unser europäischer Exportpartner und zudem als Frau wird man Ihnen vermutlich eher Glauben schenken. Sie werden also den Kontakt zu dieser Gruppe aufnehmen und sie davon überzeugen, dass wir mit unserer Arbeit nicht gegen geltendes Recht verstoßen. Möglicherweise erreichen Sie sogar, dass diese Typen unsere Camps endlich in Ruhe lassen.

Im Zuge dessen möchte ich Ihnen gleich das neu erschlossene Landstück ans Herz legen. Dort leben derzeit noch ein paar Ureinwohner, die mit Genehmigung der zuständigen Behörde im Innenministerium schnellstmöglich entschädigt und umgesiedelt werden sollen. Die Verhandlungen dazu sind bereits in vollem Gange und gestalten sich bislang sehr positiv.

Wir möchten natürlich vermeiden, erneut solche unangenehmen Überraschungen zu erleben wie beim letzten Mal. Daher halte ich es für ratsam, wenn Sie in dem betreffenden Dorf ebenfalls vorstellig werden. Ich gebe Ihnen dafür einen Assistenten zur Seite, der die Sprache der Indios spricht und für Sie dolmetschen wird. Sobald das Land geräumt ist, können wir mit unserer Arbeit beginnen.

Wir haben ein vielversprechendes Gebiet von etwa fünfzig Quadratkilometern vorgefunden, vergleichsweise dicht bewachsen mit sehr gutem Holz. Es gibt zwar ein paar sumpfige Stellen, aber diese können wir mit relativ wenig Aufwand trockenlegen. Meiner Ansicht nach wäre es damit sogar möglich, die von Ihrem Unternehmen vorbestellte Menge für das gesamte nächste Quartal abzudecken. Ich mache den problemlosen Abschluss dieser Sache zu meiner Bedingung für unseren Vertrag.«

»Wo liegt das Gebiet, von dem Sie sprechen?«, fragte Liane interessiert.

Krause schenkte ihr ein joviales Grinsen, ehe er ihr antwortete: »Es befindet sich etwa eintausend Kilometer nördlich von Lima, im Naturreservat nahe der Grenze zu Brasilien. Ich stelle Ihnen eines meiner Autos samt Fahrer zur Verfügung. Wie gesagt, Sie müssen dort nicht allein hin. Ihr Assistent wird Sie auf dieser Reise begleiten und dafür sorgen, dass Sie sicher am Zielort ankommen. Ich habe mir im Vorfeld erlaubt, für den Mittwoch in Dobrejo ein Hotelzimmer für Sie zu organisieren. Das ist eine kleine Stadt am Rand des Reservates. Nach so langer Fahrt werden Sie sicher übernachten wollen.

Von da aus geht es mit dem Motorboot weiter bis zu dem noch zu pachtenden Waldstück, wo die Einheimischen leben.

Eine befahrbare Straße dürfen wir leider erst bauen, wenn wir die behördliche Erlaubnis dazu bekommen. Ich nehme an, Sie werden bis dahin alles mit Ihrer Firma in Deutschland geklärt haben. Wenn Sie wieder zurück sind, melden Sie sich bei mir und wir besprechen danach alles Weitere, abgemacht? Die Reiseroute habe ich Ihnen ebenfalls bereitgestellt. Sie finden alles Nötige in dieser Mappe.«

Damit reichte er ihr einen dunkelroten Aktenordner über den Tisch. Er hielt das sprachlose Erstaunen von Liane wohl für eine Zustimmung und drückte auf einen der zahlreichen Knöpfe auf seinem Schreibtisch. Daraufhin erschien ein bulliger Kerl, der sich als Fernando Alba vorstellte. In seinem Schatten betrat ein Mann mittleren Alters Krauses opulentes Büro.

»Sehen Sie, das hier ist Ihr Assistent Makene. Er spricht kein Deutsch, aber Sie werden sich sicher trotzdem gut mit ihm verstehen. Das heißt, wenn Sie ihm von Anfang an deutlich zeigen, wer der Boss ist. Wissen Sie, diese Indios sind nicht nur ungebildet, sondern meist auch schrecklich faul!«, bemerkte Herr Krause noch am Rand. Das Gesicht des Erwähnten verzog sich missmutig bei diesen Worten.

Dennoch senkte er den Kopf, als bliebe ihm keine andere Wahl, als die unerhörte Beleidigung hinzunehmen. Liane aber sah sehr wohl seine geballten Fäuste und die verräterische Röte, die sich hinter seiner bronzefarbenen Stirn aufbaute. Ob vor Zorn oder vor Scham, vermochte sie nicht zu beurteilen. Vermutlich traf beides zu. Wer ließ sich schon gern in der Öffentlichkeit so herablassend behandeln?

Gleichwohl war sie nicht gewillt, Krauses Plänen sofort zuzustimmen.

»Entschuldigung, aber ich möchte erst Rücksprache mit Herrn Reinecke halten, ehe ich eine solche Fahrt antrete. Sie können so etwas nicht einfach über meinen Kopf hinweg veranlassen! Ich werde darüber nachdenken und morgen noch einmal herkommen«, wandte Liane ein.

»Wissen Sie, ich habe auch noch andere Dinge zu tun! Es ist einzig mein guter Wille, den ich Ihnen damit beweisen wollte. Also gut, dann erwarte ich Sie um 11:00 Uhr. Bis dahin werden Sie sich wohl entschieden haben«, schnarrte Krause sie unwillig an. Gleich danach schickte er Fernando mit der Anweisung hinaus, er möge Lianes Taxi vorfahren lassen.

»Keine Sorge, das werde ich, Herr Krause!«, entgegnete Liane betont ruhig.

Als sie sich verabschiedet hatte und eben durch die Bürotür treten wollte, rief der Geschäftsführer sie noch einmal zurück.

»Hören Sie, Liane, ich würde es vorziehen, wenn Sie mich vor meinen Angestellten Don Mario nennen würden. Diesen Namen sind sie gewohnt und ich möchte es auch dabei belassen«, flüsterte er ihr leise zu.

»Und ich würde es vorziehen, wenn Sie mich nicht Liane, sondern Frau Alsfeld nennen. Auch bin ich in keinster Weise Ihre Kollegin. Ich vertrete die Geschäftsleitung des Händlers, der für den Großteil Ihres Jahresumsatzes verantwortlich ist. Sie sollten das bedenken, wenn Sie das nächste Mal glauben, mich in Ihre Vorhaben integrieren zu müssen, ohne mich vorher um mein Einverständnis zu bitten, Herr Krause!«

Die letzten beiden Worte betonte sie ganz besonders. Sehr zu ihrem Vergnügen war es nun an ihrem Gegenüber, rot zu werden. Im Gegensatz dazu bemerkte sie ein feines Lächeln auf dem Gesicht ihres zukünftigen Assistenten, dem sie daraufhin in die Eingangshalle folgte. Galant und zuvorkommend hielt er Liane die Tür auf.

»Fahren Sie mit mir zurück oder bleiben Sie noch?«, fragte sie vorsichtig.

»Wenn ich mit Ihnen fahren dürfte, wäre ich sehr dankbar. Ich habe in der Stadt noch ein paar Aufträge zu erledigen.«

Seine Stimme klang merkwürdig gepresst, als müsste er sich das Lachen verkneifen. Fernando stand noch immer neben ihnen und beobachtete argwöhnisch jeden ihrer Schritte. Sie spürte ganz deutlich, dass er ihr ebenso misstraute wie sie ihm.

»Also gut, wir sollten uns bekanntmachen. Mein Name ist Liane Alsfeld, wie Sie sicher schon gehört haben. Und Sie heißen Makene?«, eröffnete sie die Unterhaltung, als das Taxi endlich das Gelände verlassen hatte.

»Nein!«, wehrte der Mann an ihrer Seite vehement ab.

»Nein? Wie meinen Sie das? Herr Krause sagte doch vorhin …«

»Ich weiß, was er sagte! Ich heiße aber nicht einfach nur Makene! Ich heiße Iadsu Makene, Sohn von Iarde Makene, Sohn von Iadon Makene.«

»Ein sehr langer Name, aber in Ordnung. Es ist Ihr Recht, darauf zu bestehen.«

Hinreichend verwirrt über diesen exotischen Namen schaute Liane ihren Assistenten fragend an. Offenbar fand dieser ihre Mimik so lustig, dass sich die grimmigen Falten auf seinem eigenen Gesicht wieder glätteten.

»Vielleicht muss ich es Ihnen erklären. In meiner Kultur ist es für die Männer üblich, die Namen des Vaters und des Großvaters zu nennen. Ebenso fügen die Frauen die Namen ihrer Mütter und Großmütter hinzu, wenn sie sich vorstellen.

Es ist unhöflich und respektlos gegenüber den Vorfahren, das nicht zu tun. Sie aber sind nicht vom Stamm der Quechua. Deshalb genügt es, wenn Sie sich auf meinen eigenen Namen festlegen, also auf Iadsu Makene. Oder Sie sagen einfach nur Iadsu, wenn Ihnen das lieber ist.«

Iadsu? War er vielleicht der ominöse I.? Es ging nicht anders, sie musste ihn einfach danach fragen.

»Entschuldigen Sie bitte, haben Sie gestern Abend das Wasser zu meiner Wohnung gebracht?«

Der Assistent nickte zustimmend mit dem Kopf und erwiderte:

»Ich wollte nicht, dass Sie das Wasser direkt aus der Leitung trinken müssen. Wenn man das nicht gewohnt ist, wird man sehr schnell krank. Akribische und regelmäßige Trinkwasserkontrollen, wie sie in Europa üblich sind, gibt es hier leider nicht. Wenn Sie es möchten, besorge ich Ihnen nachher gleich eine

Filteranlage. Ich nehme stark an, dass Ihre Pension nicht damit ausgestattet wurde.«

»Das ist sehr aufmerksam von Ihnen, haben Sie vielen Dank!«

Zwei Blocks vor Lianes Unterkunft steckte das Taxi dann im allgegenwärtigen Stau. Der Fahrer hob bedauernd die Schultern und erklärte, dass er nichts daran ändern könne und dass es auf den Ausweichstraßen bestimmt genauso aussähe. So wäre es immer um die Mittagszeit, meinte er, weil die Menschen dann Siesta hielten und von der Arbeit nach Hause fuhren. Also entschloss sie sich, auszusteigen und den Rest des Weges zu Fuß zu gehen. Sehr weit konnte es nicht mehr sein. Außerdem lockte es sie wirklich nicht, sofort in ihre Wohnung zurückzukehren.

»Haben Sie auch Hunger, Iadsu? Dann kommen Sie, wir nehmen dort an der Straßenecke einen kleinen Imbiss. Vielleicht möchten Sie mir etwas mehr über Ihre Herkunft erzählen. Ich lade Sie sehr gern ein.«

Nicht zum letzten Mal an diesem Tage staunte der Eingeborene über Lianes offene freundliche Art, die er von den Weißen nicht kannte. Sein anfängliches Misstrauen, sicher berechtigt durch schlechte Erfahrungen, legte sich zusehends.

Das Bistro lag nur wenige Meter entfernt und war zu dieser Tageszeit so gut wie leer. In Deutschland hätte man mit langen Schlangen vor der Theke rechnen müssen, aber die Menschen in Lima zogen es wohl vor, daheim zu essen. Sie fanden einen kleinen Tisch in der Ecke, bestellten ein paar typisch peruanische Sandwiches und einen gemischten Salat.

Die Wartezeit nutzte Liane, um sich genauer über ihren neuen Assistenten zu informieren. Die vielen Fragen, die ihr auf der Seele brannten, sprudelten nur so heraus.

»Wie lange arbeiten Sie schon für die Mahag-Company? Was wissen Sie über das neue Projekt, von dem Herr Krause sprach?

Sind die Menschen dort ebenfalls vom Stamm der Quechua? Gibt es hinsichtlich der Kleidung irgendwelche kulturellen Gepflogenheiten, die ich beachten muss, wenn wir in das Dorf zu den Eingeborenen gehen?«

Iadsu zog die Nase kraus und lachte so herzlich, dass Liane irritiert aufschaute.

»Warum lachen Sie jetzt? Ich möchte solche Details gern vorher wissen! In eine Kirche geht man als Frau doch auch nicht im knappen Cocktailkleid. So etwas ist mehr als respektlos und ich möchte niemanden verärgern. Schließlich bin ich auf das Wohlwollen dieser Menschen angewiesen.«

»Sie haben recht, es war unhöflich von mir, Sie auszulachen. Aber Sie sollten bedenken, dass es sich um ein indigenes Volk handelt, das aus gutem Grund möglichst jeden Kontakt zur Außenwelt meidet. Die Menschen leben genau so, wie ihre Vorfahren es jahrhundertelang taten.

So etwas wie eine herkömmliche Bekleidungsvorschrift gibt es eigentlich nicht. Ehrlich gesagt trägt man dort meist einfaches Leinen oder eben das, was die Natur hergibt, also die traditionelle Kleidung aus Pflanzenfasern. Der Familienverband, der bei Dobrejo lebt, ist allerdings seinem Ursprung nach …«

Er unterbrach sich, weil in dieser Sekunde Lianes Telefon summte. Der Anruf kam aus Berlin. Gerhard Reinecke ließ sich über den Verlauf des Geschäftstermins informieren. Als sie ihm von der überraschenden Fahrt nach Dobrejo erzählte, überkam sie schon wieder das merkwürdige Gefühl, dass sich etwas hinter ihrem Rücken abspielte, von dem sie nichts wissen sollte. Viel zu schnell stimmte ihr Vorgesetzter dem Plan Krauses zu.

»Natürlich, Herr Reinecke, ich werde die Reise antreten, wenn Sie es so wünschen. Ich sollte mich wohl selbst davon überzeugen, dass dort alles mit rechten Dingen zugeht. Letztendlich hängt auch der gute Ruf unseres Geschäftes davon ab, nicht wahr?

Ich werde mir die Pläne noch heute genauer ansehen und mich danach mit meinem Assistenten bezüglich des Ablaufs beraten.

Selbstverständlich gebe ich Ihnen danach umgehend Bescheid. Was sagen Sie? Ja, bedauerlicherweise ist Herr Krause nicht eben der sympathischste Verhandlungspartner.

Aber das mag auch daran liegen, dass er es bislang nicht gewohnt war, in seinem Arbeitsablauf kontrolliert zu werden, noch dazu von einer Frau. Dennoch bleibe ich bei den von Ihnen genannten Vorgaben. Es wäre vielleicht günstig, wenn Sie dahingehend noch einmal auf ihn einwirken könnten. Auf Wiederhören.«

Liane legte nicht nur auf, sie schaltete das Telefon auch aus und wandte sich dann freundlich lächelnd wieder ihrem Assistenten zu.

»Erzählen Sie bitte weiter.«

»Ihr Vorgesetzter wollte sicher wissen, wie das Gespräch gelaufen ist, nicht wahr?«, fragte Iadsu, ohne auf ihren Wunsch einzugehen. Sehr zum Erstaunen Lianes, denn sie hatte mit Herrn Reinecke in Deutsch gesprochen.

»Ha! Sieh einer an, Sie verstehen ja doch meine Sprache! Aber Herr Krause erwähnte doch, Sie beherrschen kein Deutsch.«

»Er weiß es ja auch nicht. Ich habe ihn immer in dem Glauben gelassen, dass er in meiner Gegenwart sagen kann, was er möchte, wenn er nur deutsch spricht«, erwiderte Iadsu mit spöttischem Unterton.

»Das heißt dann aber auch, dass Sie seine Beleidigungen sehr wohl verstehen, richtig?«

»Nur zu gut, das stimmt. Es kostet mich oft große Beherrschung, ihm nicht die passende Antwort zu geben, glauben Sie mir.«

Der Blick, den Iadsu ihr nach diesem Satz zuwarf, zeugte von Verbitterung und Zorn. Wie oft musste er sich schon die verächtlichen Anfeindungen von Krause bieten lassen? Liane empfand zu gleichen Teilen Mitleid und Bewunderung für diese Art der Selbstbeherrschung. Sie selbst wäre wohl längst aus der Haut gefahren.

»Ich verstehe. Aber jetzt sprechen Sie weiter, und fangen Sie damit an, wie Sie aufgewachsen sind. Ich frage nicht aus Neugier, sondern aus echtem Interesse an Ihrer Kultur«, bat Liane erneut, um das kritische Thema zu beenden.

Ihr Assistent atmete tief durch, nahm einen Schluck Tee aus seiner Tasse und begann. Was er sagte, verschaffte Liane einen ersten Eindruck von dem, was sie aus humanitärer Sicht in diesem Land erwartete. Und es gefiel ihr ganz und gar nicht, zumal sie wusste, dass davon nicht nur Iadsu betroffen war.

Ihr zukünftiger Mitarbeiter wurde in der Provinz Ica geboren, einem äußerst trockenen und unwirtlichen Gebiet mitten in einer Wüste. Das Reservat, in dem seine Eltern lebten, beherbergte mehrere und zum Teil untereinander verfeindete Sippen. Oft gab es Streit, der aufgrund der räumlichen Enge mitunter in Massenschlägereien bis hin zum Mord ausartete. Die bittere Armut und vorher nie gekannte Krankheiten taten ihr Übriges, die im Grunde friedliche Seele der Eingeborenen zum Kochen zu bringen.

Im Alter von sechs Jahren wurde Iadsu in eine der sogenannten Indio-Schulen gebracht. Hier lehrte man die Kinder einfaches Rechnen, Lesen und Schreiben. Sie wurden von Beginn an ausschließlich in Spanisch unterrichtet, wonach ihnen das Lernen noch schwerer fiel. Daheim kannten sie nur die Sprache des jeweiligen Stammes, dem die Eltern angehörten. Von all seinen Schulkameraden schaffte lediglich einer den Abschluss der sechsten Klasse, und das war er selbst.

Trotz seiner passablen Zeugnisse blieb ihm der Besuch einer weiterführenden Schule versagt, wie so vielen anderen Angehörigen der indigenen Volksgruppen auch. Zum einen lag es daran, dass das nächstliegende Institut eine fünfzig Kilometer lange Busfahrt erfordert hätte. Zum anderen wurde dort eine beträchtliche Gebühr für Aufenthalt und Speisung der Schüler erhoben. Viel Geld, das seine Eltern nicht aufbringen konnten, obwohl beide in Lohn und Brot standen.

Die Mutter versuchte es ihm, der so dringend um die Anmeldung in dieser Schule bat, möglichst schonend zu erklären. Der Monatsbeitrag dafür hätte mehr als die Hälfte des kargen Einkommens seiner Familie verschlungen. Kämen dann noch die Auslagen für Kleidung, Bücher, Hefte und die tägliche Fahrt mit dem Schulbus hinzu, wäre das karge Budget noch mehr geschrumpft.

So nahm Iadsu das, was ihm beschieden war, einfach hin und verdrängte vorerst seinen brennenden Wunsch nach mehr Bildung und Wissen. Stattdessen ging er mit seinem Vater und den anderen Holzfällern in den Wald zur Arbeit, wo er zunächst als Abräumer beschäftigt wurde.

Seine erste Aufgabe bestand darin, zusammen mit anderen Jungen das Geäst beiseitezuziehen, das die Männer von den großen Stämmen abtrennten. Zehn, manchmal auch zwölf Stunden, mit nur einer kurzen Pause dazwischen, und er war dem raschen Arbeitstempo der Erwachsenen unterworfen.

Es gab besonders zu Beginn seiner Tätigkeit viele Tage, an denen sich der gerade mal Halbwüchsige am Abend mehr tot als lebendig in seine Unterkunft schleppte. Doch er beobachtete die erfahrenen Holzwerker sehr genau und lernte schnell.

Er, in dessen Schulzeit nie etwas über Hebelwirkung, Schwerkraft und Masseverteilung gelehrt wurde, ging plötzlich mit erstaunlicher Begeisterung an die Arbeit. Iadsu stellte sich direkt vor die Männer mit ihren Sägen, griff in die Äste hinein und bog sie mit ganzer Kraft nach außen. Somit konnte er deren Eigengewicht nutzen und sie gleichsam vom Stamm herunterschubsen, ohne selbst davon getroffen zu werden, wenn die letzte Holzfaser durchtrennt war.

Die Holzfäller brüllten ihn zwar an, dass er das lassen solle, aber nach ein paar Versuchen bemerkten auch sie, dass es so viel schneller voranging. Die anderen Abräumer, meist noch halbe Kinder zwischen zehn und vierzehn Jahren alt, taten es ihm schon nach wenigen Tagen gleich.

Natürlich war diese Methode für alle Beteiligten gefährlich, besonders für Iadsu selbst. Sollte auch nur einer der weit verzweigten Äste noch unter Spannung stehen, schlüge ihm beim Fallen das dicke Ende direkt ins Gesicht. Oder, was noch schlimmer wäre, es könnte ihn vom Stamm fegen wie eine Fliege, sollte sich dieser unerwartet drehen.

Die Erwachsenen passten jedoch ihre Arbeitsweise an, sodass keinem ihrer jungen Helfer etwas Schlimmes geschah. Auch für sie war Iadsus Idee ein Segen. Sie konnten es sich nun ersparen, die schmächtigen und weniger konditionierten Burschen beim Wegziehen des Astwerks nachträglich unterstützen zu müssen.

Das Ergebnis der Umstellung war eine längere Pause mehr für alle, denn die vorgeschriebene Erntequote wurde viel eher erreicht. Der Kontrolleur der Mahag-Company, der sich am Ende jedes einzelnen Tages einfand, bemerkte wohl, dass die Holzfäller allesamt bester Laune und nicht mehr so erschöpft waren. Doch keiner verriet ihm, woran es lag. Längst hatten sich die Waldarbeiter untereinander abgesprochen, dass der Grund dafür den mürrischen Mann überhaupt nichts anging.

Einige Jahre später übernahm Iadsu dann die Aufgaben eines Sägers. Auch hier erwies sich sein aufmerksames Auge von Vorteil. Er erkannte oft schon im Vorfeld, in welche Richtung der jeweilige Baum fallen würde. Mitunter stritt er sich darum mit dem Vorarbeiter, seinem eigenen Vater, und beharrte stur auf seiner Auswahl. Irgendwann gab dieser es auf, denn sein kluger Sohn war mit nichts zu überzeugen. Stattdessen bezog er den Jungen mehr und mehr in die Ablaufplanung ein.

Es gab noch etwas, das Iadsu von allen anderen Mitgliedern seines Stammes unterschied. Für gewöhnlich gingen die Waldarbeiter abends gemeinsam in die Kochbaracke, um sich dort gegen Geld gründlich zu betrinken. Kamen die Männer dann am Wochenende nach Hause zu ihren Familien, blieb vom so hart erkämpften Lohn meist nicht viel übrig, mit dem sie ihre Frauen und Kinder unterstützen könnten.

Iadsu aber legte jeden einzelnen Sol beiseite und beteiligte sich nicht ein einziges Mal an diesen Sauftouren. Ebenso wenig wie sein Vater, der es ohnehin nicht gern sah, wenn seine Kollegen des Nachts sturzbetrunken in die Hütten wankten. Der erfahrene Mann hatte schon zu oft miterlebt, welche Auswirkungen der übermäßige Genuss von Alkohol haben konnte. Zwei seiner besten

Freunde wurden nach so einem Besäufnis von einem fallenden Baum erschlagen.

Umso mehr beruhigte es ihn, dass sein eigener Sohn nicht im Ansatz Interesse daran hatte. Viel lieber zog Iadsu sich mit den Büchern zurück, die er sich wochenweise in einer Bibliothek auslieh. Wenn der Vater auch den Inhalt der dicken Bände nicht verstand, so freute es ihn doch, dass der Junge weiterhin etwas lernen wollte. Wenigstens ihm würde es dadurch vielleicht einmal bessergehen.

Eines Tages wurde der Kontrolleur auf den jungen Mann aufmerksam. Es ging um die Markierungen der Stämme und die Reihenfolge der Fällung. Iadsu begehrte auf, weil seiner Meinung nach drei der Bäume viel zu dicht beieinanderstanden. Hielte man den vom Kontrolleur festgelegten Plan ein, so bestünde für den jeweiligen Säger akute Lebensgefahr, behauptete er.

Anschließend bewies er die Richtigkeit seiner Aussage damit, dass er persönlich den ersten Baum fällte. Tatsächlich riss der Waldriese einen Jungbaum mit sich, welcher mit seiner ausladenden Krone wiederum nur um zwei knappe Meter an den wartenden Kollegen vorbei und direkt vor ihren Füßen zu Boden rauschte.

Damit war Iadsus beruflicher Aufstieg besiegelt. Senor Vardeja, der damalige Inhaber der Mahag-Company, ließ ihn von den Holzfällern des dortigen Camps abziehen und woanders als Kontrolleur einsetzen. Als die ersten Dörfer der Eingeborenen von der Abholzung betroffen waren und die darin lebenden Menschen umgesiedelt werden mussten, machte er sich darüber hinaus als Dolmetscher unentbehrlich.

Iadsu hielt sich im Folgenden fast zwei Jahre in Lima auf, sprach im Auftrag seines Arbeitgebers mit Behörden und übersetzte Verträge in die Sprache der indigenen Völker. Das Geld, das er auf diesem Posten verdiente, reichte aus, um eine der staatlich geförderten Schulen zu besuchen und einen regulären Abschluss der Sekundaria zu erwerben.

Beginnend mit dem Tod seines Vaters vor sechs Jahren änderte sich jedoch alles. Was nie hätte geschehen dürfen, passierte ausgerechnet dem routinierten Vorarbeiter. An einem trüben und regnerischen Tag glitt Iardes Greifer von dem nassen Holz ab. Dadurch lösten sich mehrere Stämme, die sein Fahrzeug unter sich begruben. Als man ihn endlich bergen konnte, war es bereits zu spät.

Nahezu am gleichen Tag übernahm Krause die Leitung der Mahag-Company, deren früherer Besitzer sich aus Altersgründen zurückzog. Die bisherigen Gesetzmäßigkeiten und die Einhaltung derselben besaßen für diesen Mann keinerlei Geltung. Erst recht nahm er keinerlei Rücksicht auf die Menschen, die er als seine Untertanen betrachtete. Er wollte mehr, viel mehr, um genau zu sein. Senor Vardejas »gutmenschliches Gefasel«, wie Krause es verächtlich nannte, gehörte ebenso wie dessen Rechtsbewusstsein endgültig der Vergangenheit an.

Iadsu wurde demnach wieder häufiger in die Wälder im Norden entsandt, um nunmehr die Murunahua von ihrem angestammten Wohnsitz zu vertreiben, denn nichts anderes war es, was er tat. Allerdings blieb ihm kaum eine Wahl.

Seine Mutter, nunmehr alleinstehend und an schwerem Rheuma erkrankt, brauchte dringend seine Hilfe, vor allem in finanzieller Hinsicht. Allein das machte eine Kündigung unmöglich. Eine Witwenrente, wie sie unter anderem in Deutschland an Hinterbliebene gezahlt wurde war, gab es in Peru nicht. Ebenso wenig besaß Iadsus Mutter eine staatliche Krankenversicherung.

»Und deswegen bin ich noch immer bei der Mahag-Componany angestellt«, schloss er seine Ausführungen. Der Schmerz, der in seinen Worten lag, berührte Liane zutiefst.

»Sie haben nie geheiratet?«, fragte sie leise.

Ihr Assistent senkte verlegen den Kopf und blieb ihr die Antwort schuldig. Er sah auf seine Armbanduhr und verabschiedete sich sehr abrupt. Am nächsten Tag, so versprach er noch, würde er sie gegen 10:00 Uhr mit einem Taxi vor der Pension abholen. Dann hastete er nach draußen, als sei im Inneren des Bistros ein Feuer ausgebrochen. Der Kellner schaute ihm ebenso verdattert hinterher wie Liane selbst, die ratlos und entschuldigend die Schultern hob.

Teil 2

Gold

Ihr nächster Morgen begann damit, dass sie endlich den Portier in persona erwischte und ihn auf der Stelle in Beschlag nahm. Es gab in ihrer Wohnung gleich mehrere Dinge zu beanstanden, beginnend bei der maroden Elektrizität und endend mit vielen anderen Mängeln, die so nicht hinnehmbar waren.

Nur eine der fünf vorhandenen Steckdosen führte Strom, was sich beim gleichzeitigen Betrieb von Kaffeemaschine und Toaster als fatal erwies. Der bereitliegende Adapter sorgte lediglich dafür, dass die betagten Sicherungen ihren Geist aufgaben, wonach Liane minutenlang im Dunkeln stand.

Aus dem verrosteten Rohr unter dem Spülbecken, das sie blitzblank geschrubbt hatte, tropfte nun Wasser hervor, wenig zwar, aber deutlich sichtbar. Vor allem hörbar, denn das stetige »Blop-Blop« ging Liane während der Nacht so auf die Nerven, dass sie frustriert wieder aufstand und einen kleinen Eimer mit einem Lappen darin unter die undichte Stelle schob. Das Gefäß erwies sich am nächsten Morgen als fast voll!

Eines der Fenster im Schlafzimmer ließ sich aufgrund des defekten Riegels nicht öffnen. Ebenso verhielt es sich mit der rechten Seite der Balkontür. Darüber hinaus funktionierte die ihr zugewiesene Waschmaschine im Schleudergang nicht richtig. Als Liane die am Vorabend gewaschenen Stücke aus der Trommel nehmen wollte, trieften sie noch vor Nässe. So konnte man sie unmöglich auf den Balkon zum Trocknen bringen.

Der Portier lächelte milde und erkennbar desinteressiert, bis sie ihm die handgeschriebene Liste vor die Nase hielt und lautstark darüber diskutierte, dass sie bis zur Abstellung dieser Mängel auch die Miete empfindlich kürzen könne. Dann nickte er plötzlich sehr verständnisvoll und bat um ein wenig Geduld. Spätestens am Nachmittag, so versprach er, seien die beanstandeten Fehler beseitigt und es gäbe keinen Grund mehr zur Klage.

Zuzüglich dessen erlaubte er ihr bis zur Reparatur der defekten

Waschmaschine den Gebrauch einer altersschwachen Schleuder aus den 60er Jahren, die unbenutzt und verstaubt in einer Ecke des Kellers stand. Er bot sogar an, das schwere Gerät nach vorn zu ziehen, und kramte aus einem alten Schrank eine Waschschüssel für den Ausfluss hervor.

Fürwahr ein Abenteuer für Liane, die eine solche Höllenmaschine noch nie zuvor benutzen musste! Nach ein paar vergeblichen Versuchen machte es ihr sogar Spaß, dieses rumpelnde und hüpfende Ding festzuhalten, damit es nicht durch die Waschküche sprang wie ein wildgewordener Derwisch.

Gleichwohl drängte die Zeit. Der zweite Termin mit dem Geschäftsführer der Mahag-Company wartete auf Liane, obschon sie wahrlich keine Lust darauf hatte, dem arroganten Krause zu begegnen. Also stopfte sie die leidlich trockenen Kleidungsstücke wahllos in einen Korb und hastete damit nach oben, um sie schnellstens auf das wackelige Gestell zu hängen.

Iadsu stand indessen pünktlich vor der Eingangstür ihrer Pension. Das Erste, was er tat, war, dass er sich stotternd und nach den passenden Worten suchend bei Liane für seinen überraschend schnellen Abgang am Vortag zu entschuldigen versuchte. Es fiel ihm sichtlich schwer, darüber zu sprechen.

»Wissen Sie, ich wollte nicht … Darüber kann ich nicht reden, weil es mir wirklich peinlich ist, und … Also es tut mir sehr leid, aber … Ihnen muss doch klar sein, dass ich …«

»Schon gut!«, unterbrach Liane schmunzelnd ihren Assistenten, der so geknickt dreinschaute.

»Eigentlich möchte ich zuerst bei Ihnen um Verzeihung bitten. Meine Frage war ziemlich indiskret. Es geht mich überhaupt nichts an, ob Sie in einer Beziehung sind oder nicht. Das ist allein Ihre Privatangelegenheit. Und nun lassen Sie uns besser nach La Molina fahren. Herr Krause scheint mir nicht der Mensch zu sein, der gern auf etwas wartet.«

Erleichtert öffnete Iadsu die Wagentür. Im Inneren hatte er bereits mit einer harschen Rüge gerechnet.

Dieses Mal schien sich der sonst mörderische Stadtverkehr Limas anders entschlossen zu haben. Ausnahmsweise bewegte sich die Kolonne mit stetig gleichbleibender Geschwindigkeit durch die Straßen der Hauptstadt, was bei Liane einem guten Vorzeichen gleich für beste Laune sorgte.

Somit kam das Taxi auch um fast dreißig Minuten zu früh vor Krauses Villa an und passierte problemlos das Eingangstor. Ein Gärtner, der gerade mit dem Verschneiden der ausladenden Rosenhecke beschäftigt war, verwies die beiden Besucher auf das weiträumige Gelände hinter dem Haus und sagte:

»Ich glaube, Herr Krause erwartet Sie auf seiner Terrasse. Aber passen Sie bitte auf, dass Sie auf den Wegen bleiben. Es hat in der letzten Nacht ausgiebig geregnet. Die Rasenflächen sind noch sehr durchfeuchtet. Nicht, dass Sie am Ende darauf ausrutschen und sich verletzen.«

Mit einem freundlichen Winken zeigte der ältere Herr auf den Kiesweg und wandte sich dann wieder seiner Arbeit zu.

Im hinteren Teil der Anlage stand eine großzügige Sitzecke, überdacht mit einem quietschgelben Sonnensegel. Davor bot sich Liane allerdings ein eher unangenehmes Bild. Krauses jugendliche Lebensgefährtin Lenore lag dort in einem protzigen Pool auf einer Luftmatratze und planschte ab und an gelangweilt mit den Füßen im Wasser.

Abgesehen von einem knappen Tanga, der speziell von ihrem Schambereich mehr zeigte als verdeckte, war die junge Frau zudem völlig nackt. Obgleich sie sehr wohl bemerkte, dass sich zwei Menschen der Terrasse näherten, sah sie keinerlei Anlass, sich ein Handtuch überzuwerfen.

Im Gegenteil, denn als sie Iadsu erkannte, winkte sie herrisch mit ihrem leeren Glas und rief ihm zu:

»He du, Indio, ich hab deinen Namen vergessen. Wenn du gerade nichts zu tun hast, bring mir einen neuen Drink, okay? Für's Rumstehen wirst du nicht bezahlt!«

Liane bemerkte, wie die Zornesröte in das Gesicht ihres

Assistenten stieg, und legte ihm beruhigend die Hand auf den Arm. Dann stellte sie sich vor Lenore und betrachtete sie, als sei sie ein besonders widerliches Insekt. Der Klang ihrer Stimme hätte die Hölle gefrieren lassen können.

»Der Name meines Mitarbeiters lautet Iadsu Makene, Sohn von Iarde Makene, Sohn von Iadon Makene. Er ist weder Ihr Indio noch Ihr Diener, sondern derzeit mein persönlicher Assistent! Somit untersteht er auch meinen Anweisungen, ganz sicher aber nicht den Ihren! Wenn Sie es jemals wieder wagen, ihn so unverschämt anzusprechen, werden Sie die Konsequenzen dafür tragen müssen.

Meine Firma ist innerhalb Europas der Hauptabnehmer des Unternehmens, das Ihr Lebensgefährte leitet. Verliert er unsere Aufträge, dann dürften sich die daraus resultierenden Folgen mehr als eklatant gestalten, junges Fräulein. Und jetzt steigen Sie wohl besser aus dem Wasser, und bedecken Sie vor allem Ihre Blöße. Hier findet gleich ein Geschäftstreffen statt, dessen Inhalt Sie mit Sicherheit nicht interessieren wird. Also verschwinden Sie bitte, und zwar auf der Stelle!«

Lenores seltsam deformierter Mund öffnete sich und schloss sich gleich darauf wieder. Die junge Frau bekam wohl erstmalig so einen harschen Gegenwind, denn sie sah in diesem Moment so verdutzt aus, dass Liane kurz dachte, sie habe ein gescholtenes Kind vor sich. Tatsächlich bröckelte Lenores aufgesetzte Arroganz von ihr ab wie billige Farbe von einer Hauswand.

Sie war es gewohnt, abfällig mit vermeintlich unterlegenen Menschen umzugehen, und Iadsu gehörte schon aufgrund seiner ethnischen Herkunft dazu. Dies war eines der ersten Dinge, die sich von ihrem Geliebten abgeschaut hatte. Dass sie nun in ähnlicher Form auf ihren Platz verwiesen wurde, noch dazu von einer so viel älteren Frau, die ihrem Gesicht nach offenbar noch nie etwas von Botox gehört hatte, verunsicherte Lenore über alle Maßen.

Dennoch verkniff sie sich eine freche Antwort und verzog nur schnippisch das Gesicht. Liane blieb indessen abwartend am Schwimmbecken stehen. Die Spannung, die sich zwischen den beiden Frauen in der Luft aufbaute, war förmlich greifbar. Als Lenore sich nach ein paar Sekunden noch immer nicht befleißigen wollte, wurde Liane deutlicher.

»Welches meiner Worte haben Sie nicht verstanden, Lady?«, herrschte sie die junge Frau in scharfem Ton an.

»Ich sagte, Sie sollen verschwinden!«

Das Möchtegern-Model biss sich wütend auf die frisch aufgespritzten Lippen und dachte kurz daran, es einfach darauf ankommen zu lassen. Aber Lianes aufrechte Haltung und die Art, wie sie sprach, ließen keinen Zweifel daran, wer von den beiden am längeren Hebel saß.

Mit einem trotzigen »Ich geh ja schon!« paddelte Lenore mit ihrer überdimensionalen Oberweite an den Rand des Pools und zog sich an einem Geländer empor. Die leuchtend pinkfarbene Luftmatratze ließ sie einfach im Wasser liegen. Danach hüllte sie sich in ein Strandtuch, betrachtete Liane und ihren Begleiter ein letztes Mal mit giftigem Blick und verließ die Sonnenterrasse ohne ein weiteres Wort.

Iadsu, der die ganze Szene mit wachsendem Erstaunen beobachtet hatte, trat daraufhin noch näher zu seiner Vorgesetzten und flüsterte:

»Ich weiß nicht, was ich sagen soll. Seit ich hier angestellt bin, hat mich außer meinem Vater noch nie jemand so vehement verteidigt. Vielen Dank, dass Sie mich behandeln wie einen gleichwertigen Menschen.«

Am liebsten hätte er Liane an Ort und Stelle umarmt, aber das schickte sich schon deshalb nicht, weil sie ihm dienstlich übergeordnet war. So beließ er es bei seinen Dankesworten und den leuchtenden Augen, die die Ehrlichkeit dessen bestätigten. Liane schmunzelte und winkte ab.

»Sie sind kein Mensch zweiter Klasse, Iadsu. Sie sind keinesfalls minderwertig, nur weil Ihre Hautfarbe dunkler als meine ist. Lassen Sie sich bitte nie, wirklich niemals, etwas anderes einreden, hören Sie?«

Währenddessen kam es etwas abseits von ihnen, wie es kommen musste. Lenore, die in ihrer Aufregung den Kiesweg verlassen hatte und die letzten Meter zornig über den Rasen stolzierte, blieb mit den hohen Absätzen ihrer Sandalen im durchnässten Boden stecken. Sie schrie auf, stolperte und fiel mit dem Gesicht voran in einen Grashaufen, der noch nicht abtransportiert worden war.

Weil sie die Arme ausstreckte, um sich abzufangen, rutschte zu allem Übel auch noch das Badetuch von ihrem nackten Körper herunter. Liane und Iadsu mussten sich daraufhin sehr schnell umdrehen, um die junge Frau nicht noch mehr zu brüskieren.

Offene Schadenfreude, so berechtigt sie in diesem Fall auch war, hätte sich sicher nicht positiv auf das anstehende Gespräch mit Herrn Krause ausgewirkt. Es genügte, dass sich der Gärtner hinter der Hecke köstlich darüber amüsierte. Sein mühsam unterdrücktes Lachen war nur allzu deutlich zu hören.

Mühsam kämpfte Lenore mit dem feuchten Grasschnitt, der an ihrem ganzen Körper, im Gesicht und in den hochtoupierten Haaren klebte. Sie fluchte und spuckte immer wieder kleine Halme aus dem Mund. Man hätte fast ein wenig Mitleid mit ihr empfinden können.

»Como el coño peludo de una cabra verde!«, murmelte Iadsu.

»Das konnten Sie sich jetzt nicht verkneifen, oder?« Liane lachte nun doch aus vollem Hals. Der bildhafte und durchaus ein wenig anrüchige Vergleich, den er hinter vorgehaltener Hand aussprach, traf absolut ihren Humor.

»Nein, und es ist eigentlich eine Beleidigung für die Ziegen! Das sind so wunderschöne Tiere«, erwiderte er ebenfalls lachend.

Kurz darauf erschien Herr Krause auf der Bildfläche, begleitet von seinem ewigen Schatten Fernando. Seine Mimik wie auch die Art, wie er auf sie zulief, verriet, dass sich die schockierte Lenore wohl bei ihm beklagt hatte. Mürrisch und grußlos setzte er sich in einen der bequemen hellen Rattansessel, wonach er Liane mit einem Fingerzeig dazu aufforderte, es ihm gleichzutun.

»Sie haben sich entschieden, nehme ich an?«, fragte er knapp.

»Nach ausführlicher Rücksprache mit Herrn Reinecke habe ich das tatsächlich, Herr Krause. Ich werde demnach morgen die von Ihnen vorgeschlagene Reise nach Dobrejo antreten. Herr Makene wird mich wie abgesprochen begleiten. Bleibt es bei Ihrem Angebot, mir einen Fahrer samt Auto zu stellen?«

»Nein, daraus wird nichts. Sagen wir es mal so … Es haben sich zwischenzeitlich diverse Umstände ergeben, die es mir unmöglich machen, Sie diesbezüglich zu unterstützen. Ich kann Fernando nicht entbehren, er wird hier dringend gebraucht.

Ganz in der Nähe Ihrer Pension gibt es eine Autovermietung, mit der ich hin und wieder zusammenarbeite. Der Indio wird sich darum kümmern. Und jetzt darf ich mich entschuldigen? Das Geschäft wartet. Sie melden sich bei mir, wenn Sie aus Dobrejo zurück sind, und dann hoffentlich mit guten Nachrichten. Guten Tag!«

Krause stand auf und beendete mit einer merkwürdigen Geste die Unterhaltung. Es wirkte, als wolle er eine lästige Fliege von seinem Gesicht verjagen. Betrachtete man seine Körpersprache genauer, kam dieser Vergleich der Realität sehr nahe.

Wenn Liane eines in ihrem Berufsleben gelernt hatte, dann war es, dass sie niemals die Contenance verlor, auch wenn sich ihr Gesprächspartner unangemessen benahm. So erhob sie sich auch jetzt, ganz die professionelle Außendienstleiterin, und nickte mit dem Kopf. In einer solchen Situation war ohnehin jedes weitere Wort zu viel. Innerlich aber verdichteten sich die Zweifel an ihrem Auftrag. Sie musste unbedingt noch einmal mit Herrn Reinecke darüber sprechen, ehe sie ins Ungewisse aufbrach.

Während sie zusammen mit ihrem Assistenten ins Taxi stieg, um das Anwesen zu verlassen, arbeitete sie bereits im Geiste an ihrer Argumentation. Gleichzeitig spürte sie eine gewisse Erleichterung, dass Fernando sie nicht nach Dobrejo bringen würde. Irgendetwas an diesem Mann jagte ihr eine diffuse Angst ein, die sie sich selbst nicht erklären konnte.

Nicht so Iadsu, der offensichtlich sehr mit der überraschenden Wendung zufrieden war. Er strahlte eine stille Gelassenheit aus, die Liane beruhigte. An seiner Seite konnte ihr nichts geschehen. Sie empfand ein tiefes Vertrauen zu ihm, das sie schon lange nicht mehr bei einem Mann verspürt hatte. Nur darüber nachdenken wollte sie nicht.

»Was bildet die sich eigentlich ein, wer sie ist und mit wem sie hier verhandelt? So langsam geht mir dieses Weibsbild ganz gehörig auf die Nerven!«, schimpfte Marius Krause.

»Ich hätte es ahnen müssen, als Alvaro mich gestern angerufen hat. Gerade mal einen Tag angekommen, und schon fing sie an, mit ihm zu diskutieren, weil der noblen Deutschen die Pension natürlich nicht luxuriös genug war. Leider konnte er in der Wohnung nicht viel finden, das uns helfen könnte. Vielleicht schleppt sie die wichtigsten Dokumentationen immer mit sich herum. Ich hätte ja zu gerne gewusst, was Reinecke mit uns vorhat!«

Er blickte dem davonfahrenden Taxi durch das Fenster seines Büros hinterher. Als sich das Tor hinter dem Auto schloss, wandte er sich dem Schreibtisch zu und schlug mit der Faust darauf, sodass einige Papiere zu Boden flatterten. Er schenkte der Unordnung jedoch keine Beachtung.

»Verdammt noch mal! Wie es aussieht, steht der alte Drachen auf der Seite der Indios. Lenore hat mich vorhin angeschrien, ich solle dafür sorgen, dass die Furie nie wieder das Grundstück betritt. Und ich sag Dir noch etwas: Ich glaube, es war die falsche Entscheidung, ausgerechnet sie nach Dobrejo zu schicken, um mit den Halbaffen im Dschungel zu verhandeln. Wenn sie schon Makene so in Schutz nimmt, wird sie für die anderen Buschleute auch Verständnis haben.

Das Blöde daran ist, ich kann nicht mal Reinecke in Berlin anrufen und mich beschweren. Ich brauche den Typen noch. Der will die Mahag-Company übernehmen und hofft, damit das

Geschäft seines Lebens zu machen. Dabei weiß er gar nicht, wie marode das Unternehmen eigentlich ist.

Der feine Herr in Deutschland drückt mir ständig die Preise, will immer noch mehr Rabatt und schnellere Lieferungen. In der letzten Woche hat er mir ernsthaft erklärt, dass ich den Export radikal beschleunigen muss, weil er gerade einen dicken Fisch an Land gezogen hat.

Große Schnauze haben, ja, das kann er! Wenn der Idiot wüsste, dass die Firma höchstens noch vierzig Prozent von seinem Angebot wert ist – pah! Dachte er, ich überschreibe ihm die Hauptanteile an der Mahag-Company zum Schnäppchenpreis?

Ich werde ihm sicher nicht verraten, dass wir seit Jahren mehr verbrauchen als erwirtschaften. Allein die Schmiergelder der letzten Wochen haben ein Drittel des Erlöses aus diesem Quartal verschlungen. Jeder popelige kleine Schreibstubenhengst hält inzwischen die Hand auf, sobald wir ein neues Areal pachten wollen.

Erinnerst du dich noch an den Typen, der mit uns über das Gebiet bei Cusco verhandelt hat? Der wollte gleich mal zwanzigtausend Dollar für eine lächerliche Unterschrift auf der Genehmigung! Wenigstens konnten die Männer dort viel rausholen.

Die Sesselfurzer in Lima wissen doch ganz genau, dass wir abseits der Holzernte noch andere Dinge im Blick haben, und sie wollen natürlich auch davon profitieren. Das Waldstück hinter Dobrejo ist in dieser Hinsicht wirklich vielversprechend. Ach übrigens, weil wir gerade darüber reden … Juan Cortez hat mir vorhin eine sehr aufschlussreiche Email geschickt. Dazu hätte ich gern deine Meinung.«

Fernando, der bis dahin reglos den Tiraden zugehört hatte, beugte sich nun doch interessiert nach vorn. Krause sprach gerade ein Thema an, das die Augen seines Leibwächters begehrlich glitzern ließ.

»Schau her, hier sind die Fotos. Das müssen die Ruinen einer alten Inka-Stadt sein, anders kann ich mir das nicht erklären. Die hellen Steine, die da überall liegen – siehst du, wie gleichmäßig sie sind? Die Natur kann so eine perfekte rechteckige Form nicht erschaffen, das ist unmöglich! Der Berg da in der Mitte war vielleicht sogar eine von den alten Festungsanlagen.

Die Lichtung ist zwar zum großen Teil mit Schlingpflanzen überwuchert, aber das kann nur gut für uns sein. Umso weniger interessieren sich die Glücksritter dafür. Du weißt ja, dass sie uns oft in die Quere kommen. Aber diese Stelle hat bestimmt noch niemand entdeckt. Der Zugang ist sumpfig und mit kleinen Bächen durchzogen. Juan schreibt, es gäbe dort reichlich Arbeit für unsere Schürfer.

Gold, Fernando, das Gold der Inkas und vielleicht sogar sehr viel davon, wie findest du das? Da scheiß ich auf Mahagoni! Klar werden wir auch das Holz ernten, wenn wir die Möglichkeit haben. Aber was hindert uns denn daran, gleichzeitig die Suchtruppe mit der Waschanlage und den Muldenkippern loszuschicken und ein paar Probebohrungen vorzunehmen?

Trotzdem müssen wir vorsichtig sein. Die Schnüffler von dieser Umweltbande sind überall unterwegs und haben die entsprechenden Verbindungen. Sie dürfen keinesfalls Wind davon bekommen, dass ein paar unserer Bagger in Dobrejo das Unterste zuoberst kehren, statt Mahagonistämme zu verladen.

Wenn alles so klappt, wie ich es mir vorstelle, sind wir in ein paar Monaten steinreich und können uns aus der Holzbranche zurückziehen. Gold steht derzeit auf einem Höchstkurs, weit über tausend Dollar je Feinunze. Dann verkaufe ich die Mahag-Company an Reinecke zu einem guten Preis und investiere das Geld in unser neues Unternehmen in Kolumbien. Mag der Berliner Snob sich allein mit den Vorschriften und den gierigen Wichtigtuern herumärgern, das ist ja nicht mehr mein Problem.

Soll ich dir sagen, was der Supergau für ihn sein wird? Wenn Reinecke nach dem Verkauf erfährt, dass wir drei Viertel unseres Holzes in Wahrheit in die USA und nach China geliefert haben und nicht an ihn, trifft ihn vermutlich der Schlag! Deutschland ist nur ein winziges Licht in unserer Exportstrategie.

Die Amis zahlen gerade Preise jenseits von Gut und Böse, und ebenso die Chinesen! Das Geschäft in Dobrejo sollten wir allein deswegen unbedingt noch mitnehmen, ehe die Mahag-Company endgültig an Reinecke übergeben wird. Unsere Abnehmer in Texas warten schon seit Wochen auf ihre Bestellung, und die sind mir wesentlich wichtiger als Berlin. Du weißt ja, dass sie auch danach auf dem neuen Vertriebszweig mit uns zusammenarbeiten wollen.«

Der Geschäftsführer rieb sich fast fröhlich die Hände und zwinkerte verschwörerisch wie ein Lausbub, der einen frechen Streich plant. Wenn sich alles so ergab, wie er es plante, dann eröffnete sich ihm schon bald ein ganz anderer und ungleich lukrativerer Markt. Ein Markt, der nichts mit Holz, wohl aber mit der Nutzung der bisherigen Lieferketten für den Schmuggel von Drogen zu tun hatte.

Fernando, bis zu diesem Moment ebenfalls gut gelaunt, wurde plötzlich sehr ernst und hatte einen berechtigten Einwand:

»Und was geschieht, wenn es nicht klappt? Vielleicht sollten wir sicherheitshalber noch abwarten, wie sich die Dinge entwickeln. Du sagst ja selbst, dass diese Deutsche wohl nicht nach deinen Vorstellungen handelt. Sie scheint mir eher eine von den Grünen zu sein. Ich glaube sogar, die Frau könnte uns richtig viel Ärger machen, wenn sie es wollte.«

»Mach dir keine Sorgen, mein alter Freund. Juan wird sich sehr ausgiebig darum kümmern, dass das nicht passiert. Ich habe ihn als unseren Kontaktmann in Dobrejo angegeben. Für den Fall, dass die gutherzige Liane sich gegen unser Vorhaben entscheidet, habe ich ihm bereits ein paar genaue Instruktionen hinterlassen. Eins verspreche ich dir jetzt schon, Fernando. Wir werden das arrogante Weib mit seinen ach so moralischen Allüren sehr schnell wieder los, entweder auf die eine oder auf die andere Art!«

Das süffisante Grinsen Fernandos ließ Krause zu Recht vermuten, dass dieser verstanden hatte, was mit der *anderen Art* gemeint war. So oder so würde er als Sieger aus dem kleinen

Wettstreit mit Liane hervorgehen. Wenn Juan sein Fach verstand, und das tat er für gewöhnlich, konnte Krause sicher sein, dass in einem halben Jahr kein Hahn mehr danach krähte. Solche Dinge geschahen ja nun mal recht häufig mit Menschen, die sich dummerweise im Urwald verirrten.

Mit sich und seinem diabolischen Plan im Reinen öffnete Krause die Tür eines kleinen Kühlschrankes, der in die Front seines Schreibtisches eingelassen war. Die Flasche, die er zutage beförderte, enthielt einen äußerst wertvollen Portwein aus dem Jahre 1944. Zwei Kristallgläser und die dazugehörige Karaffe standen schon auf der Anrichte bereit.

»Du siehst hier eine absolute Rarität aus dem *House Reserve da Silva*, und sie ist erst vor fünf Jahren anlässlich meines Geburtstages in meinen Besitz gekommen. Das ist keine nachträgliche Abfüllung aus den Siebzigern, sondern die kostbare Erstabfüllung. Davon gibt es nur noch wenige Flaschen, und alle sind in Privatbesitz. Ich habe damals gleich zwei der edlen Tropfen für je achttausend Dollar ersteigert. Diesen Hochgenuss sollten wir uns zur Feier des Tages gönnen, meinst du nicht auch?«

Als Fernando kurz darauf mit ihm anstieß, fühlte sich der Geschäftsführer seiner Sache mehr als sicher. Was er nicht lösen konnte, würde Juan Cortez für ihn erledigen.

»Wie hast du dir das vorgestellt?«

»Eigentlich ist mein Plan ganz einfach! Hast du noch deine alten Frachtflieger, die du verschrotten wolltest?«

»Klar, es stehen sogar drei davon auf der Piste hinter den Hütten. Aber ich müsste noch ein paar Schönheitsreparaturen vornehmen, ehe ich sie einsetzen kann.«

»Dann mach es doch wie damals bei dem nervigen Zeitungstypen, der unbedingt eine brisante Schlagzeile brauchte!«

»Du meinst, ich sollte mit dieser Frau …?«

»*Genau das meine ich. Aber sorg dafür, dass es auch wirklich im tiefsten Dschungel passiert, hörst du? Ich will keine großangelegte Suchaktion auf dem Gelände, in dem wir demnächst Bodenproben entnehmen wollen. Die Erdbohrer sind schon unterwegs zu euch.*«

»*Okay, wie du willst. Das dürfte kein Problem sein. Letzte Frage: Wie soll ich mit dem Indio verfahren, der sie begleitet?*«

»*Den brauche ich noch. Also lass ihn gefälligst in Ruhe. Ruf mich sofort an, wenn er und die Frau aus dem Buschdorf zurück sind!*«

Über zwölf Stunden Fahrt in einem schlecht gefederten Geländewagen, dessen Klimaanlage den Außentemperaturen nicht mehr gewachsen war und ihren Dienst bereits nach kurzer Zeit versagte. Davon die letzten zwei Stunden auf Schotterpisten und holprigen Wegen mit ausgewaschenen Fahrspuren!

Dazu kam eine unangenehm hohe Luftfeuchtigkeit, die zusammen mit der Hitze des Tages für fortwährende Schweißausbrüche sorgte, zumindest bei Liane. Daran änderten auch die regelmäßigen Pausen nichts, die ihr Assistent mitfühlend einlegte. Sie fühlte sich nicht nur hinreichend erschöpft, sondern auch desillusioniert, als endlich am Wegrand ein Schild mit dem Schriftzug *Dobrejo* zu erkennen war.

Abblätternde Farbe auf verwittertem Holz, das Ganze mit einem einfachen Pfahl in die Erde gerammt, und das sollte nun eine Kleinstadt sein? Zum wiederholten Mal prüfte sie gründlich die von Herrn Krause ausgehändigten Papiere und die Reiseroute. Doch laut der beiliegenden Karte gab es weit und breit kein anderes Dobrejo als dieses.

Müde und hungrig seufzte Liane auf, als das Fahrzeug unversehens das nächste Schlagloch erwischte und sie sich unsanft den Kopf an der Windschutzscheibe stieß.

»Heute geht aber auch alles schief, oder? Ist wohl nicht unser Tag!«

»Tut mir sehr leid, aber ich hab es wirklich nicht gesehen«, entgegnete Iadsu mit betretener Stimme.

Die einsetzende Dämmerung, der stetige Schatten des Waldes und die verschmutzten Scheinwerfer raubten inzwischen auch ihm die letzten Nerven. Doch kurz darauf öffneten sich die dunklen Kronen der Bäume und gaben den Blick auf eine größere Lichtung frei. Eine verlassen wirkende Tankstelle, ein paar verrostete Autokarosserien, ein Strommast ohne Kabel und nirgends eine Menschenseele, die man hätte nach dem Weg fragen können!

»Also ganz ehrlich, sehen Sie hier eine Kleinstadt? Ich nämlich nicht! Wohin in Gottes Namen sollen wir jetzt fahren? Hier ist nichts außer Urwald, einer alten Zapfsäule und drei windschiefen Blechhütten!«

Der Angesprochene hob ratlos die Schultern und antwortete:

»Ich kenne mich hier auch nicht aus, um ehrlich zu sein. In diesem Gebiet war ich noch nie. Aber ich hätte eine Idee. Das Land gehört meines Wissens nach definitiv den Murunahua. Vielleicht stoßen wir auf eines ihrer Dörfer, wenn wir dem Weg nordwärts folgen.

Sie gelten zwar als zurückhaltend, sind jedoch nicht generell kriegerisch gesinnt. Außerdem denke ich, dass sie uns für die Nacht ein Obdach geben würden, wenn wir sie höflich darum bitten. Die Sonne geht bald unter.«

Liane hatte endgültig die Nase voll, was man an ihrem grimmigen Gesicht erkennen konnte. Leise fluchend wühlte sie in den Schriftstücken und warf eines nach dem anderen zwischen ihre Füße.

»Moment, ich glaube, ich habe da eine Telefonnummer gesehen!«, warf ihr Assistent ein.

Tatsächlich, auf dem letzten Papier stand eine Nummer. Fast hätte sie es zu den anderen Zetteln in den Fußraum geworfen. Hastig tippte Liane die Ziffern in ihr Handy. Doch es funktionierte nicht. Natürlich, es gab hier draußen kein Netz! Glücklicherweise verfügte das Auto über ein funktionierendes Satellitentelefon.

»Juan Cortez«, meldete sich eine tiefe Stimme.

»Guten Tag, mein Name ist Liane Alsfeld. Sind Sie der Herr Cortez, der meinen Assistenten und mich in Empfang nehmen soll? Ja? Sehr gut!

Wir stehen gerade an einer alten Tankstelle und wissen nicht weiter. Können Sie uns abholen? Wie meinen Sie das, welches Auto wir fahren? Was glauben Sie, wie viele Pkws sich um diese Uhrzeit hier am Ende aller guten Heerstraßen aufhalten?

Nein, Sie werden mir jetzt zuhören! Herr Krause hat Sie als meinen Kontaktmann benannt. Also erwarte ich auch von Ihnen, dass Sie sofort jemanden schicken, der uns sicher zu unserer Unterkunft bringt. Ich fahre keinen einzigen Meter weiter, ehe ich nicht ... Sie kommen selbst? In Ordnung, dann haben wir uns ja verstanden. Ich warte hier auf Sie!«

Empört legte sie den Hörer zurück auf die Basisstation. Nicht zum ersten Mal an diesem Tag fragte sich Liane, wo um Himmels willen sie hineingeraten war. Tief in ihrem Inneren ahnte sie, dass sie einen gravierenden Fehler beging, indem sie Krauses Lebensgefährtin offen zurechtwies. Nein, verbesserte sie sich gedanklich selbst. Der erste Fehler war, Krause schon am Tag zuvor ordentlich auf die Finger zu klopfen!

Dieser Cortez machte schon jetzt den Anschein, voll und ganz von der Linie seines Arbeitgebers überzeugt zu sein. Wie er sich doch köstlich amüsierte, als Liane ihn anrief, und sich nicht einmal bemühte, den Anstand zu wahren. Es kam schon offenem Spott nahe, so zu tun, als gäbe es um diese Zeit einen Stau auf der Lichtung. Sie war kurz davor, die Fassung zu verlieren, als ihre Augen Iadsus gutmütigem Blick begegneten. Ruhig bleiben, signalisierte er ihr, und bloß nicht provozieren lassen. Erst recht nicht von solchen Menschen wie Krause oder auch Cortez.

Es dauerte noch etwas mehr als zwanzig Minuten, bis sich den Wartenden endlich ein Fahrzeug näherte. Inzwischen gab es kaum mehr Tageslicht. Der dichte Wald verschluckte die letzten Strahlen der untergehenden Sonne und hinterließ eine dunkle Erwartung. Den Geräuschen nach zu urteilen, machten sich schon die ersten nächtlichen Jäger auf den Weg, bereit dazu, ihre arglosen Beutetiere zu erlegen.

Allen voran der Jaguar, dessen Population sich hier noch halten konnte, wenn auch mit bedrohlich sinkenden Zahlen. Dazu

Ozelots, Brillenbären, ja sogar Pumas lebten laut Lianes Vorinformationen in solchen Wäldern. Die Frage war nur, wie viele davon sich gerade in der Nähe des alten Jeeps befanden. Die Vorstellung, sich heute noch mit einem scharfzähnigen und hungrigen Raubtier anlegen zu müssen, fand sie nicht gerade attraktiv, zumal sie keinerlei Waffen zur Verteidigung mit sich führte.

Umso erstaunter war sie, als Iadsu einfach aus dem Auto stieg. Er schien die Abendluft regelrecht einzusaugen, darin zu baden und sich mit geschlossenen Augen an den exotischen Tönen zu weiden, die aus den Tiefen des Waldes erklangen. Er war für ein paar Minuten wieder ein stolzer, freier Quechua, bis das hässliche Knattern eines Motorrades die Geräuschkulisse zerschnitt. Genauer gesagt war es eines jener spartanischen Quads, mit denen die Holzfäller sich im Wald fortbewegten.

»Cortez mein Name, nennen Sie mich Juan! Fahren Sie hinter mir her!«

Der knappe, schneidige Gruß ließ vermuten, dass sich der Kontaktmann nicht auf ein längeres Gespräch mit Liane einlassen wollte. Schon sprang er wieder auf sein Gefährt und winkte ihnen unwillig zu. Aufgrund des immer schlechter werdenden Weges wurde es zunehmend schwerer, dem wendigen Quad zu folgen, doch Iadsu schaffte es. Was für ein Glück, dass er es gewohnt war, in solchen Gegenden mit dem Auto zu fahren.

Bald darauf erreichte der Jeep das, was Marius Krause für eine florierende Kleinstadt ausgab. Tatsächlich aber erwartete Liane ein bereits abgeerntetes Areal, das an die sechs Fußballfelder umfassen mochte. Zwischen den Häusern erkannte sie mehrere große Baumstümpfe, deren Aushub wohl zu viel Aufwand erforderte. Ein paar ältere Forsternter standen am Rand, zudem vier große Raupenbagger und zwei Skidder.

Ihre Augen wurden groß, als sie gedanklich erfasste, was Dobrejo tatsächlich darstellte. Man hatte hier eine großräumige Rodung vorgenommen und eine Art Lager für die Holzfäller errichtet! Vermutlich sogar illegal, denn es gab dafür noch gar keine

Genehmigung oder gar einen rechtsgültigen Pachtvertrag, wie Krause sagte. Er hatte sie getäuscht, und das nach allen Regeln der Kunst!

Jetzt wurde Liane auch klar, warum das Navigationssystem des Fahrzeugs den Ort nicht fand. Dobrejo gab es nur auf der ausgedruckten Karte, die ihr Herr Krause überreicht hatte. Ihr Gehirn fügte die fehlenden Puzzleteile in Sekundenschnelle zusammen. Reinecke verriet ihr beim letzten Meeting im Vertrauen, dass der Verhandlungspartner gebürtiger Pole war!

Verdammt, warum fiel ihr das nicht eher auf? Sie hätte sich die Haare raufen können. Noch einen Monat zuvor war sie in Warschau, um dort mit einem neuen Kunden zu verhandeln. Die Worte *dobrejo* und *dobrze* fielen in diesem Zusammenhang ständig.

Wie gehetzt schaute Liane zu ihrem Assistenten. Es gab jedoch keine Möglichkeit, mit ihm darüber zu sprechen, solange Cortez noch bei ihnen stand. Dieser zeigte gerade auf ein erbärmliches Häuschen mit Welldach und erklärte:

»Das ist Ihre Unterkunft für die Nacht. Wir unterhalten uns morgen. Kleiner Tipp noch: Gehen Sie nicht vor die Tür, bis die Sonne wieder aufgegangen ist. Hier gibt es genügend hungrige Viecher, die Sie als willkommenen Imbiss betrachten würden. Gute Nacht!«

Anschließend drehte er sich um und verschwand sehr schnell im unübersichtlichen Gewirr der Baracken. Iadsu blickte ihm noch ein paar Sekunden nachdenklich hinterher, ehe er entschlossen auf die Hütte zuging und die Tür öffnete.

Elektrischen Strom gab es zwar nicht, aber im Inneren der Hütte brannten zumindest ein paar fleckige Öllampen. Im Grunde bestand das einfache Domizil nur aus einem Wohn- und Schlafraum, einer offenen Toilette mit Waschbecken und einer winzigen Kochecke. Das heißt, wenn man den Gaskocher mit dem schmuddeligen und verbeulten Blechnapf darauf als Kochecke bezeichnen wollte.

Schlimmer konnte es wohl nicht mehr kommen! Liane ließ ihre kleine Reisetasche auf einen Stuhl fallen und begann hemmungslos zu weinen. Ihre völlig überreizten Nerven ließen nichts anderes mehr zu. Ihr Assistent legte vorsichtig eine Hand auf ihre Schulter und sagte:

»Wir sind ja nicht lange hier, nur zwei Tage. Sehen Sie, es ist sogar ein Schlafsofa für Sie vorhanden. Ich kann es mir auch auf der Bank dort an der Wand gemütlich machen. Mich stört es nicht. Ich kenne das aus der Zeit, als ich noch selbst im Wald gearbeitet habe. Ruhen Sie sich ein wenig aus. Ich werde versuchen, Ihnen wenigstens eine Mahlzeit und frisches Wasser zu organisieren, in Ordnung? Keine Sorge, ich bin bald zurück.«

Seine sonore Stimme brachte Liane dazu, sich zusammenzureißen. Alles andere hätte Cortez nur die Genugtuung gebracht, die er haben wollte.

»Sie haben recht. Für die kurze Zeit werde ich es schon aushalten«, meinte sie schniefend.

Am nächsten Morgen startete Iadsu den Jeep sicherheitshalber zehn Minuten vor der Abfahrt. Eine kluge Entscheidung, denn der Motor, ursprünglich ein belastbares Kraftpaket, hatte seine besten Jahre längst hinter sich und protestierte energisch. Die Waldarbeiter mussten das Fahrzeug zweimal anschieben, ehe es halbwegs lief.

Cortez stieg vorn ein, ohne auf Liane zu achten, die dies ebenfalls vorhatte. Und wieder erreichten sie deutliche Warnsignale aus ihrem Unterbewusstsein. Dieser Mann war gefährlich, sowohl in seiner respektlosen Art, Frauen zu behandeln als auch in seinem merkwürdigen Benehmen. Sie spürte es bis in ihre zitternden Finger, dass er etwas verheimlichte, etwas sehr Entscheidendes!

Während der Fahrt durch den Mahagoniwald schwieg ihr bärbeißiger Begleiter und wies maximal mit dem Finger in eine andere Richtung, wenn überhaupt. Doch dann kam der Fluss, ein reißendes Gewässer in schmalem Bett und durchzogen von Felsen. Erfahrene Rafting-Kanuten wären hier wahrscheinlich überglücklich. Liane hingegen war alles andere als das. Ihr kamen beunruhigende Geschichten von Zitteraalen, Piranhas und Anakondas in den Sinn.

An einer kleinen beruhigten Uferzone ließ Cortez den Wagen anhalten. Sie stiegen auf ein Boot um, das den Namen eigentlich nicht verdiente. Zwei hölzerne Paddel lagen darin, ebenso ungepflegt wie das Boot selbst, in dessen Fußraum eine Handbreit faulenden Wassers stand. Wenigstens sagte der Mann jetzt endlich ein paar erklärende Worte.

»Wir fahren etwa acht Kilometer flussabwärts. Ich setze Sie an der Landungsstelle ab. Von da aus sind es nur noch ein paar Minuten Fußweg bis zum Dorf. Allerdings komme ich nicht mit Ihnen. Sie sind ja in bester Gesellschaft, nicht wahr? Falls Sie wieder zurückkommen ...«

»Was soll denn das heißen?«, fuhr ihm Liane dazwischen. »Was meinen Sie mit *falls*? Natürlich kommen wir zurück! Ich werde mit den Menschen verhandeln, so wie es geplant ist. Allzu lange wird das Ganze ja nicht dauern, vielleicht eine halbe Stunde. Anschließend bringen Sie meinen Assistenten und mich wieder nach Dobrejo. Also warten Sie bitte auf uns!«

Lianes energischer Ton beeindruckte den Vorarbeiter kaum. Er verzog zwar das Gesicht, verzichtete aber auf einen verbalen Widerspruch und ließ sie einsteigen. Die anschließende Fahrt über den Fluss, so halsbrecherisch sie auch war, barg auch viel Romantik. Ein Schwarm exotischer Vögel mit grellrot gefärbten Brustfedern fuhr auf und flog kreischend über ihre Köpfe hinweg.

Hier, wo der Urwald so gut wie unberührt war, zeigte er noch sein friedliches Gesicht. Jeder kleine Sonnenstrahl wurde von Pflanzen genutzt, die nach Wachstum und Vermehrung strebten. An manchen Stellen zeigte sich ein Blütenmeer, das jeden Maler

Lügen strafte. Am schönsten jedoch erschien Liane die feucht-warme Luft, die ihre Lungen mit Sauerstoff füllte.

Daheim in Deutschland hatte sie mehrere Dokumentationen über den Regenwald interessiert verfolgt und sich zu Studienzwecken einige Bücher gekauft. Ihn aber mit eigenen Augen zu sehen und die unendliche Farbenpracht zu bewundern, machte sie einfach nur glücklich. Diese Fülle an Leben konnte kein noch so gut gedrehter Film vermitteln.

Als das Boot anlegte, erweiterte sich das Bild um die ersten Anzeichen, dass in diesem Wald Menschen lebten. Am Ufer lagen Kanus von etwa drei Metern Länge. Sie waren im Gegensatz zu dem Boot von Cortez in einem sehr guten Zustand. Die darauf teils gemalten, teils eingeschnitzten Zeichnungen erinnerten Liane an eine Abhandlung, die sie schon vor Jahren gelesen hatte. Darin ging es um die indianischen Hochkulturen des alten Peru, beginnend bei den Moche über die Chimú bis hin zu den Inkas.

Ein Symbol war auf jedem Kanu zu sehen. Es musste sich um eines jener Mischwesen handeln, die von den Eingeborenen ähnlich ihren Göttern angebetet wurden. Aufrecht und auf zwei Beinen stehend, erinnerte dieses Wesen seiner Statur nach an einen Menschen. Doch der Kopf war keinesfalls menschlich. Vielmehr wirkte dieser eher wie der Kopf eines Krokodils oder eines Vogels mit langem Schnabel.

Der mannshohe Speer, den das Wesen in der Hand hielt, ließ die Zeichnung umso bedrohlicher wirken. Auch ein übergroß dargestellter Phallus zeugte von männlicher Dominanz und kriegerischer Herrschaft. Tief in ihren Gedanken versunken betrachtete Liane die Bilder, bis sie von merkwürdigen Pfeifgeräuschen und den Worten ihres Assistenten unterbrochen wurde.

»Was Sie hier sehen, sind *Seres con escamas*, die heiligen Schuppenwesen der Großen Göttin. Sie fungieren als Wächter aller Seelen und werden seit Anbeginn der Zeiten von uns verehrt. Aber wir sollten jetzt gehen. Die Murunahua wissen bereits, dass wir hier sind. Sie erwarten uns schon. Hier, nehmen Sie meine Kette.

Ich bekam sie einst von meinem Vater geschenkt. Sie ist unter uns Indigenen ein Zeichen der Stammeszugehörigkeit und der Freundschaft«, sagte Iadsu leise.

Als Liane den fein geschnitzten hölzernen Anhänger gebührend bewunderte und sich die Kette anschließend um den Hals legte, strahlte er vor Freude und Stolz.

Wieder ertönte ein langgezogener Pfiff. Erschrocken blickte sie sich um, woraufhin Iadsu überlegen schmunzelte.

»Dachten Sie, dass man sich hier mit Buschtrommeln oder Rauchzeichen verständigt, wie man es aus Filmen kennt? Glauben Sie mir, von den Murunahua wird dieses Klischee ganz sicher nicht bedient. Man pfeift, ruft oder macht sich anderweitig bemerkbar, wenn man sich etwas mitteilen möchte.«

»Nein, natürlich nicht, ich war nur ein wenig irritiert. Tut mir leid, aber es ist eine fremde Welt für mich«, gab sie kleinlaut zu.

Noch fremdartiger waren die Menschen, die sie kurz darauf auf ihrem Weg zum Dorf geleiteten. Auf den ersten Blick wirkten die Männer nahezu uniformiert. Alle trugen einen Kopfschmuck aus Blättern und bunten Federn.

Ihre Kleidung, eine knielange Hose und eine Art ärmelloses Hemd, bestand hauptsächlich aus grob gewebtem Stoff, dem herkömmlichen Leinen nicht unähnlich. Doch bei genauerer Betrachtung fielen Liane doch ein paar deutliche Unterschiede auf.

Die Tätowierungen auf ihren Armen und Gesichtern und die Form der Frisur schienen auf eine gewisse Rangordnung in dieser kleinen Gruppe hinzuweisen. So trug der lediglich Erste einen Irokesen, während die Nächstfolgenden ihr tiefschwarzes Haar zu einem Zopf geflochten oder einfach nach hinten gebunden hatten.

Iadsu wirkte im Gegensatz zu ihr nicht im Mindesten verunsichert. Er war soeben im Begriff, ein Gespräch mit einem Halbwüchsigen zu führen, der einen Weidenkorb und ein langes Messer mit sich führte. Das herzliche Gelächter des Jungen ließ sie hoffen, dass man den Besuchern freundlich gesinnt war.

Nach ein paar Schritten sah Liane einen Abzweig auf der rechten Seite des Weges. Nur ein schmaler Pfad, aber doch als solcher erkennbar, und er führte zu einem … Ja, was war das nun? Ein Tor konnte man es nicht nennen, obwohl es fast danach aussah. Tote Bäume ohne Rinde, ineinander verwachsen und mit menschlichen Schädeln behangen, vielleicht ein Portal zu einem Tempel oder einer anderen rituellen Opferstätte.

Dahinter konnte sie außer wirrem Geäst und Blättern leider nicht viel erkennen. Bedachte man aber den Speer, der mit der Spitze nach oben aus dem Boden ragte, empfand sie es eher bedrohlich und warnend. Sie beschloss, Iadsu nach der Bedeutung zu fragen, sobald sie das Dorf erreicht hatten. Etwas an der Art, wie ihre Begleiter diese Seite des Weges mieden, sagte ihr, dass es sicher kein schöner Ort war, der hinter dem Totholz lauerte.

Die erste Hütte kam in Sicht, gleich darauf die zweite, und dann sah Liane ein kleines Paradies. Mitten auf einer Lichtung reihten sich die Behausungen im Kreis aneinander. Sie alle waren durch einen langen Gang miteinander verbunden, ähnlich wie eine Galerie, und sie standen auf dicken Bohlen etwa einen Meter über dem Boden. Dies war wohl eine Vorsichtsmaßnahme gegen das ansteigende Wasser in der Regenzeit.

Hinter der Wohnanlage befanden sich viele kleine gepflegte Felder mit verschiedenen Gemüsesorten. Mais, aber auch Maniok und etwas, das zumindest nach Bohnen aussah, wuchsen dort in Reih und Glied. Zwei jüngere Frauen bemühten sich gerade, die Erde auf einem dieser Felder aufzulockern und das Unkraut zu entfernen.

Noch beeindruckender aber war der Mann, der ihr mit einem breiten Lächeln im Gesicht aus dem Haupthaus entgegentrat. Liane winkte ihm ebenso lächelnd mit beiden Händen zu. Dazu hatte Iadsu ihr geraten, bedeutete es doch, dass sie keine Waffe in der Hand trug und in Frieden kam.

»Moar«, stellte sich der komplett ergraute Mann vor, indem er mit dem Finger auf sich zeigte. Dann streckte er Liane den gleichen Finger entgegen und blickte sie fragend an.

»Liane, mein Name ist Liane«, antwortete sie hochroten Kopfes. Offenbar fand der Eingeborene ihren Namen enorm witzig, denn er lachte begeistert und schlug ihr auf die Schulter. Nacheinander wagten sich jetzt weitere Bewohner des Dorfes in ihre Nähe. Jeder Einzelne von ihnen wiederholte die Begrüßung.

»Sie machen sich nicht über Sie lustig, keine Sorge. Es ist einfach ihre Art, Fröhlichkeit und gute Laune durch ein herzhaftes Lachen auszudrücken«, erklärte Iadsu flüsternd, als er bemerkte, wie verlegen Liane wurde.

Als sich zu guter Letzt auch noch die Kinder des Stammes einfanden und staunend ihre helle Haut berührten, ging Moar energisch dazwischen. Er verjagte die vor Vergnügen kreischenden Kleinen und bat Liane auf einen Baumstamm, der als Sitzmöbel diente. Ein weiches, langhaariges Fell lag darauf, dessen Ursprung sie nicht ermitteln konnte. Im Grunde wollte sie auch nicht darüber nachdenken, welches arme Tier hierfür sterben musste.

Zu viele Eindrücke strömten gleichzeitig auf sie ein. Deshalb überließ sie vorerst auch Iadsu das Sprechen, zumal er im Gegensatz zu ihr bestens mit dem Ältesten kommunizieren konnte. Nach kurzer Debatte verfinsterte sich jedoch dessen Miene. Die Antwort, zu der Moar ansetzte, klang überhaupt nicht mehr freundlich.

»Jeden Tag sehen wir weiße Männer, die sich im Wald einfinden. Der Mann am Fluss, der auf euch wartet, ist einer von ihnen. Er war schon einmal bei uns und wollte, dass wir irgendwelche Papiere unterschreiben. Seine Freunde haben uns beschimpft. Sie kommen nicht, um die Natur zu ehren oder unser Gast zu sein. Sie kommen zu uns, weil sie alles zerstören wollen.

Mit eisernen Maschinen, mit Holzfressern und mit vielen Leuten berauben sie den Wald. Andere graben die Sümpfe aus, bohren Pfähle in den Boden hinein und bauen Dämme, die alles überfluten. Sie verjagen die Tiere und sie verjagen uns.

Diese Menschen bieten uns Gold, das sie in den Flüssen und in der Erde finden. Aber wir brauchen kein Gold. Man kann es nicht essen, nicht anziehen und kein Haus damit bauen. Was wir brauchen, ist unsere Heimat. Wir bleiben hier, in unserem Dorf. Wir haben eine wichtige Aufgabe. Wenn wir sie nicht mehr erfüllen können, wird großes Unheil über uns kommen.«

»Was für eine Aufgabe?«, ließ Liane ihren Assistenten fragen, der ihr Moars Worte leise übersetzt hatte. Der alte Mann sprach weiter:

»Wir bewachen Lucantajo, die Verbotene Stadt, und den Berg der Seelen. Unsere Ahnen, die Chimú, glaubten daran, dass in diesem Berg die Toten darauf warten, als Wächter des Landes wiedergeboren zu werden. Niemand darf ihre Ruhe stören. Es liegt ein Fluch auf diesem Berg, seit unser letzter König ermordet wurde. Ein böser Fluch, der sogar alles Lebende in seinen Bann zieht und den niemand von uns besiegen kann.

Wenn jetzt der Wald rings um den Berg getötet wird, sterben mit ihm auch alle guten Seelen, die in Lucantajo gefangen sind. Was bleibt, ist so abgrundtief böse wie eine Bärin, der man die Jungen gestohlen hat. Lasst ihr es frei, wird es eine schreckliche Herrschaft führen. Es wäre das Ende aller Tage für uns, für euch und für alle anderen Lebewesen hier. Ihr dürft das nicht tun!«

Zutiefst erschüttert hatte Liane zugehört. Erst jetzt wurde ihr die gesamte Tragweite ihres Auftrages bewusst. Es ging nicht nur um das Holz, das Krause ernten und zum bestmöglichen Preis verkaufen wollte. Natürlich standen hier stattliche Bäume, die sicher in ihrem Geschäft willkommen waren.

So wie Moar sagte, suchte man auf dem Areal auch nach Gold! Aber dafür den Lebensraum von Menschen zu zerstören, sie womöglich in die Enge der Städte zu bringen, wo sie doch an ihre unbedingte Freiheit gewöhnt waren?

Abgesehen von dem Aberglauben, der Moar solch furchtbare Angst einflößte, schien es ihr grundsätzlich nicht mehr tragbar, im Sinne Reineckes und der Mahag-Company zu handeln. Die

Umweltschützer hatten recht mit ihren Beschwerden. Von nachhaltiger Produktion konnte hier wirklich nicht die Rede sein, denn eine Wiederaufforstung war nirgends vorgesehen. Nein, es musste eine andere Lösung geben!

Die Bearbeitung dieses Gebietes, so beschloss Liane innerlich, würde sie keinesfalls befürworten. Kein noch so hoher Profit war es wert, den Dorfbewohnern neben der Lebensgrundlage auch den Glauben und ihre Kultur zu nehmen. Womöglich war dies schon einmal geschehen, wenn man den Erzählungen des Ältesten folgte.

Sie machte sich eifrig Notizen, während Moar weitersprach. Seiner Aussage nach wurden die Verstorbenen im Berg der Seelen von den Schuppenwesen bewacht und einer übernatürlichen Gottheit zugeführt. Nach einer gewissen Zeit der Prüfung kamen sie als schwarze Kaimane wieder zurück, um in den undurchdringlichen Sümpfen des Urwaldes zu leben.

So beschützten die Vorfahren ihren Stamm in der Welt der Lebenden. Genau das wurde jetzt, so wie Liane es verstand, von einer verdorbenen Macht verhindert. Moar bezeichnete diese Macht als einen grausamen Seelenfresser, der sterbende Menschen im Berg einsperrte und versklavte, statt sie in das Reich der Großen Göttin übertreten zu lassen. Deshalb gab es also die Zeichnungen, die Liane an den Kanus gesehen hatte.

Sie waren Abbildungen der Vorväter, wie sie von den Murunahua gesehen wurden. Betroffen schaute sie zu Moar, dem die Tränen in den Augen standen. Seine sichtliche Verzweiflung griff auf die anderen Dorfbewohner über, die sich nun auf den Boden knieten und ihre Körper in einem seltsamen Takt hin und her wiegten.

»Minchancaman, Minchancaman«, sangen sie immer wieder beschwörend.

»Ich werde mein Möglichstes tun, um zu verhindern, dass in dem Gebiet Fällungen vorgenommen werden. Sobald wir wieder in Lima sind, spreche ich mit Herrn Krause und Herrn Reinecke.

Ich sehe ohnehin keine Anzeichen, dass hierfür jemals eine amtliche Genehmigung erteilt wird. Schließlich handelt es sich um ein vom Staat Peru ausgerufenes Naturreservat. Sagen Sie dem Häuptling bitte, dass er nichts zu befürchten hat«, forderte sie Iadsu auf.

Er bekam große Augen, übersetzte aber umgehend ihre Entscheidung. Moars ungläubiger Blick und die daraufhin einsetzende Freude waren so rührend, dass Liane ihn herzlich in die Arme schloss. Eine solche Geste, so wurde ihr umgehend erklärt, stand eigentlich nur Eheleuten zu, doch der Dorfälteste nahm es ihr nicht übel. Woher sollte eine hellhäutige Frau aus einem fremden Land auch wissen, was bei den Murunahua als gute Sitte galt und was nicht?

Nach der Verabschiedung begleitete Moar die Besucher persönlich zum Fluss. Wieder kamen sie an dem Durchgang vorbei, an dessen Ende das merkwürdig gewachsene Totholz stand. Auf Lianes fragenden Blick hin zeigte Moar darauf und sagte atemlos:

»Lucantajo!«

Sofort wich er erschrocken einen Schritt zur Seite. Jetzt verstand Liane, wohin das Portal führte. Noch mehr verstand sie die Not des Ältesten, der sich und die Seinen verpflichtet fühlte, den Berg der Seelen zu bewachen und seine Unberührtheit zu schützen.

Kurz vor dem Fluss legte er ihr noch einmal die Hand auf den Arm.

»Achikay Liane«, flüsterte er ihr leise zu. Unhörbar für Juan Cortez, der ihnen mit finsterer Miene entgegensah und ungeduldig mit dem Zeigefinger auf seine Armbanduhr tippte. Sie wusste nicht, was das Wort bedeutete, aber sie erahnte dessen Sinn. Der Älteste bat sie um ihre Hilfe, und die sollte er auch bekommen.

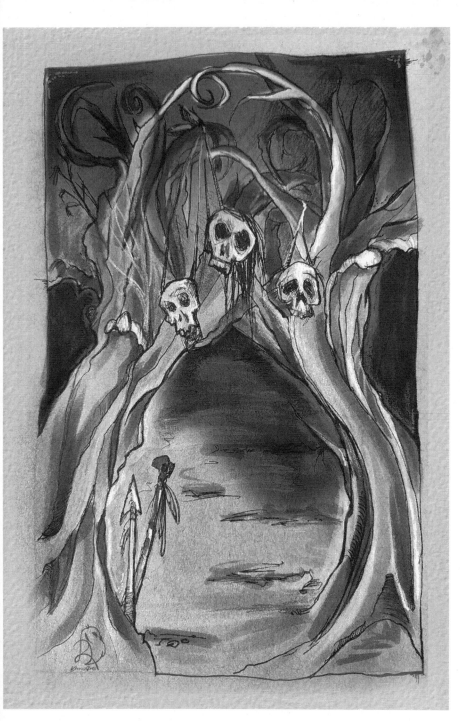

»Und? Erzählen Sie schon! Konnten Sie mit den Indios reden? Sind sie bereit, ihre Hütten aufzugeben? Morgen kommen die Tieflader mit den Planierraupen in Dobrejo an. Die Miete dafür kostet die Mahag-Company eine Stange Geld. Wir können mit dem Abriss des Dorfes nicht zu lange warten. Sonst kommt uns womöglich noch jemand zuvor!«

Cortez sprach unentwegt auf sie ein. Der schmale Seitenarm des Río Yurúa, den das Boot auf dem Rückweg befuhr, lag im Gegensatz zu der halsbrecherischen Hinfahrt fast strömungslos vor ihnen. Es gelang Liane nach dem eindringlichen Gespräch mit Moar jedoch nicht mehr, die herrliche Natur ringsum zu genießen.

»Es tut mir leid, aber ich sehe derzeit keinerlei Anlass, der sofortigen Räumung des Dorfes zuzustimmen. Das Areal sollte vorerst nicht betreten und erst recht nicht bearbeitet werden. Ich muss zunächst Rücksprache mit den zuständigen Behörden in Lima halten, inwieweit das in einem Naturreservat überhaupt möglich ist«, antwortete sie betont professionell.

Da Liane mit dem Rücken zu Cortez saß, sah sie auch nicht dessen zornigen Gesichtsausdruck. Iadsu hingegen bemerkte ihn sehr wohl und spannte unwillkürlich seine Muskeln an. Sollte der Vorarbeiter Liane angreifen, würde er sie zu verteidigen wissen. Noch machte dieser keine Anstalten, aber das konnte sich sehr schnell ändern.

Zurück in Dobrejo entfernte sich Cortez recht schnell, um zu telefonieren. Jedenfalls sagte er ihnen das, ehe er sie einfach stehenließ. Liane und ihr Assistent waren für den Moment allein auf dem staubigen Vorplatz und konnten ungestört miteinander sprechen.

»Ich bin nicht besonders gläubig, Iadsu. Außerdem weiß ich zu wenig über diese Volksgruppe. Sagen Sie mir also bitte, was von Moars Erklärungen über Lucantajo zu halten ist.«

»Es gibt tatsächlich unter den indigenen Stämmen die Legende, dass der Berg der Seelen von einem Dämon beherrscht wird. Von einem immerwährenden Wesen, dessen Geist nicht in das Nachtreich eingehen darf, weil er für eine grausame Tat verflucht wurde, verstehen Sie?

Nicht umsonst nannte Moar es die Verbotene Stadt. Kein lebender Mensch sollte dem Berg der Seelen zu nahe kommen. Die Murunahua glauben daran, und wenn ich ehrlich bin, ich tue das auch. Bereits die ersten Spanier, die unser Land bereisten, haben Aufzeichnungen über die alten Festungsstädte der Vorfahren hinterlassen. Die Geschichte der Chimú ist in Teilen sogar wissenschaftlich belegt.«

»Wodurch? Fanden dort archäologische Ausgrabungen statt?«, wollte Liane wissen.

»Am besten ist es, wir gehen zusammen in die Landesbibliothek, wenn wir wieder in Lima sind. Dort kann ich es Ihnen besser erklären. Ich fürchte, heute reicht die Zeit dazu nicht aus«, wisperte Iadsu ihr zu.

Gerade als Liane antworten wollte, trat Cortez aus seiner Hütte und lief ihnen strammen Schrittes entgegen. War er bis dahin sichtlich zornig und bedrohlich, so bat er sie jetzt aufgeräumt, ja fast gut gelaunt, mit ihm zu kommen.

»Ich habe soeben mit der Geschäftsleitung in Lima telefoniert. Natürlich haben Sie recht. Wir müssen erst die Akten noch einmal prüfen, ehe wir das Dorf beräumen. Allerdings gibt es noch ein anderes Areal dahinter, das schon weitgehend erschlossen ist.

Das würde ich Ihnen vorab sehr gern zeigen. Keine Angst, wir müssen nicht noch einmal mit dem Boot durch den Fluss. Für diesen Zweck habe ich hier paar alte Flugzeuge. Damit sind wir schneller unterwegs und bekommen gleichzeitig einen guten Überblick«, erzählte er, eine Spur zu freundlich.

Alt war nicht das passende Wort für die drei Doppeldecker, die auf einer kleinen Landebahn etwas abseits der Hütten standen. Einzig Rost und Schmutz hielten die schrottreifen Maschinen noch zusammen. Bei zweien fehlten die Propeller. Angesichts dessen hielt sich Lianes Begeisterung in Grenzen, obwohl sie eigentlich recht gern flog.

»In welchem Jahrhundert wurden die Dinger gebaut?«, fragte sie misstrauisch.

»Ja, ich weiß, sie sehen nicht besonders schön aus. Aber das müssen sie auch nicht. Es sind unverwüstliche Antonov AN-2-Maschinen aus dem Bestand der peruanischen Streitkräfte, Baujahr 1960. Technisch gesehen sind sie in einwandfreiem Zustand, dafür kann ich garantieren! Wir haben sie gründlich restauriert und umgebaut, sodass man gleichzeitig Fracht und Passagiere transportieren kann.

Ich kann Ihnen also sofort die Gegend zeigen, von der ich spreche. Dafür hat die Mahag-Company sogar schon eine schriftliche Bestätigung aus Lima. Hier, sehen Sie, ausdrücklich unterzeichnet vom Sekretär des Umweltdezernats. Es sollte demnach auch in Ihrem Interesse sein, sich das Waldstück anzuschauen, wenn Sie in diesem Quartal noch ihre Lieferung haben wollen.«

Mit diesen Worten zog Cortez ein zerknittertes Schriftstück aus der Hemdtasche und hielt es ihr unter die Nase. Es trug wirklich das Siegel der peruanischen Regierung und galt somit als offiziell beglaubigt. Liane nickte dem Vorarbeiter zu. Sie ignorierte außerdem den warnenden Blick ihres Assistenten, dem die spontane Gemütswandlung von Cortez nicht geheuer war.

»Du nicht! Du bleibst hier und wartest! In der Maschine ist sowieso nur Platz für einen Passagier«, erklärte dieser nachdrücklich, als Iadsu sich anschickte, Liane zum Einstieg zu folgen. Mit einer ausladenden Geste schob Cortez ihn beiseite und öffnete die hintere Tür des Flugzeugs. Quietschend gab das verbogene, braune Metall nach.

»Da am Fenster haben Sie den besten Ausblick. Setzen Sie sich und schnallen Sie sich fest an. Leider ist mein Pilot gerade im Urlaub. Ich werde also der Einfachheit halber selbst fliegen, in Ordnung? Keine Sorge, ich besitze seit mehr als zehn Jahren eine Lizenz.«

Schon schloss er die Tür von innen, stieg vorn ins Cockpit und startete den Motor. Nach ein paar anfänglichen Fehlzündungen und unerträglich stinkendem Qualm, der aus dem Auspuff drang, drehte sich der Propeller endlich. Als das Flugzeug sich knatternd in Bewegung setzte, rannte Iadsu schreiend daneben her und ruderte verzweifelt mit den Armen. Doch Liane konnte nicht hören, was er rief. Es waren nur drei Worte:

»Nein, nicht fliegen!«

In einem hatte Cortez allerdings recht. Der Ausblick aus etwa tausend Metern Höhe war wirklich berauschend schön. Das tiefe Grün des Regenwaldes, dazu riesige Schwärme bunter Vögel und die Sonne, die sich in den unzähligen kleinen Bächen und Flussarmen widerspiegelte, zogen Liane schnell in ihren Bann. Doch dann erblickte sie etwas, das nicht in das idyllische Bild passte.

Eine Ödnis aus hellen, beigefarbenen Steinen, nahezu kreisrund, und in der Mitte dieses Kreises stand ein von Schlingpflanzen überwucherter Berg. War dies womöglich Lucantajo? Gerade wollte sie aufstehen und Cortez bitten, den Bereich nicht zu überfliegen, als sich überraschend der Durchgang zum Cockpit öffnete und er mit einem Fallschirm auf dem Rücken heraustrat.

»Adios, Chica!«, grunzte er hämisch.

Dann riss er die Tür auf und sprang aus der Maschine. Das Flugzeug begann zu schlingern. Aus dem Seitenfenster sah sie noch, wie dieser Mistkerl ihr im Fallen den Mittelfinger seiner Hand entgegenstreckte.

Ihr blieben nur Bruchteile von Sekunden, aber der verdammte Gurt hatte sich verhakt und ließ sich nicht gleich öffnen. Während die Antonov mit stotterndem Motor immer tiefer sank, zerrte Liane verbissen an den Riemen.

Nachdem sie den Verschluss endlich gelöst hatte, hangelte sie sich an ein paar Metallkisten nach vorn auf den Pilotensitz. Panisch griff sie mit beiden Händen nach der linken Steuersäule, wobei der lächerlich dünne Draht riss, der die Steuerung mit dem Sitz verband.

Doch es war bereits zu spät! Sie konnte nicht mehr verhindern, dass das Flugzeug außer Kontrolle geriet. Mit dem letzten

Aufblitzen ihres Verstandes zog sie das Steuerrad an ihren Körper. Somit schaffte es Liane gerade noch, die Nase des Frachtfliegers anzuheben und die Richtung zu wechseln.

Das Flugzeug schoss um nur wenige Meter an der Spitze des Berges vorbei und im Sinkflug auf den Waldrand zu! Mit einem infernalischen Krachen landete es kurz vor der Baumgrenze, wo es noch ein kurzes Stück auf dem Boden rutschte, bevor es endlich an einem Felsen abrupt zum Stehen kam. Der Motor der Maschine röchelte ein letztes Mal kurz auf, bevor auch er verstummte.

Ob seitdem Minuten oder Stunden vergangen waren, konnte Liane nicht beurteilen. Ach zum Teufel! Als sie die Augen aufschlug, wusste sie ja nicht einmal, wie sie überhaupt aus dem Wrack gekommen war! Geschweige denn, wie es überhaupt möglich sein konnte, dass sie ein solches Flugzeug allein landete, ohne jede Vorkenntnis oder gar einen Pilotenschein gemacht zu haben!

Es musste wohl eine dieser Affekthandlungen sein, bei denen ein Mensch so unter Adrenalin steht, dass er instinktiv das Richtige tut. Sie hatte vor ein paar Jahren von solch einem Wunder gehört. Damals entwickelte der Fahrer eines Lieferwagens übermenschliche Kräfte, um ein Kind zu befreien, das mit seinem Fahrrad unter das Auto rutschte.

Das kleine Mädchen klemmte dort fest, war zudem schwer verletzt und schrie zum Gotterbarmen. Einen solchen Retter wünschte sich Liane auch gerade. Jemanden, der ihr aufhalf, sie tröstete und ihr sagte, dass alles wieder gut wird. Aber wer sollte sie hier schon finden, am Ende aller Welten? Niemand außer Juan Cortez wusste, wo sie war. Es könnte Tage oder vielleicht sogar Wochen dauern, bis eine Suchmannschaft eintraf.

Als sie sich seitlich zu drehen versuchte, stellte sie fest, dass dies unmöglich war. Ihr Körper verweigerte offensichtlich den Dienst. Jedenfalls ließen sich weder die Arme noch die Beine bewegen, so sehr sie sich auch darum bemühte. Nur die Augen und das Gehirn arbeiteten rational und messerscharf wie gewohnt. Also versuchte sie es mit einer ersten objektiven Bestandsaufnahme.

Okay, ich heiße Liane Alsfeld. Ich bin in Peru, mitten im Regenwald in der Nähe von Lucantajo, und liege außerhalb eines abgestürzten Flugzeugs mit dem Rücken an einem Stein. Um mich herum befinden sich viele Trümmerteile, die wahrscheinlich bei meiner Bruchlandung abgerissen wurden. Das Stück Blech da neben mir stammt eindeutig von der Tür, ich erkenne die Verriegelung. Wenigstens ist die Maschine nicht explodiert.

Dazu kommt, dass ich mich nicht rühren kann. Wenn ich das richtig sehe, ragt ein Stück Knochen aus meinem Schienbein. Das Sprunggelenk ist offensichtlich auch ausgerenkt. Mein Fuß hat eine unnatürliche Position zum Bein eingenommen und zeigt nach innen, was er normalerweise nicht tun sollte. Ich schmecke Blut in meinem Mund. Schmerzen spüre ich keine. Möglicherweise ist mein Rückgrat ebenfalls gebrochen.

Das war kein dummer Zufall. Das war ein gezielter Mordanschlag! Cortez wollte mich umbringen, und wahrscheinlich hat Krause es ihm sogar befohlen. Diese verdammten Scheißkerle! Wäre ich doch nur nicht in das Flugzeug gestiegen, ich Idiotin! Aber es ging alles so schnell.

Natürlich ging es schnell. Es sollte ja auch so sein, damit ich keine Zeit mehr habe, darüber nachzudenken! Und damit Iadsu keine Zeit hat, mir diesen Unsinn rechtzeitig auszureden. Oh mein Gott! Er muss es geahnt haben, als Cortez mit mir allein fliegen wollte. Er wollte mich warnen! Deswegen hat er auch so mit den Armen gefuchtelt und geschrien.

Noch immer halten meine Finger das Steuerrad fest umklammert. Es wurde bestimmt abgerissen, als ich … als ich …

Bis dahin hatte Liane noch Macht über ihre Gedanken. Doch jetzt überkam sie der Schock des Erlebten. Ein verzweifelter Schrei entrang sich ihrem zerschundenen Körper. Ein Schrei, der so laut und schrecklich war, dass er durch die dichten Bäume weitergetragen wurde und ein Echo in den Tiefen des Waldes fand. Die letzten Sekunden vor dem Absturz, von ihrem Erinnerungsvermögen gnädigerweise zurückgehalten, brachen sich jetzt mit aller Gewalt ihre Bahn.

Daraufhin drang ein eigenartiges Fauchen an ihr Ohr. Panisch blickte die verletzte Frau zur Seite und suchte mit den Augen die Umgebung ab, soweit das möglich war, ohne den Kopf zu drehen. Das Letzte, was sie noch bewusst zur Kenntnis nahm, war der Schatten einer sich nähernden Gestalt. Dann legte sich eine schützende Ohnmacht über ihren Körper.

»Wasser, ich brauche Wasser!« Wer sprach da? Liane schlug mühsam die Augen auf. Allerdings nur, um zu erkennen, dass es um sie herum stockfinster war. Wieder ertönte die weiche Frauenstimme, dieses Mal etwas lauter:

»Schwester Grete? Schwester Adelheid? Was steht ihr da faul umher und schwatzt? So bringt mir doch endlich das Wasser! Ich muss die Patientin waschen!«

Schwester? Patientin? War sie in einem deutschen Krankenhaus?

»Dem Himmel sei Dank!«, rief Liane erleichtert aus.

»Oh, Sie sind also wach, Fräulein? Das ist sehr gut, Herr Doktor Müller wird sich darüber freuen. Er war schon besorgt wegen Ihrer längeren Ohnmacht. Wissen Sie denn, wie Sie heißen?«

»Mein Name ist Liane Alsfeld und …«

»Aha, Alsfeld, das ist ein guter bürgerlicher Name! Gewiss stammen Sie aus dem Döblinger oder aus dem Währinger Viertel, nicht wahr? Dachte ich es mir doch. Schon als man Sie hergebracht hat, sah ich es an Ihrem teuren Gewand. Die Edlen tragen nun mal keine einfachen Wollkleider wie das niedere Volk.«

Die fremde Frau sprach eindeutig in österreichischem Dialekt. Etwas an ihrer Ausdrucksweise störte Liane, aber sie konnte beim besten Willen nicht herausfinden, was genau es war. Also erkundigte sie sich genauer:

»Sagen Sie mir bitte, wo ich bin?«

»Nun, Sie sind im Kaiser-Franz-Josef-Spital in Wien. Ich bin die Oberschwester auf dieser Station und heiße Änne Hochegger. Schauen Sie sich doch um, meine Liebe. Sie liegen auf einem Krankenbett im Südflügel«, antwortete die Frau leicht verwundert.

»Ich würde mich sehr gern umsehen, aber es ist dunkel!«, entgegnete Liane traurig.

»Dunkel, sagen Sie? Oh weh! Vielleicht ist etwas mit Ihren Augen nicht in Ordnung. Wir haben nämlich hellen Tag draußen! Das müssen wir unbedingt Doktor Müller mitteilen, wenn er später zur Visite kommt. Bestimmt haben Sie sich böse den Kopf gestoßen, als Sie auf das Straßenpflaster gefallen sind.

Ich sag es ja immer wieder zu den Leuten, sie müssen besser aufpassen beim Spazierengehen. Diese Kohlenkutscher nehmen heutzutage keine Rücksicht auf die Fußgänger. Fahren wie eine gesengte Sau, und werden dann noch großpappert, wenn man sie deswegen ausschimpft. Meiner alten Tante Trude ist so etwas auch schon passiert. Sie wurde am Schlosspark einfach umgefahren, stellen Sie sich das vor! Als wäre es nicht schlimm genug, dass sie ein verkrüppeltes Bein hat. Und dann hat der freche Saukerl sie auch noch schuldig gesprochen, weil sie nicht flink genug ausgewichen ist!

Es ist eine verrückte Welt, fürwahr! Sie wissen es vielleicht noch nicht, weil Sie ein paar Tage geschlafen haben. Stellen Sie sich nur vor, man hat unsere geliebte Kaiserin ermordet! Es soll in Genf passiert sein, während einer Erholungsreise. Die arme Elisabeth, sie war doch schon so schwach und kränklich. Wer weiß, was jetzt auf unser schönes Land zukommt. Die Menschen sind alle in Aufruhr deswegen.«

Jetzt war sich Liane fast sicher, dass man sich gerade einen bösen Scherz mit ihr erlaubte. Wer immer da mit ihr sprach, es war bestimmt keine echte Krankenschwester! Und sie lag niemals auf einem Krankenbett! Unter ihrem Rücken fühlte sie lediglich hartes Holz, wenn sie dem Tastsinn ihrer Finger noch trauen konnte. Weil sie aber immer noch nichts sehen konnte, fragte Liane weiter:

»Also gut, dann sagen Sie mir bitte nur noch eins: Welchen Tag haben wir heute?«

»Jetzt wollen Sie mich doch gewiss schmähen, meine Liebe, oder? Wir schreiben den 14. September 1898!«, erwiderte die Frau lachend.

Teil 3

Wasser

Okay, ich bin offensichtlich nicht in einem Krankenhaus, sondern in einer Irrenanstalt. Diese Änne Hochegger sagte gerade, sie wolle mir ein paar Tropfen zur Stärkung holen. Ein paar Sekunden später lag sie neben mir auf den Brettern und schnarchte.

Das Gute ist, ich kann mich offenbar wieder bewegen. Vielleicht waren meine Verletzungen doch nicht so schwer, wie ich zuerst dachte. Aber müsste ich nicht wenigstens Schmerzen in meinem gebrochenen Bein haben? Hingegen fühlt es sich an, als könnte ich sogar aufstehen. Wenn nur die Sonne bald aufgehen würde, damit ich endlich etwas sehen kann!

Oder bin ich nach dem Absturz wirklich blind geworden? Man hört ja manchmal, dass Menschen unter Schock oder bei einem schweren Trauma partiell ihre Sinne verlieren. Mein Gedächtnis ist jedenfalls noch intakt. Im Grunde kann ich froh sein, dass mich jemand gefunden hat, auch wenn die Frau neben mir nicht ganz bei Sinnen ist. Kaiserin Sissi ist tot, was für eine Sensation! Gut, zur damaligen Zeit war es vermutlich der Supergau schlechthin.

Schließlich war diese Frau im Volk beliebt, ebenso wie Kaiser Franz. Ach ja, da gab es doch einen Film, den ich mir zu Weihnachten immer mit Oma ansehen musste. Die Schicksalsjahre einer Kaiserin mit Romy Schneider und Karl Böhm … Oder hieß er Karl-Heinz? Ich weiß es nicht mehr. Ich kann mich nur noch daran erinnern, wie sehr mich dieser schmalzige Streifen gelangweilt hat.

Trotzdem ist das alles sehr verstörend. Hoffentlich ist diese Nacht bald vorbei. Ich muss unbedingt ergründen, was hier vor sich geht!

Liane lauschte in die Dunkelheit, konnte aber nicht zuordnen, was genau da an ihr Ohr drang. Wilde Schreie wie von Papageien, aber auch fiepende Laute und ein mysteriöses Gemurmel durchzogen das Gebäude. Ihre Hand tastete prüfend die Wand neben ihrem Lager ab. Raue und grob behauene Steine, vielleicht sogar Sandstein, aber wirklich sicher war sie sich dessen nicht.

Es schien ihr in Anbetracht der betrüblichen Tatsachen die beste Lösung, selbst noch ein wenig zu schlafen. Am nächsten Morgen würde sie sich darüber Gedanken machen müssen, wo sie eigentlich war und was das seltsame Benehmen von Änne Hochegger zu bedeuten hatte. Erschöpft legte Liane ihren Kopf zurück auf die hölzerne Pritsche.

Ja, die Situation an sich war mehr als makaber, aber sie lebte noch! Allein das erschien ihr wie ein Sieg über die Herren Krause und Cortez! Und die beiden Verbrecher würden mit ihrem Komplott nicht ungeschoren davonkommen. Iadsu setzte jetzt wahrscheinlich schon alle Hebel in Bewegung, um sie zu finden.

Lianes letzter Gedanke vor dem Einschlafen galt ihrem Vater. Er hatte sie immer gewarnt, sich nicht auf waghalsige Dinge einzulassen, ohne an die Konsequenzen zu denken.

Ach Papa, du fehlst mir gerade. Ich hätte auf dich hören sollen …

Sie wachte auf, weil ein Sonnenstrahl ihr Gesicht traf. Ein schmaler Streifen Licht drang durch eine winzige Öffnung in der Außenmauer, kaum zehn mal zehn Zentimeter groß. Doch es genügte, um den Raum ein wenig zu erhellen, in dem sich Liane befand. Stöhnend richtete sie sich auf. Ihr Rücken brannte wie Feuer, aber erblindet war sie glücklicherweise nicht.

Jetzt erkannte sie auch, dass ihre Vermutung hinsichtlich der spartanischen Schlafstatt stimmte. Es handelte sich nur ein einfaches Holzgestell, mit ein paar rohen Brettern belegt. Keine Matratze, nicht einmal Stroh oder wenigstens eine Decke, die den Liegekomfort etwas erhöhen könnte. So gesehen war es kein Wunder, dass ihre Wirbelsäule Alarmstufe Rot signalisierte.

Neben ihr lag die noch immer selig schlafende Änne Hochegger. Verdattert rieb sich Liane die Augen. Nein, das konnte nicht stimmen! Änne trug ein verspieltes weißes Schwesternhäubchen, wie es gegen Ende des 19. Jahrhunderts üblich war! Auch der hellgraue Kittel und die Schürze der Frau – absolut authentisch für die Zeit um 1890. Stellte sich nur die Frage, wie eine in Wien beheimatete Krankenschwester aus der Vorzeit hier landen konnte, mitten im Regenwald von Peru!

Das Nächste, was Liane mit wachsendem Erstaunen bemerkte, war die völlige Unversehrtheit ihres Beines. Die Haut spannte sich glatt und fest über den Unterschenkel. Auch der Fuß stand wie gewohnt in anatomisch korrekter Position. Einzig ein paar Tropfen getrockneten Blutes auf ihren Schuhen erinnerten daran, dass am Schienbein eigentlich eine offene Fraktur sein sollte.

Wie war so etwas möglich? Liane tastete vorsichtig die Stelle ab, jederzeit darauf gefasst, dass sie ihre Augen täuschten und ein brüllender Schmerz einsetzen konnte. Als nichts dergleichen geschah, presste sie ihre Finger fest an die Schläfen. Es gab nur eine einzige logische Erklärung dafür. Vermutlich hatte ihr Gehirn aufgrund der mentalen Überlastung ein völlig falsches Bild erzeugt.

Mutig schwang sie die Beine aus dem Bett, wenn man es denn so nennen wollte, und stand auf. Nichts, kein Schmerz, nicht einmal ein Ziehen, im Gegenteil. Liane fühlte sich kerngesund wie schon lange nicht mehr. Plötzlich verspürte sie auch Hunger und brennenden Durst, aber das musste warten. Zuerst wollte sie sich umschauen und die Situation analysieren.

Natürlich befand sie sich nicht in einem Krankenzimmer, wie Änne am Vorabend sagte. Dies hier war ein kahler Raum, abgesehen von dem klobigen Holzgestell an der Wand. Es gab außer dem lächerlich kleinen Fenster auch eine Türöffnung, die zu einem Gang führte. Nur hing darin keine Tür. Lediglich eine dünne Metallkette versperrte in etwa einem Meter Höhe den Ausgang. Demnach schien die Kette gänzlich ungeeignet, einen Menschen davon abzuhalten, die abstruse Zelle zu verlassen.

Als Liane jedoch darunter hindurch schlüpfen wollte, traf sie auf eine unglaubliche Energie. Nicht wie ein Stromschlag, den man sich bei der Berührung eines Weidezauns holen konnte, sondern viel kräftiger und gleichzeitig körperlicher. Es fühlte sich an, als hätte man sie mit nassen Fingern an eine riesige Batterie angeschlossen und auf den Startknopf gedrückt.

Die Wucht, mit der sie wieder nach hinten geworfen wurde, war unbeschreiblich. Sie landete mit dem Rücken auf dem harten Steinboden, sicher drei Meter vom Ausgang entfernt. Liane zitterte am ganzen Körper und schrie vor Überraschung laut auf:

»Was zum Teufel ...«

Ihr Schrei weckte die Krankenschwester, die sich nun ebenfalls erhob und sofort wieder in ihre Rolle, leider auch in ihre Zeit zurückfiel.

»Wertes Fräulein, Sie dürfen doch nicht allein aufstehen! Nun warten Sie doch, meine Liebe, bis ich Ihnen das Bett gemacht habe. Herr Doktor Müller kommt sicher gleich zur Visite. Beruhigen Sie sich bitte. Es ist doch gerade mal acht Uhr! Lassen Sie nur, ich helfe Ihnen mit dem Nachthemd. Sehen Sie, jetzt geht es schon viel besser, nicht wahr? Ach, und wir müssen erst noch die Morgenwäsche machen.«

»Hören Sie mit dieser verqueren Scheiße auf, verdammt noch mal!«, brüllte Liane aus vollem Hals.

»Wir sind hier nicht in Wien, sondern in Peru, und wir schreiben das Jahr 2016! Irgendwer hält uns hier gefangen, begreifen Sie das nicht?«

Änne starrte schweigend in die Luft, als könnte sie überhaupt nicht erfassen, was ihr gerade an den Kopf geworfen wurde. Zutiefst erschrocken begriff Liane, dass der Frau nicht mehr zu helfen war. Das bedeutete letzten Endes auch, dass ihr selbst nichts und niemand mehr helfen konnte. Sie war auf sich allein gestellt.

Umso deutlich wurde ihr das bewusst, als Änne sie nach einer kurzen Pause erneut ansprach.

»Jetzt kommen Sie, ich helfe Ihnen auf. Die Wirtschafterin bringt nachher gleich das Frühstück. Ich weiß, es ist nicht gerade die köstliche Sachertorte vom Hofzuckerbäcker. Aber ein gutes Honigbrot bringt Sie bestimmt schnell wieder auf die Beine. Wenn Sie möchten, besorge ich Ihnen dazu eine Tasse warme Milch. Unsere liebe Magdalene wird Ihnen gewiss gefallen. Vielleicht kennen Sie sie sogar. Sie stammt nämlich auch aus der

Wiener Cottage und hat bei Sanitätsrat Langzierl als Kindermädchen gedient, bevor sie zu uns ins Franz-Josef-Spital kam. Sie wissen doch, das große Herrenhaus mit den Söllern und dem Altan zur Straße hinaus? Sie haben das Anwesen sicher schon gesehen. Es steht gleich neben dem Geschäft von Juwelier Vincenz Mayer und Söhne.

Der Garten von Familie Langzierl ist wahrlich eine Pracht. Wenn Sie wieder gesund sind, sollten Sie unbedingt einmal daran vorbeigehen. Die Dahlien stehen gerade in voller Blüte. Ach und die herrlichen Farben, ich kann Ihnen sagen, wie ein bunter Regenbogen! Ich wette mit Ihnen, dass Herr Langzierl wieder eine neue Sorte von seiner letzten Reise mitgebracht hat.«

Nach geraumer Zeit hatte Liane es aufgegeben, Änne gedanklich zu folgen. Es lag nicht nur an dem völlig zusammenhanglosen Geschwätz von ihrer durchgedrehten Mitinsassin. Viel mehr irritierte sie der Umstand, dass sich auch nach längerem Ausharren niemand blicken ließ. In jedem anständigen Gefängnis gab es einen Wärter oder wenigstens ein paar Hinweise auf Leidensgenossen. Doch außer dem inzwischen bekannten Summen und mysteriösen Schreien hörte sie nichts.

Mit dem Rücken an die Wand gelehnt beobachtete sie stattdessen lieber den schmalen Sonnenstrahl, der langsam durch ihre Zelle wanderte. Immerhin ein kleiner Anhaltspunkt, denn anhand der Richtung konnte Liane erahnen, dass die Außenwand ihres Gefängnisses wohl nach Osten zeigte.

Änne schwatzte währenddessen fast ununterbrochen von der Behandlung, die der Doktor vorgeschlagen hatte. Auf jeden Fall würde ein Aderlass vorgenommen werden, der das Blut reinigen sollte. Darüber hinaus sprach sie von einer Darmkur. Währenddessen schüttelte sie Kissen auf, die nicht vorhanden waren und wischte einen Nachttisch ab, den es ebenfalls nicht gab.

Außerdem erklärte sie entschieden, dass sie sich für die Beisetzung der verstorbenen Kaiserin einen freien Nachmittag nehmen würde. Man müsse zu so einem besonderen Anlass sehr zeitig vor den Toren der Kapuzinergruft sein, wenn man überhaupt noch etwas sehen wolle.

Schließlich wurde die Kaiserin sehr verehrt, auch und besonders vom einfachen Volk, das sie stets beschützte. Es war also davon auszugehen, dass sich viele Menschen die Ehre gaben, ihr den letzten Respekt zu erweisen. Gerade als die Krankenschwester davon sprach, dass sich wohl ganz Wien an der Ruhestätte einfinden würde, wurde sie durch ein Knacken unterbrochen.

Plötzlich und mitten im Satz verstummte die Krankenschwester, stand wieder ganz still und blickte teilnahmslos auf die nackte Steinwand. Ein zweites Knacken ertönte, und kurz danach stellte sich Änne vor die Kette.

»Gütiger Himmel, bloß nicht anfassen!«, schrie Liane ihr zu und sprang entsetzt in die Höhe, als die Krankenschwester die Arme nach vorn streckte.

Zu spät, denn die Frau hatte bereits die Hände um die Kette gelegt und zog das Metallgeflecht einfach beiseite. Allerdings erhielt sie keinen elektrischen Schlag, oder wie auch immer man die Energieform nennen mochte, die Liane vorher regelrecht den Boden unter den Füßen hinweggezogen hatte. Wie war das nur möglich?

»Kommen Sie, meine Liebe. Wir gehen jetzt zusammen in den Erholungsgarten. Magdalene braucht heute wohl doch etwas mehr Zeit in der Küche. Ein wenig frische Luft vor dem Frühstück wird Ihnen sicher guttun. Möchten Sie sich vielleicht Ihre Jacke überziehen? Es ist recht kühl in diesem Herbst, auch wenn heute die Sonne scheint.«

Änne tat so, als hielte sie wirklich eine Jacke in der Hand. Entweder war die Frau eine verdammt gute Schauspielerin oder … Ja, oder was? Eine Möglichkeit hatte Liane noch nicht bedacht. Ihr Kopf sträubte sich nach wie vor gegen die Annahme, dass es statt der Krankenschwester sie selbst war, die geistig auf einem anderen Planeten weilte.

Nach kurzem Abwägen entschied sie sich, einfach mitzuspielen und Änne ihren Willen zu lassen. Fürsorglich schloss diese unsichtbare Knöpfe und legte eine ebenso unsichtbare Stola um Lianes Schultern. Ein imaginärer Hut, Ännes Handhaltung nach groß wie ein Wagenrad, landete auf ihrem Kopf, wurde zurechtgerückt und unter dem Kinn mit einer fulminanten Schleife befestigt.

»Schauen Sie doch nur, wie gut Ihnen das grüne Kleid steht. Dieser italienische Damenschneider aus der Stiftsgasse, von dem neuerdings alle Leute reden, vollbringt echte Meisterwerke. Es kann sich nicht jeder leisten, bei ihm bedient zu werden, aber so ist es nun mal.

Was dem einen sein schafwollenes Wams, ist dem anderen sein Seidenhemd. Man muss sich mit dem bescheiden, was man von unserem Herrgott geschenkt bekam.

Ach, Fräulein Liane, Sie sehen so wunderschön aus. Und Ihr Hut ist fürwahr eine Pracht! Er stammt gewiss aus dem Geschäft von Ladstätter & Söhne, hab ich recht?«, fragte Änne augenzwinkernd, während sie noch an den Schlaufen des Kinnbandes nestelte.

»Nun sollten wir uns aber eilen, damit wir zurück sind, wenn der Herr Doktor eintrifft. Am Ende verpassen wir noch die Visite. Ich denke ja, dass Sie nach den Kreislauf-Tropfen wieder recht gut auf dem Posten sind. Warten Sie ab, bald können Sie wieder nach Hause zu Ihren Eltern.«

Nach dieser Ansprache nahm sie netterweise Lianes Arm und schritt mit ihr ungehindert durch den Mauerbogen. Der Begriff *Garten* bedeutete zumindest Tageslicht, und so absurd die ganze Situation war, so hoffnungsvoll war sie auch.

Doch draußen auf dem Gang gab es nichts, das diese Hoffnung nähren konnte. Düster und öde zog er sich vorbei an steinernen Wänden und führte nur noch weiter nach unten, wie es Liane vorkam. Ab und an erhellte eine kleine Fackel die trostlose Galerie.

Nur ein paar Sekunden später trafen die beiden Frauen auf weitere Menschen, die ebenfalls den Gang benutzten. Nach und nach traten sie aus ihren Zellen und reihten sich ein. Irritierenderweise sprach niemand. Indessen begann Änne plötzlich eine merkwürdige Tonfolge zu summen, die nur aus drei Noten bestand. Ihre Augen, schon wieder der realen Welt entrückt, blickten auf einen weit entfernten Punkt.

Die beiden Männer hinter ihr fielen in das Summen der Krankenschwester ein, danach das nächste Paar und schließlich alle Menschen. Ein gruseliger Chor aus fremdgesteuerten Stimmen, die in sturem Gleichschritt einem Ruf folgten, den Liane nicht zu hören vermochte. Bemüht, sich ihre Panik nicht anmerken zu lassen und um Gottes willen nicht aufzufallen, passte sie ihr Schritttempo den Mitgefangenen an. Irgendwohin musste der triste Mauergang ja führen.

Hingegen war es kein Garten in voller Blütenpracht unter freiem Himmel, der sich gleich darauf zeigte. Zwar hingen jetzt wesentlich mehr Fackeln an den Wänden, sodass man auch mehr erkennen konnte, aber in dem Moment wünschte sich Liane, nichts davon sehen zu müssen.

Die Grotte, in der sie schließlich ankam, war unendlich groß und bestand im Wesentlichen aus dunkelgrauem Stein. Aus allen Richtungen strömten die Menschen hinein, um sich anschließend in Reih und Glied aufzustellen. Ein großes Heer von gefangenen Sklaven, denn nichts anderes waren sie.

»Ist das der Garten?«, fragte sie leise, doch Änne gab keine Antwort mehr.

Also blickte Liane sich vorsichtig um und versuchte, die aufsteigende Angst mit ihrem gewohnt rationalen Denken unter Kontrolle zu bringen.

Links neben mir steht Änne, die Krankenschwester. Auf der rechten Seite zupft ein stattlicher Mann gerade seine Uniform zurecht. Vielleicht ist er ein Angehöriger des Militärs, er sieht jedenfalls so aus. Ein Wächter ist er aber nicht, sonst stünde er nicht in unserer

Reihe. Ansonsten sehe ich nur viele Eingeborene vor und hinter uns. Wir drei sind wohl die einzigen Weißen hier. Halt! Da, ganz außen, die junge Frau mit den langen, lockigen Haaren ist auch weiß.

Es ist im Grunde egal, weil in diesem Gefängnis jemand herrscht, der alle Menschen unter seiner Regie hat. Sie wirken wie hypnotisiert, als hätten sie keinerlei Gewalt über ihren freien Willen. Aber wo ist dieser Jemand? Nirgends gibt es ein Anzeichen von ihm. Was ich sehe, grenzt ja schon fast an katatonischen Gehorsam und muss demnach auch eine Ursache haben.

Wir befinden uns inmitten einer Höhle, die definitiv nicht von der Natur geschaffen wurde. Ich sehe weder Tropfsteine noch sonstige Merkmale, die darauf hinweisen würden. Stattdessen kommt es mir eher wie ein Palast vor, ein riesiger Saal tief unter der Erde. Leidlich glatte Wände, und manche davon sind mit Zeichnungen verziert.

Zeichnungen! Denk nach, Liane! Es sind die gleichen Bilder wie auf den Kanus der Murunahua. Was hatte Iadsu über diese Symbole gesagt? Seres con escamas, Schuppenwesen, so nannte er sie. Das waren die Wächter der Großen Göttin. Sie begleiten die Toten auf ihrem letzten Weg, damit sie später als Kaimane auf die Erde zurückkommen können.

Oh verdammt! Ich glaube, ich bin tot! Das muss es sein, ich bin nach meiner Bruchlandung auf den Trümmern der Verbotenen Stadt gestorben! Deswegen bin ich im Berg der Seelen, und deswegen sind auch die vielen anderen Menschen hier. Ich bin gefangen in Lucantajo!

Plötzlich kam Leben in die Menschenmenge, wie in einen Bienenschwarm, dessen Königin spezielle Duftstoffe verströmte. Es schien, als würden sie von einer unerklärbaren Präsenz aus der Höhle gelenkt. Liane erinnerte sich an ein Buch von einem hoch angesehenen Wissenschaftler, das von paranormalen Ereignissen handelte.

Der Autor sprach unter anderem von quantenphysikalischen Zusammenhängen und übernatürlichen energetischen Phänomenen, die sich durchaus wissenschaftlich belegen ließen. Demnach erklärten sich mitunter die Sichtungen von Geistern und anderen mysteriösen Dunstgebilden.

Im Hier und Jetzt halfen aber weder der hervorragende Universitätsabschluss, den Liane vorzuweisen hatte, noch ihr mathematisch durchstrukturiertes Hirn. Dem Tod konnte man nicht mit Logik begegnen, schon gar nicht dem eigenen! Liane hatte bisher die leichtgläubigen Leute belächelt, die darauf schworen, dass es ein *Danach* gab. Jetzt lächelte sie nicht mehr.

Mit Tränen im Gesicht und zur Faust geballten Händen folgte sie den Toten, wo auch immer diese jetzt hingehen sollten. Alles war besser, als sich dessen vollends bewusst zu werden, dass ihr Dasein von nun an in einer anderen Ebene stattfinden würde. Eine Ebene, die weder Trauer noch Freude, weder Schmerz noch Wohlbefinden kannte, sondern nur noch Gleichmaß und Emotionslosigkeit.

Der Strom formierte sich erneut zu einer langen Reihe, ohne dass es jemand angewiesen hätte. Rechts des Saales befand sich ein breiterer Durchgang, an dessen Wänden hunderte Spitzhacken und andere Arbeitsgeräte hingen. Liane, blind von ihren bitteren Tränen, nahm sich wahllos eines dieser Werkzeuge, ohne darüber nachzudenken, welches sie sich gegriffen hatte. Dann lief sie weiter, immer hinter Änne her, die offenbar den Weg kannte.

Ein spiralförmiger Stollen zog sich nach unten und somit noch tiefer in den Berg hinein, bis er in einer weiteren Grotte abrupt endete. Hier verteilten sich die Menschen. Sie stellten sich in regelmäßigen Abständen auf und begannen mit ihrer Arbeit. Dies war also der Garten, von dem Änne gesprochen hatte. Auch jetzt noch stand die Krankenschwester mit glücklichem Lächeln neben ihr.

»Sehen Sie doch, Fräulein Liane, wie wundervoll die Rosen in diesem Jahr aufgegangen sind. Das ist meine Lieblingssorte, die ›Souvenir du Dr. Jamain‹. Der Gärtner pflanzte den Stock im vorigen Jahr ein und schon trägt er die ersten Blüten. So ein samtiges Dunkelrot gibt es nicht alle Tage.

Wir sollten nur den Boden ein wenig auflockern, damit die Wurzeln sich gut entwickeln können. Hoffentlich regnet es bald. Die Erde ist leidlich vertrocknet, meinen Sie nicht auch?«, fragte Änne, während sie ihre Spitzhacke mit Wucht in den harten Felsboden rammte.

Kopfschüttelnd beobachtete Liane, wie auch alle anderen Mitgefangenen voller Freude arbeiteten. Keiner von ihnen nahm Anstoß daran, dass sie selbst nichts dergleichen tat. Der Soldat zu ihrer Rechten verwickelte sie sogar in ein Gespräch, das sich noch verwirrender anhörte als das mit der Zellengenossin.

»Da hat unser Major ja mal wieder einen ganz schönen Bock geschossen, oder? Feldausbildung, Schützengräben ausheben, und das bei zehn Grad unter Null! Den alten Fettwanst wollte ich mal sehen, wie er hier mit dem gefrorenen Waldboden kämpft.

Freilich, der sitzt einstweilen in seiner geheizten Stube und lässt sich die gebratenen Hühnerflügel schmecken. Dem ist es egal, ob wir uns hier den Arsch abfrieren oder nicht. Und dann teilt er noch die Züge, der spinnt doch! Eine Schande ist das. Sowas nennt sich nun Gebirgsjäger. Man sollte ihn degradieren!

Ich heiße übrigens Walther Berring, und ich komme aus Little Rock, Arkansas. Wie ist dein Name? Du bist doch bestimmt aus der Truppe von Sergeant O'Riley. Ich wäre so froh, wenn der meinen Zug leiten würde. Wir haben leider Sergeant Black abbekommen. Ich kann dir sagen, dem wünsche ich ein Furunkel an seinen Arsch, so groß wie meine Faust.

In meiner Truppe nennt man ihn heimlich Mister Handgranate, weil er so gern explodiert. Letzte Woche hat er uns mitten in der Nacht mit vollem Marschgepäck den Berg hinauf gejagt, nur weil er schlechte Laune hatte. Black schleift einfach gern, so ist es doch. Nur deswegen ist er Drill-Sergeant geworden, hat er uns mal erzählt. Da war er allerdings besoffen.

Weißt Du vielleicht, ob wir bald zum Einsatz kommen? Ich würde nur zu gern den Deutschen meine M1 Carbine unter die Nase halten. Stattdessen sitzen wir hier fest, nirgendwo in Idaho, und graben uns durch Schnee und Eis. Als wenn das unseren Kumpels an der Front helfen würde, wenn wir in den Rockys ein Loch buddeln. Hat O'Riley vielleicht etwas verlauten lassen?«

»Ähm ... Nicht dass ich wüsste, tut mir leid!«, antwortete Liane stotternd.

»Ach, ist nicht schlimm, wir werden schon noch rechtzeitig nach Europa kommen. Dann jage ich den Krauts ein paar heiße Bohnen in den Hintern. Jetzt muss ich mich aber beeilen. Wenn Sergeant Black sieht, dass ich mit meinem Stück noch nicht fertig bin, lässt er mich noch einmal zehn Meilen laufen. Bis später!«

Ein amerikanischer Soldat aus der Zeit des 2. Weltkrieges, der in diesem Moment glaubte, in den Rocky Mountains einen Schützengraben zu bauen, weil er sonst Repressalien seines Sergeants zu befürchten hatte. Dazu eine Krankenschwester aus Wien, überzeugt davon, dass Kaiserin Sissi gerade einem Attentat zum Opfer gefallen war. Und in ihrer Mitte Liane, die sich selbst immer wieder kneifen musste, um nicht vollends den Verstand zu verlieren!

Wie lange würde es dauern, bis sie ebenfalls geistig wegtrat? Die beiden Menschen neben ihr drifteten in ihrer längst vergangenen Welt, ohne die tatsächliche Realität auch nur zu im Ansatz registrieren. Ihr eigener Kopf aber funktionierte noch, denn sie sah die nackten Felsen und roch die modrige Feuchtigkeit, die in der Luft lag. Etwas, das sowohl Änne als auch Walther längst nicht mehr erreichte, weil ... Weil?

Wenn nicht in den letzten Stunden jemand eine bahnbrechende wissenschaftliche Entdeckung gemacht und das Reisen durch Raum und Zeit erfunden hatte, musste es eine andere, vielleicht noch obskurere Erklärung dafür geben. Das brachte Liane zurück zu der Möglichkeit, dass eine unsichtbare hypnotische Kraft die Trugbilder in den Köpfen der Gefangenen erzeugte.

»Sagen Sie, Liane, möchten Sie nicht etwas trinken? Das Wasser aus dem Heilbrunnen sollten Sie unbedingt einmal probieren. Man sagt, es habe eine ausgezeichnete Wirkung auf das Rheuma, weil es aus einer unterirdischen Quelle stammt und voller gesunder Mineralien ist. Hier, nehmen Sie einen Becher, ich führe Sie hin!«

Änne hielt einen einfachen, braunen Napf aus gebranntem Ton in der Hand, während sie sprach. Woher sie plötzlich das Trinkgefäß genommen hatte, wusste Liane nicht, aber es war ihr auch egal. Die Ankündigung von frischem Wasser erschien in diesem Moment viel wichtiger. Seit ihrem Erwachen verspürte sie ein trockenes Brennen im Hals. Trinken, ja, eine sehr gute Idee!

Die Frauen gingen ein paar Meter weiter bis zur nächsten Biegung. Dort floss ein dünnes Rinnsal aus dem Boden, dessen Quelle gleich einem natürlichen Wasserspender stetig in die Höhe sprudelte. Die Krankenschwester schob die umstehenden Menschen einfach beiseite und hielt den Napf direkt in das perlende Nass. Zuerst trank sie selbst ein paar Schlucke, dann füllte sie das Gefäß erneut und hielt es Liane an den Mund.

Wenn es überhaupt etwas gab, dass sich wie ein göttlicher Segen anfühlte, dann war es diese eiskalte und klare Flüssigkeit! Süß, erquickend und weich rann das Wasser in ihrer Kehle hinab. Sie wollte mehr, viel mehr davon, denn nach den ersten Schlucken kam der Durst doppelt und dreifach zurück! Hastig beugte sie sich selbst hinunter und schöpfte mit der hohlen Hand nach dem köstlichen Labsal …

Nanu? Liane hob den Kopf, rieb sich die Augen und schaute sich verblüfft um. Sie saß auf ihrer Lieblingsbank hinter dem Haus. Die Sonne schien, und ein paar weiße Wattewölkchen zogen am Himmel entlang. Vor ihr auf dem Gartentisch lag der geöffnete Laptop, mit einem Gesprächsprotokoll der Geschäftsleitung auf dem Bildschirm. Der frisch gestrichene Zaun an ihrer Terrasse, die bunten Blumenbeete ringsum und die frisch gemähte Wiese, nach Gras und Sommer duftend – oh Herr im Himmel!

Sie musste über ihrer Arbeit eingeschlafen sein. Das alles war nur ein scheußlicher Albtraum! Sie befand sich gar nicht in Peru im Regenwald, sondern daheim in Sicherheit. Der Flugzeugabsturz, die Gefangenschaft in dem grauenhaften Bergwerk, selbst Walther und die bemitleidenswerte Wiener Krankenschwester Änne in ihrem Wahn, nichts davon entsprach der Wirklichkeit!

Auch nicht der schmierige Marius Krause, seine über jedes Maß hinaus schönheitsoperierte Freundin oder gar Juan Cortez, dieser widerliche Dreckskerl in Dobrejo! Der mörderische Flugzeugabsturz, so real er sich auch anfühlte, war demzufolge auch eine Ausgeburt ihrer Fantasie, Gott sei Dank! Der einzige Mensch, dem Liane ehrlichen Herzens nachtrauerte, war Iadsu.

Ihr geliebter Terrier döste friedlich im Schatten des Sanddornbaumes. Bald würde Karsten von der Arbeit nach Hause kommen. Gerade noch rechtzeitig fiel ihr ein, dass sie doch am Abend ein gemütliches Feuer für die Gäste entzünden wollte. Schließlich war heute ihr Geburtstag, und sie liebte es, gemeinsam an der Feuerschale zu sitzen.

So beschloss Liane, die freie Zeit zu nutzen und schon mal die passenden Holzscheite zurechtzulegen. Sie stand auf und ging hinter die Garage. An der rückseitigen Wand lag das trockene Bruchholz, das sie Jahr für Jahr im Wald sammelte und eigenhändig auf die perfekte Größe sägte.

Nach mehreren Gängen hatte sich ein anständiger Stapel angesammelt. Die Arbeit, verbunden mit der nachmittäglichen Hitze, machte Liane durstig. Schon wollte sie nach dem Wasserglas greifen, das auf dem Gartentisch bereitstand, als eine bronzebraune Hand sie am Ellbogen packte und zurückriss.

»Nicht! Trink das nicht!«, flüsterte eine fremde Stimme an ihrem Ohr.

»Wieso nicht? Ich habe Durst!«, entgegnete sie kopfschüttelnd. Die starke Hand aber ließ nicht locker und zerrte sie von der Terrasse herunter. Weg vom Tisch, weg von ihrem Hund und weg von allem anderen, das sie so sehr liebte. In dieser Sekunde verschwamm auch das herrliche Bild des heimatlichen Gartens vor ihren Augen.

Wie im Fieberwahn versuchte Liane, sich wieder zu befreien, doch es gelang ihr nicht. Wütend schlug und trat sie nach dem Mann, dessen Gesicht sie nicht sah und der sie offenbar am hellichten Tag zu entführen versuchte. Trotzdem konnte sie sich nicht aus seinem harten Griff lösen.

Sekunden später hockte sie zitternd und weinend am Boden in einer Pfütze. Die wärmende Sommersonne war verschwunden. Ihre Zähne schlugen so hart aufeinander, dass sie glaubte, das Echo davon hören zu können. Die abgrundtiefe Verzweiflung, bis hierher mühsam unterdrückt, kroch nun umso erbarmungsloser zurück in Lianes Geist.

Kein Horrorfilm und kein noch so schreckliches Alltagsszenario konnten widerspiegeln, was in ihrem Inneren vorging. Die endgültige Wahrheit prallte wie eine Lawine auf sie herab, denn als sie ihren Blick hob, sah sie nur noch die kargen und nassen Steinwände des Stollens. Vor ihr lag ein Haufen zusammengetragener Felsstücke. Daneben kniete ein Eingeborener, der sie mitleidig ansah. Seine Hand lag noch immer auf ihrem Arm, inzwischen mehr tröstend denn besitzergreifend.

»Du musst aufstehen und dich bewegen, so weit wie nur möglich weg von der Quelle. Komm mit. Ich werde es dir erklären. Nimm deine Hacke und folge mir. Schnell, ehe der Ewige Wächter dich bemerkt!«

Der Mann mittleren Alters bewegte sich lautlos und geschmeidig wie eine Wildkatze durch einen schmalen Felstunnel. Anderen Menschen – nein – anderen Seelen ausweichend, folgte Liane seiner breitschultrigen Silhouette.

Nach etwa fünfzig Metern blieb er endlich auf einem Absatz oberhalb der Höhle stehen. Jetzt konnte man das gesamte Areal wie von einem erhöhten Balkon aus überblicken. Es mochten an die zweihundert Arbeitssklaven da unten sein, vielleicht sogar mehr. Die klirrenden Geräusche, wenn das harte Metall auf noch härteren Stein traf, vermischten sich mit Wortfetzen unterschiedlichster Art.

»Hör zu! Du musst ihnen ganz genau zuhören! Was fällt dir auf?«, fragte der Eingeborene neben ihr.

Liane beugte sich nach vorn, soweit es möglich war, und lauschte hinunter.

»Sie sprechen, aber nicht wirklich miteinander, oder?«

»Richtig, das tun sie nicht. Dennoch scheint es so, als würden sie sich wunderbar verstehen. Genau unter uns stehen zwei Männer, siehst du sie? Ihre Stämme sind seit Ewigkeiten miteinander verfeindet. Sollten sie sich nicht gegenseitig mit ihren Hacken töten wollen? Stattdessen arbeiten sie hier Seite an Seite und schwatzen fröhlich aufeinander ein, wie Freunde es tun.

Du bist eine Weiße, nicht wahr? Deiner Kleidung nach stammst du nicht einmal aus diesem Land. Ich bin von Geburt her ein Quechua. Wir sind uns in unserem Leben nie begegnet. Dennoch verstehst du meine Sprache und ich verstehe deine Sprache.

So ist es mit allen Seelen hier. Quechua, Murunahua, Jaqaru, Aymara und Kawki, sogar Weiße wie du sind vereint vor der Großen Göttin. Da unten rechts steht Kuqua, die Frau aus Cuninico. Das Mädchen daneben heißt Lekri. Es ist ihre Tochter. Sie sind an vergiftetem Wasser gestorben. Die beiden sind die Einzigen hier, die ein gemeinsames Schicksal teilen.«

»Iarde! Bist du wahnsinnig geworden? Du siehst doch, dass es ihr schon schlecht geht. Hör sofort auf, ihr noch mehr Angst zu machen!«

Liane schrak zusammen, als hinter ihr plötzlich eine scharfe weibliche Stimme erklang. Ebenso ging es dem Mann neben ihr, der sich nun verwundert umdrehte. Mit schuldbewusster Miene antwortete er:

»Ich musste es ihr doch wenigstens erklären, Moritia. Sie hat aus der Quelle des Vergessens getrunken und war schon …«

»Du musst gar nichts, hast du verstanden? Überlass das mir! Was ist, wenn der Ewige Wächter kommt und euch dabei erwischt? Du weißt genau, was euch dann blüht!«, unterbrach ihn die junge Frau, offensichtlich sehr erzürnt darüber, dass er sich in ihre Belange eingemischt hatte.

»Entschuldigung, bitte?«, fragte Liane zögerlich und wandte sich erneut ihrem Begleiter zu.

»Du heißt Iarde?«

»Das stimmt. Mein Name ist Iarde Makene, Sohn von Iadon Makene, Sohn von Imoas Makene.«

Hastig nestelte sie an den oberen Knöpfen ihres Hemdes und zog die Halskette heraus. Der geschnitzte Anhänger aus Mahagoni glänzte matt im Licht der Fackel. Bestürzt schaute Iarde zu Moritia, dann in Lianes Gesicht und zum Schluss auf die Kette.

»Woher hast du das?«, fragte er schließlich mit erstickter Stimme und feuchten Augen.

»Das hat mir dein Sohn Iadsu gegeben, bevor wir in das Dorf bei Dobrejo gingen«, entgegnete Liane lächelnd.

»Wie rührend! Können wir die Familienzusammenkunft verschieben? Iarde, du gehst wieder hinunter zu deinem Gefährten. Wir sprechen später noch einmal miteinander. Und du …«, bestimmte Moritia entschieden, »kommst mit mir. Wir können nicht riskieren, vom Ewigen Wächter entdeckt zu werden. Ich begleite dich. Abmarsch, los jetzt!«

Die energische Frau warf ihr langes Haar mit einem gekonnten Schwung nach hinten und gab Liane, die immer noch wie vom Donner gerührt auf der Stelle verharrte, einen ungeduldigen Schubs.

»Ich sagte Abmarsch! Ich habe es auch so gemeint. Beweg dich endlich, oder willst du auch zu einem willenlosen Zombie werden wie die anderen? Wir haben nicht alle Zeit der Welt!«

Moritias Ton war rau und ihre Stimme hart, aber sie wusste offenbar sehr genau, was jetzt zu geschehen hatte. Vor allem wirkte sie ganz und gar nicht hypnotisiert. Mit wachen Augen folgte Liane ihr zurück, immer darauf achtend, dass sie keinen der eifrigen Arbeiter versehentlich anstieß. Als sie an einer Gruppe Eingeborener vorbeikam, hätte sie schwören können, dass sie von jemandem beobachtet wurde. Erst dort, wo der Stollen eine rechtwinklige Biegung machte und sie außer Sichtweite gerieten, setzte Moritia zu einer Erklärung an:

»Hock dich da in die Ecke und beweg dich so wenig wie möglich, hörst du? Du hast keine Ahnung, in welche Gefahr Iarde dich und sich selbst gebracht hat. Ich bleibe bei dir und passe auf dich auf.«

»Auf mich muss niemand aufpassen! Ich möchte einfach nur wissen, was zum Teufel hier los ist? Ich habe nur so viel verstanden, dass die Menschen eigentlich tot sind. Ich selbst bin wohl auch gestorben. Ich fühle mich zwar nicht so, aber …«

»Ja genau, aber! *Aber* ist das alles beherrschende Zauberwort, meine Liebe. Mit diesem *Aber* quäle ich mich seit nunmehr zwei Jahren herum, ohne auch nur im Ansatz eine vernünftige Lösung zu finden. Und du kannst mir glauben, es ist der Horror, wenn man in diesem verfluchten Berg bei Sinnen ist und Tag für Tag das Elend sieht.

Ich versuche jetzt mal, dir genau zu erläutern, worum es eigentlich geht. Iarde könnte es dir sicher besser und bildhafter vermitteln, weil er die Legenden seines Stammes kennt, aber er sollte sich nicht zu oft in meiner Gesellschaft sehen lassen. Der Ewige Wächter ist überall, so verrückt das jetzt auch klingen mag.«

»Und wer ist das? Wer ist der Ewige Wächter?«, fragte Liane, nun doch interessiert.

»Dazu komme ich gleich. Ich denke, du solltest erst einmal erfahren, warum man dich überhaupt eingesperrt hat.«

Ihre neue Bekannte schaute ein letztes Mal um sich, schien jedes Detail aufmerksam zu prüfen und sprach dann weiter.

»Mein Name ist Moritia Varus, und ich stamme ursprünglich aus Brasilien. Zusammen mit meinem Ehemann leitete ich bis vor zwei Jahren das Buschhospital. Zu uns kamen die Menschen,

Holzfäller wie auch Indigene, wenn es erforderlich war. Meist ging es um ganz normale Krankheiten. Es gab aber auch Notfälle mit chirurgischen Eingriffen, du verstehst?

Gestützt durch mehrere wohltätige Stiftungen, die uns ihre Spenden zukommen ließen, konnten wir glücklicherweise auf ein ausreichendes Budget zurückgreifen. Alles ging gut, bis das verfluchte Denguefieber in das Land zurückkam. Du kennst diese tückische Infektion vielleicht. Sie wird von blutsaugenden Insekten übertragen, ist potenziell tödlich und trifft vor allem Kinder mit schwachem Immunsystem sehr hart.

Wir waren dafür schon im Vorfeld gut ausgerüstet, weil diese Art der Epidemie in Peru nun mal nichts Neues ist. Es lagen genügend Ampullen mit Impfstoff, Schmerzmittel, Infusionen und Antibiotika bereit. Außerdem hatten wir einen Plan ausgearbeitet, wie wir möglichst viele Menschen erreichen und behandeln konnten. Alles war bereit, um den Betroffenen das Leben zu retten und schwere Verläufe zu verhindern.

Stattdessen starben sie uns unter den Fingern weg, ganz egal, wie sehr wir uns um sie bemühten. Das Problem bestand darin, dass es sich dieses Mal eben nicht um den bisher bekannten Virus handelte. Es war vielmehr eine seltene, neuartige Mutation, die so gut wie gar nicht auf unsere Medikamente reagierte. Seitens der medizinischen Forschung versuchte man zwar, die Seren entsprechend anzupassen, aber der Erfolg kam wie so oft viel zu spät.

Außerdem hätten wir es niemals rechtzeitig geschafft, alle Leute im Umkreis vorsorglich zu impfen. Wir haben wirklich alles versucht, was in unserer Macht stand. Mein Mann und ich sind sogar auf eigene Faust durch den Busch gezogen, aber du weißt selbst, dass es nicht einfach ist. Viele Stellen sind nur zu Fuß oder, zumindest in der Regenzeit, gar nicht erreichbar.

So kam letzten Endes der Virus zu meinem Mann und damit auch zu mir. Wir befanden uns gerade mitten im Dschungel und suchten nach einem abgelegenen Dorf, als ihn das Denguefieber erwischte. Die Medikamente, die wir bei uns führten, schlugen auf den mutierten Virus nicht an. Er starb in meinen Armen. Ich konnte mich danach noch ein paar Kilometer schleppen, aber irgendwann hatte ich keine Kraft mehr. Das Letzte, was ich gesehen habe, war die Lichtung mit dem Berg.

Glaub mir, ich war nach dem Aufwachen genauso irritiert wie du. Ich bin Ärztin und eine überzeugte Wissenschaftlerin. Alles, was man mir in Schulen und Universitäten beigebracht hat, beruhte auf exakt belegbaren Fakten, gestützt durch viele Jahre medizinischer Forschung.

Und nun sieh dich genau um. Ist irgendetwas hiervon exakt belegbar? Nein, das ist es nicht! Eine Seelenwanderung oder gar eine Reinkarnation, wie sie in Lucantajo stattfindet, habe ich als esoterischen Mumpitz betrachtet. Bis ich eines Besseren belehrt wurde …

Iarde hat mir geholfen, es irgendwie zu verstehen, auch wenn ich bis heute nicht willens bin, hundertprozentig darauf zu vertrauen. Noch immer reibe ich mir Tag für Tag die Augen, weil mein Verstand es einfach nicht akzeptieren will. Aber es ist nun mal so, wie es ist.

Unter den Quechua, zu denen auch Iarde gehört, gibt es ebenso wie unter anderen indigenen Volksgruppen noch ein paar versprengte Nachfahren der Chimú. Ich weiß nicht, ob du deren Geschichte kennst. Sie herrschten über das Land nach den Moche und vor den Inkas.

Ihr Glaube besagt, dass die Seele eines Verstorbenen in einem gleißenden Lichtstrahl zur Großen Göttin geführt und dann als schwarzer Kaiman wiedergeboren wird. In früheren Zeiten wurden die Sterbenden aus diesem Grund nach Lucantajo gebracht. Der Ewige Wächter, nach dem du gefragt hattest, geleitet die Seelen auf ihrem Weg. Der Berg ist gleichsam das Portal dafür, verstehst du?

Nun aber ist dieses Portal von einem mächtigen Dämon namens Túpac Yupanqui besetzt worden. Es handelt sich, so sagte Iarde, um die verfluchte Seele eines Inkakönigs, der wiederum den letzten Herrscher der Chimú ermordet und einem anderen Gott gehuldigt haben soll. Frag mich bitte nicht nach Details.

Jedenfalls verhindert diese Kreatur mit Gewalt, dass die Toten zur Großen Göttin gelangen. Er hat den geflüchteten Sohn des hingerichteten Herrschers irgendwo eingesperrt, weil dieser ihm das Reich und das Erbe der Chimú streitig machen könnte.

Allerdings hat der Dämon nur Zugriff auf die Seelen, die im direkten Umfeld des Berges ihren Tod finden. Deswegen sitzen du, ich, Iarde und alle anderen Geister hier gleichsam fest. Wobei ich nicht daran glaube, dass wir beide in den Genuss der göttlichen Reinkarnation kommen, im Gegenteil. Wir sind keine Eingeborenen und werden daher wohl auf ewig unten im Stollen Steine klopfen. Auch die Arbeit in der Grotte hat übrigens einen besonderen Grund. Angeblich befindet sich unter dem Berg eine Art Schatzkammer, wie man sie auch von ägyptischen Pyramiden kennt.

Dort sollen sich Unmengen an Gold befinden, das den Toten zu Zeiten der Chimú mit auf den letzten Weg gegeben wurde. Sie erbringen es der Großen Göttin als Opfer, damit sie in deren Reich eingelassen werden. Kein Gold – kein Einlass, so stelle ich mir das vor. Dieser Túpac möchte den Schatz aber einem anderen Gott darbieten, damit er wieder ins Leben zurückkehren kann.«

Moritia zog unwillig die Nase kraus, überlegte kurz und sprach dann weiter.

»Jetzt kommt das eigentliche Problem. Du hast selbst erlebt, was es mit dem Wasser aus der Quelle auf sich hat. Iarde nennt es das *Wasser des Vergessens*. Es sorgt seinem Ursprung nach dafür, dass die Seelen sich glücklich und von allen weltlichen Sorgen befreit fühlen, wenn sie ihre letzte Reise antreten. Das Wasser erzeugt Halluzinationen von einer friedlichen Zeit. Bei mir war es der letzte Urlaub mit meinem Mann in Sao Paulo.

Kuqua und Lekri erzählten anfangs von den herrlichen Festen in ihrem Heimatdorf Cuninico, bevor es von einer defekten Erdölpipeline vergiftet wurde. Du hattest bestimmt auch solche Bilder im Kopf, richtig? So geht es allen Seelen. Sie trinken das Wasser, werden fröhlich und vergnügt. Sie werden *lenkbar* und wehren sich nicht. Ist dir schon der Gedanke gekommen, warum ein toter Mensch Wasser brauchen sollte? Oder Essen, oder Schlaf?

Ja genau, mir nämlich auch. Ich weiß nicht, welche geheime Macht hier am Werk ist, aber Iarde sagte, es läge an der kosmischen Energie. Er nannte es zwar anders, meinte aber genau das. Schau, die Türen der Zellen öffnen sich erst zu dem Zeitpunkt, an dem wir hinaus *dürfen*. Es ist wie ein Kraftfeld, das uns den Ausgang verwehrt.

Meiner Meinung nach sorgt es auch dafür, dass wir Durst bekommen, obwohl wir gar keinen haben sollten, und dass wir müde werden. Wie gesagt, vom Grund her ist all das ein festgelegter Vorgang, der dazu dient, die Toten zu begleiten.

Wenn nun aber ein böser Geist den normalen Ablauf zu seinen Gunsten ändert, indem er die letzte Reise der Seelen verhindert, dann wird aus der ursprünglichen Seelenwanderung eine ewige Gefangenschaft. So zumindest stelle ich mir das vor.«

»Was können wir dagegen tun? Ich meine, gibt es etwas, das diesen Dämon aufhalten und die Menschen befreien kann?«, erwiderte Liane fragend.

»Ja, das gibt es tatsächlich. Wenn der Sohn des letzten Herrschers der Chimú gegen Túpac antritt und ihn vernichtet, erfüllt sich die Prophezeiung von König Minchancaman. Wenn ich Iardes Ausführungen richtig verstanden habe, kann ihn nur eine weiße Frau aus seinem Gefängnis befreien.«

»Wir beide sind weiß, Änne Hochegger auch, aber ... Moritia, ich bitte dich! Der Königssohn, von dem du redest, dürfte inzwischen um die sechshundert Jahre alt sein! Selbst wenn er auch hier im Berg ist, wo und wie sollten wir ihn finden?«

Die junge Ärztin hob gleichmütig die Schultern zum Zeichen, dass sie zu dem gleichen hoffnungslosen Schluss gekommen war.

Ratlos und besorgt stand Iadsu am Rand des Rollfeldes und suchte mit den Augen den strahlend blauen Himmel ab. Nahezu minütlich sah er auf seine Armbanduhr, deren Zeiger sich einfach nicht vorwärts bewegen wollten. Er hatte Angst. Vor allem um Liane, die in einem Flugzeug saß, aus dessen undichtem Tank pures Kerosin lief, wie er beim Start der Maschine bemerkte.

Nicht umsonst versuchte er verzweifelt, den Abflug zu verhindern. Doch das ohrenbetäubende Rattern der altersschwachen Motoren übertönte seine Schreie. Ihrem fragenden Gesichtsausdruck nach zu urteilen, konnte sie ihn wohl auch nicht verstehen. So blieb ihm nichts weiter übrig, als auf eine baldige Rückkehr der defekten Antonov zu hoffen. Während er wartete, kam ihm ein schrecklicher Gedanke, der ihn nicht mehr losließ.

Vor etwa zwei Jahren geschah ein sehr mysteriöser Zwischenfall im Zusammenhang mit einer anderen geplanten Rodung, etwa fünfzig Kilometer von Dobrejo entfernt. Das gänzlich unberührte Gelände war in das Interesse der Mahag-Company gerückt, weil es auf der Fläche von etwa vierzehn Hektar eine reiche Ausbeute versprach.

Ein Reporter namens Arturo Diaz, angestellt bei der Zeitung *El Comercio,* recherchierte damals für einen Artikel. Es ging um die illegale Abholzung innerhalb des Areals rings um den Río Yurúa. Iadsu erinnerte sich an das Gespräch, das Krause damals mit seinem Vorarbeiter Cortez in seiner Villa führte. Zwar hatte er nicht alles verstanden, aber es ging ebenfalls um einen Rundflug, den Cortez organisieren sollte.

Man sah den Reporter nie wieder. Angeblich fiel der Motor des Flugzeuges just an der Stelle aus, wo der Río Yurúa sich in drei kleinere Nebenarme teilt. Wie der Vorarbeiter später sehr wortgewandt erzählte, sprangen er und der Zeitungsmann gerade noch rechtzeitig mit Fallschirmen ab. Doch nur Juan Cortez kam lebendig zurück. Eine Suchaktion gab es nicht, weil der Regenwald dort aufgrund der Sümpfe als undurchdringlich galt.

Nach kurzer Zeit lief der besorgte Assistent an das vordere Ende der Landebahn, um sich etwas abseits der lärmenden Holzernter besser auf die Umweltgeräusche konzentrieren zu können. Doch er konnte außer den üblichen Vogelstimmen und dem Rauschen der Baumkronen nichts vernehmen.

Blanke Panik erfasste Iadsu in dem Moment, als ihm klarwurde, dass es jetzt genauso sein könnte. Die seltsamen Reaktionen Krauses schossen ihm in den Sinn. Dazu Lianes mutiger Protest gegen dessen Freundin und ihr unbedingter Wille, das Land der Murunahua vor dem radikalen Kahlschlag zu bewahren – all das könnte den Geschäftsführer der Mahag-Company durchaus verärgert haben.

Vielleicht sogar so sehr, dass er nicht davor zurückschreckte, diese tapfere Frau auf die gleiche Art zu beseitigen wie den bedauernswerten Mann von der Zeitung? Der kalte Schauer, der ihm anfangs über den Rücken lief, wandelte sich nun zu purem Entsetzen.

Schweiß trat ihm auf die Stirn, der in seinen Augen brannte. Noch einmal blickte Iadsu suchend nach oben zu den Wipfeln der Bäume. Als er sich gerade entschlossen hatte, zurück zur Hütte zu laufen und seinen Rucksack zu holen, geschah es!

Ein Grollen, so tief wie von Unheil kündendem Donner angesichts einer nahenden Gewitterfront, und gleich danach das Geräusch von Holz, das brachial splitterte, ein letzter krachender Aufschlag … und Stille. Selbst die Arbeiter im Camp unterbrachen für ein paar Minuten ihre Tätigkeit und schauten sich untereinander betreten an.

Dem Vernehmen nach musste das Unglück ganz in der Nähe passiert sein. Doch wusste Iadsu, dass die Ohren des Menschen nur die grobe Richtung erfassen konnten, aus der der Schall kam. Von tausenden Stämmen gebrochen und zurückgeworfen, konnte die Ursache des Lärms so gesehen auch mehrere Kilometer entfernt liegen.

Er rannte, so schnell er konnte, laut brüllend und gestikulierend den Männern entgegen. Ein Baggerfahrer mit dickem

Bauch stieg behäbig aus seinem Führerhaus und vertrat ihm den Weg. Misstrauisch sah er ihn an und fragte:

»Was plärrst du hier durch die Gegend? Ist es wegen der Sprengung?«

»Bist du etwa taub? Das Flugzeug ist abgestürzt!«, antwortete Iadsu erzürnt.

»Nie im Leben war das eine Sprengung! Wir müssen uns auf die Suche machen. Hol deine Leute zusammen, jede Minute zählt!«

Zu seinem Erstaunen wandte sich der Arbeiter ab und machte Anstalten, wieder in sein Cockpit zu klettern, als sei nichts Nennenswertes geschehen.

»Sonst noch Wünsche?«, schnarrte er, indem er letztmalig über seine Schulter blickte.

»Mach nicht so ein Theater, nur weil es mal kurz geknallt hat. Wir haben hier zu arbeiten, falls du das nicht bemerkt haben solltest. Da vorn stehen acht Trucks, die ich heute noch beladen muss. Die anderen Männer sind mit dem Entasten und Zerteilen beschäftigt.

Wenn ich dir einen guten Rat geben darf: Geh in deine Hütte und warte dort auf Juan. Er wird bald wieder zurückkommen. Halte uns nicht von der Arbeit ab, hast du verstanden?

Noch lieber wäre es mir, du steigst in deinen Jeep und verschwindest von hier. Flugzeugabsturz, pah, was für ein Blödsinn! Wenn ich etwas nicht leiden kann, dann ist es ein oberschlauer Indio, der glaubt, dass er mir irgendwelche Befehle zu erteilen hätte.«

Mit diesen Worten ließ er sich ächzend auf seinen Sitz fallen und drehte er den Zündschlüssel um. Der Motor des starken Raupenbaggers heulte auf, als der Mann davonfuhr. Ein letzter Blick in seine versteinerte Miene genügte. Iadsu begriff, dass sich sein Gegenüber auf keine weitere Diskussion einlassen würde.

Er stürmte zu seiner Baracke, zerrte das Telefon aus dem Rucksack und versuchte wider besseren Wissens, Lianes Nummer zu wählen. Es gelang natürlich nicht. Hier draußen gab es keinen Empfang für sein Handy. Die Hütte des Vorarbeiters, in der ein vom Funknetz unabhängiges Satellitentelefon stand, war fest verschlossen. Also blieb nur noch eine Möglichkeit, wenn er nicht die Rückkehr von Cortez abwarten wollte.

Tatkräftige Hilfe seitens der Holzwerker war nicht zu erwarten. Dies hatte ihm der Baggerfahrer deutlich zu verstehen gegeben. Selbst die Angehörigen seines eigenen Stammes blickten vorhin peinlich berührt zu Boden, als Iadsu an ihnen vorbeirannte. Nicht einer von ihnen konnte seine Angst verbergen. Offensichtlich wussten sie genau, was ihnen blühte, wenn sie sich gegen die ausdrückliche Weisung des Baggerfahrers auflehnten.

Auch jetzt, da er die Unterkunft wieder verließ, vermieden sie es, ihn anzuschauen. Stattdessen hackten sie völlig unkoordiniert auf die vor ihnen liegenden Stämme ein, als hinge ihr Leben davon ab. Vielleicht stimmte das sogar. Es wäre nicht das erste Mal in der Geschichte Perus, dass einer unterdrückten Minderheit Gewalt angedroht wurde, falls …

Falls sie über die rauen Gepflogenheiten sprachen oder sich gar darüber beschwerten, dass man sie schlecht behandelte? Falls sie jemandem erzählten, wie die Mahag-Company in Wirklichkeit vorging? War es das, was die indigenen Holzfäller schweigen und wegsehen ließ? Er wusste es nicht, wollte es jetzt auch nicht hinterfragen. Zu groß war die Sorge um seine Vorgesetzte, die vielleicht – nein, sogar ganz sicher – in diesem Moment schwer verletzt im Urwald lag und sich auf ihn und seine Entscheidungen verließ.

Iadsu zog es zu den Menschen, auf deren Unterstützung er hoffte. Nun, da er allein zu ihnen gehen musste, würde es vermutlich länger dauern, den Fluss zu passieren. Es sei denn, er konnte sich das Motorboot nehmen, das an der Uferzone vertäut war. Zwar besaß er dafür keinen Schlüssel, aber vielleicht ließ sich ein solches Boot ebenso kurzschließen wie ein Auto.

In fliehender Hast tat er zum Schein, was ihm der Mann im Bagger angeraten hatte. Er öffnete die Fahrertür, stieg in den Jeep und fuhr aus dem Camp, bis er sich weit genug entfernt von Dobrejo wähnte. Kurz vor der alten Zapfsäule stoppte er, überprüfte das Telefon im Auto und nickte grimmig. Jemand hatte die Zuleitungen aus der Basisstation gerissen. Genau das hatte er erwartet.

Man wollte wohl mit allen Mitteln verhindern, dass er anderweitig Hilfe für Liane organisieren konnte. Geschickt wendete er sein Fahrzeug und lenkte es auf einen schmalen Forstweg. Kaum mehr als ein Trampelpfad, aber er hatte Glück, denn der Waldboden erwies sich als leidlich trocken.

Der weite Bogen, den er um das Camp schlug, war seinem Wunsch geschuldet, keinem Arbeiter aus Dobrejo zu begegnen. Schließlich gelangte er an den Fluss, wo er den Jeep an einer freien Stelle stehenließ und zu Fuß in nördlicher Richtung weiterging. Wenn er sich nicht geirrt hatte, musste sich hier irgendwo die Uferzone befinden, wo die Boote lagen.

Etwas weiter vorn tat sich eine kleine Lichtung auf. Endlich! Iadsu sprang in den Kahn und suchte nach den Zündkabeln des Außenborders, die er hastig überbrückte. Anschließend riss er mit ganzer Kraft am Zugseil. Tatsächlich schaffte er es, mit diesem Trick den Motor in Gang zu setzen. Mit Vollgas befuhr er den stürmischen Seitenarm des Río Yurúa, immer auf die Strudel achtend, die sich unversehens bildeten.

Auch ihm entlockte die herrliche Natur ringsherum dieses Mal kein verträumtes Lächeln. Er musste sich auf die tückische Fahrtrinne konzentrieren, Findlingen ausweichen und gefährliche Stromschnellen passieren. Verbissen kämpfte er mit der Strömung und den wehrartigen Absätzen, die durch umgestürzte Bäume entstanden waren. Und er kämpfte mit der aufsteigenden Panik, die ihn erfasste, wenn er auf seine Uhr blickte.

Vierzig Minuten waren bereits verstrichen, ohne dass er Liane hätte zu Hilfe kommen können.

Erst auf den letzten hundert Metern reduzierte Iadsu die Geschwindigkeit. Nachdem die Motorengeräusche leiser wurden, begann er zu pfeifen. Laut und durchdringend erklang der schrille Ton und bahnte sich seinen Weg durch die Baumschluchten, bis er schließlich gehört wurde. Die Murunahua antworteten ihm, erst leise, dann immer deutlicher.

Als er an der schmalen Landungsstelle ankam, wurde er bereits erwartet. Moar stand dort, umgeben von ein paar Kriegern, und sein finsteres Antlitz verhieß nichts Gutes. Er hielt seine Hände zu Fäusten geballt und starrte mit zusammengekniffenen Augenbrauen auf das Motorboot.

Ich sitze in einer verborgenen Nische. Iarde und Moritia sind bei mir, aber sie wirken unruhig und sehen sich in kurzen Abständen immer wieder um. Das alles hier ist so surreal! Der Stollen, die Menschen, die doch gar keine Menschen mehr sind, jedenfalls nicht im herkömmlichen Sinne … Es sind Geister, tote Seelen, die von einer unsichtbaren Kraft im Zaum gehalten werden.

Kuqua und Lekri arbeiten kaum ein paar Meter von uns entfernt. Besser gesagt, sie tun so, als würden sie Steine aufklauben und beiseiteschaffen. In Wirklichkeit stapeln sie die Felsbrocken vor meinem Versteck zu einer kleinen Mauer auf. Dabei beobachten sie die anderen Menschen, ebenso wie meine beiden Bewacher. Sie warten auf etwas oder jemanden, aber selbst Iarde schweigt sich aus.

Sein Gesicht wirkt blass, trotz seiner dunklen Hauttönung. Er beißt sich ständig auf die Lippen, als würde er etwas sagen wollen. Die verstörten Blicke, die er mit Moritia wechselt, machen mir wirklich Angst …

Plötzlich spürte Liane, wie sich die feinen Haare auf ihren Unterarmen steil nach oben richteten. Die alles umgebende Energie veränderte sich erneut spürbar. Wie auf ein geheimes Zeichen hin beendeten die Arbeiter ihr Tun, schulterten die Werkzeuge und stellten sich in einer Reihe auf, die sich langsam in Bewegung setzte.

»Es ist soweit«, flüsterte Moritia gehetzt.

»Der ewige Wächter kommt. Schnell, duck dich so weit nach unten wie möglich. Rühr dich keinesfalls von der Stelle, ganz egal, was jetzt passiert!«

Schon wieder ertönte das unterschwellige Summen, das an einen Bienenstock erinnerte. Doch jetzt kam es von den Seelen selbst, statt wie vorher durch den Berg zu wabern. Ihre Augen waren leer und starr auf den Stollen gerichtet. Durch die Ritzen in der Steinmauer erkannte sie die Köpfe von Änne und Walther.

Erst im letzten Moment erinnerte sie sich an Moritias Warnung, sich nicht zu bewegen. Gerade noch rechtzeitig, denn danach rückte auch der Grund dafür in ihr Sichtfeld. Am Ende der trostlosen Schlange lief ein Lebewesen, das Liane nicht einmal in ihren tiefsten Träumen eingefallen wäre.

Das Aussehen dieses merkwürdigen Wesens ließ sich kaum beschreiben. Ein menschlich anmutender Körper mit einem Krokodilskopf, grünlich schimmernder, schuppiger Haut und scharfen Klauen, bekleidet mit einer Lederrüstung? Nein, das konnte nicht wahr sein! Der kreativste Grafiker eines Computerspiels hätte sich so etwas vielleicht ausdenken können, aber für einen normalen Menschen grenzte dieser Anblick an schieren Wahnsinn!

Liane, völlig verängstigt, öffnete schon den Mund zum Aufschrei, als Iarde ihr einen Finger auf die Lippen legte. Seine Augen leuchteten mysteriös im Zwielicht dessen, was den Ewigen Wächter umgab. Was zum Teufel war das? Eine energetische Aura aus zehntausend Watt, kaum sichtbar, dafür umso bedrohlicher?

Für einen Moment glaubte Liane, das Bewusstsein zu verlieren. Zudem blieb das skurrile Wesen genau vor ihrem Versteck stehen und schaute in ihre Richtung. Seine Augen blickten sekundenlang aufmerksam zur Mauer, als wüsste es genau, dass sich jemand hinter den Steinen verbarg. Doch dann wandte es seinen hässlichen Kopf wieder den davontrottenden Gefangenen zu.

Indem es ihnen nachlief, verließ es auch das Versteck. Mit jedem Meter, den das Wesen sich entfernte, ließ auch das eigenartige Kraftfeld nach, das es offensichtlich schützte. Sogar aus einer gewissen Entfernung wirkte dieses noch auf Liane und ihre neuen Freunde nach. Iarde und Moritia schienen wie versteinert. Wenigstens fand sie selbst Minuten später endlich ihre Sprache wieder.

»Habt ihr das gesehen? Ich kann es immer noch nicht glauben. War das der Ewige Wächter? Das ist doch kein Mensch, niemals! Oder war das nur eine Maske, die er auf dem Kopf trug?«

»Was meinst du denn damit? Niemand kann ihn sehen. Er hat keine physische Präsenz!«, belehrte Moritia sie lächelnd, wie man vielleicht zu einem übermütigen Kind sprach.

Doch Liane ließ sich nicht von ihren Worten beruhigen, im Gegenteil.

»Also jetzt willst du mich wirklich auf den Arm nehmen, oder? Er stand doch direkt vor uns und hat sogar hergesehen! Mein Gott, die spitzen Zähne, die aus seinem Maul ragten, einfach nur schrecklich.«

Aber auch Iarde schüttelte mit dem Kopf, als sie ihn hilfesuchend anschaute.

»Du musst dich irren! Es sei denn, du bist … Aber nein, das kann nicht sein. Du wärst nicht hier, wenn du noch unter den Lebenden weilen würdest. Das ist so gut wie unmöglich!«, murmelte er.

»Möchtest du mir damit sagen, dass nur lebendige Menschen den Ewigen Wächter sehen können und die Toten nicht? Sag schon, Iarde, was hat es damit auf sich?«

Weil sie nicht lockerließ und auch Moritia damit begann, ihn mit ungeduldigen Fragen zu bedrängen, ließ sich Iadsus Vater endlich umstimmen und erzählte:

»In unseren Stammeslegenden heißt es, dass nur die wirklich Verstorbenen in den Berg der Seelen aufgenommen werden. Manchmal gelangen aber auch Seelen hinein, die in absehbarer Zeit dem Tod geweiht sind. Meist gehen sie innerhalb kurzer Zeit in das Reich der Großen Göttin über.

Mein Urgroßvater hat mir erzählt, dass es einst einen Quechuahäuptling namens Pecat gab, der aus dem Berg wieder herausfand. Er selbst kannte den Mann, der bereits im Sterben lag und dann wie durch ein Wunder wieder gesund wurde. Die Göttin wollte ihn noch nicht zu sich nehmen, versteht ihr? Deswegen wurde er zurückgeschickt.

Pecat berichtete, er habe den Ewigen Wächter gesehen, während ihn alle anderen Seelen nicht sehen konnten. Er beschrieb ihn wie einen Kaiman, nur eben aufrecht gehend und mit einer Rüstung, wie die früheren Krieger sie trugen. Auch nannte er ihn ein freundliches Wesen und versicherte, dass es der Wächter war, der ihn zum Ausgang des Berges brachte.

Wenn du dir also sicher bist, dass du ihn ebenfalls sehen konntest, dann hat der Freund meines Urgroßvaters vielleicht doch nicht gelogen. Moritia und ich sehen den Wächter nämlich nicht. Wir beide sind allerdings auch tatsächlich tot.

Verstehst du, was ich dir damit sagen will? Du bist vermutlich noch am Leben, Frau! Wahrscheinlich dem Tode sehr nah, aber dein Leib lässt noch Blut durch die Adern fließen! Also kann dir auch der böse Geist, der hier herrscht, nichts anhaben. Über die Lebenden hat Túpac Yupanqui keine Macht.

Du ahnst nicht, was für ein Glück das ist. Vielleicht bist du sogar …«

»Iarde!«, flüsterte Moritia warnend.

Einen kurzen Blickwechsel später fuhr er fort: »Selbst wenn nicht, bin ich sehr froh darüber, dass du lebst. Es täte mir leid, wenn Iadsu seine Freundin verlieren würde.«

»Freundin ist das falsche Wort. Er ist mein Assistent und unterstützt mich lediglich bei meiner Arbeit«, entgegnete Liane verlegen. Gut, dass es in dem Stollen dunkel war. Sonst hätten ihre Begleiter womöglich die verräterische Röte auf ihren Wangen gesehen.

»Mein Sohn hätte dir nie die Kette mit dem Symbol der Großen Göttin geschenkt, wenn er dich nicht aufrichtig lieben würde. Nur Stammesangehörige und deren Freunde tragen den aufgehenden Mond als Erkennungszeichen.

Ich möchte dir auch etwas geben. Solltest du Iadsu wiedersehen, wird er wissen, was damit zu tun ist. Behalte es nur fest bei dir, hörst du? Du darfst es nicht verlieren!«

Er reichte ihr ein hauchdünnes Tuch, das er aus der Tasche seines Gewandes holte. Dem Aussehen nach gehörte es einer Frau, vielleicht sogar Iadsus Mutter. Liane nahm es an sich und verstaute es in ihrer Hosentasche.

»Danke, ich werde gut darauf achten. Aber ich bin trotzdem nicht seine Freundin«, merkte sie nochmals an.

Iarde ließ jedoch nicht mit sich diskutieren. Deshalb gab sie es auf, ihm erklären zu wollen, dass sein Sohn und sie eine rein geschäftliche Beziehung führten. Mal abgesehen von dem scheuen Vertrauen, das sie miteinander verband, seit sie Iadsu so vehement vor Lenore verteidigt hatte. Ohnehin war es jetzt viel wichtiger, zu erfahren, warum sie sich eigentlich in dieser kargen Nische versteckten und nicht zurück in ihre Zellen gingen.

Auf ihre Frage hin antwortete Moritia:

»Wir möchten dir etwas zeigen. Komm mit!«

Sie griff nach einer Fackel und eilte den düsteren Seitenweg entlang, der zu der balkonähnlichen Steinplatte führte.

»Hier rein, Liane. Folge mir einfach!«, flüsterte sie und wies mit dem Finger nach rechts.

In der grauen Wand kaum sichtbar führte ein enger Durchgang in einen weiteren Stollen. Dessen Decke hing so niedrig, dass sie sich nach weit unten beugen musste, um ihn zu passieren. Er schien wesentlich älter zu sein und wurde offensichtlich seit vielen Jahren nicht mehr benutzt.

Spinnweben klebten an den Wänden, ein dichtes Geflecht aus schmutziggrauen Fäden und toten Insekten. Unwillig wischte Liane sich das eklige Zeug aus ihrem Gesicht, sehr darauf bedacht, den Anschluss nicht zu verlieren.

Der Boden war hier zwar auch voller Geröll und gänzlich uneben, aber dennoch andersartig. Liane brauchte einen Moment, bis sie den feinen Unterschied erkannte. Im Gegensatz zu dem vorherigen Umfeld war das Gestein unter ihren Füßen völlig trocken, genau wie die Wände!

»Wie ist das möglich? Wir sind doch noch auf der gleichen Ebene wie zuvor, oder?«, fragte sie beunruhigt.

»Ja und nein. Wir befinden uns ungefähr zwischen der Höhle, in der wir gearbeitet haben, und dem, was zu Zeiten Minchancamans der Thronsaal war. Du hast ihn vorhin gesehen. Dort wollen wir allerdings nicht hin.«

Moritia bewies ihre Aussage, indem sie einem neuen Abzweig folgte, der steil nach oben verlief. Es war äußerst mühsam, die Schräge zu erklettern. Ihre Finger fanden kaum Halt auf der nahezu glatten Oberfläche. Doch nur Minuten später erkannte Liane im Licht der Fackel mehrere große Holzbohlen. Irgendjemand hatte sie wohl am Ende des Aufstieges an die Felswand gestellt und dort vergessen.

Nein, nicht vergessen, denn die Anordnung der Pfosten konnte nicht zufällig so gewählt worden sein. Dazu standen sie zu dicht und zu regelmäßig beieinander. Sie verbargen etwas vor den Augen derer, die sich innerhalb des Berges befanden. Als Liane diese Erkenntnis gerade ihren Begleitern mitteilen wollte, bemerkte sie, dass sich Kuqua und Lekri unbemerkt zu ihnen gesellt hatten.

Kurz davor, erneut die Contenance zu verlieren, schnappte Liane nach Luft. Wann und an welcher Stelle waren die beiden zu ihnen gestoßen? Und warum taten Iarde und Moritia so, als sei das alles völlig normal und selbstverständlich?

Wie sie sich untereinander anschauten, vertrauend, verstehend und in stillem Einklang. Dazwischen sie, die einzig Unwissende, ausgeschlossen auf eine Art und trotzdem aufgenommen, in der dringenden Hoffnung, dass jetzt all ihre Fragen eine Antwort finden würden.

»Erklärt mir jetzt mal bitte jemand, was wir hier eigentlich tun?«, platzte es aus ihr heraus.

Eine tiefe, grollende Stimme aus dem dunklen Schatten sagte:
»Wir erfüllen die Prophezeiung Minchancamans. Ich warte schon seit Jahrhunderten darauf.«

Iadsu wagte es kaum, dem alten Häuptling in die Augen zu blicken. Allein die angriffslustige Art, wie Moar vor ihm stand, schüchterte ihn ein. Zwischen dessen zusammengezogenen Brauen standen tiefe Zornesfalten. Sein Speer steckte neben ihm griffbereit in der weichen Erde des Waldbodens.

Zwei seiner erwachsenen Söhne flankierten Moar. Auch sie trugen Waffen. Die großen Messer in ihren Händen, zusätzlich zu den kriegerischen Symbolen in ihrem wütenden Gesicht, machten dem Besucher deutlich, dass er heute nicht als Freund willkommen geheißen wurde.

Einer von den jungen Männern wollte auf Iadsu zustürmen, doch er wurde von Moar zurückgehalten. Man ließ ihn stattdessen unbehelligt aus dem Boot steigen. Als er das Land der Murunahua betrat, beugte er das Knie und streckte dem erbosten Häuptling die bloßen Hände entgegen, um ihm seinen Respekt zu erweisen.

Ihm war klar, dass diese obligatorische Geste der Unterwerfung über den schmalen Grat zwischen Gast und Feind entscheiden konnte.

Moar nickte nach einer gefühlten Ewigkeit. Was immer ihn überzeugte, den Quechua erneut im Kreis seiner Sippe aufzunehmen, es sorgte auch dafür, dass sein erzürnter ältester Sohn ihm nicht an Ort und Stelle die Kehle durchschnitt. Es musste etwas Schreckliches geschehen sein, wenn sich dieser sonst so friedfertige Stamm derart feindselig gegenüber anderen Indigenen verhielt.

Auch auf dem kurzen Fußweg zum Dorf sprach niemand mit Iadsu. Man nahm den Besucher in die Mitte und geleitete ihn gleichsam zum Haus des Häuptlings. Erst auf einen Fingerzeig Moars zogen sich die Männer zurück. Daraufhin entließ der Dorfälteste einen Schwall empörter Worte in rascher Abfolge, deren Sinn Iadsu kaum erfassen konnte.

»Du kamst als Freund zu uns, und wir hießen dich als einen Freund willkommen. Wir nahmen euch mit in unser Dorf, dich und die weiße Frau, die dich begleitet hat. Doch ihr habt uns belogen! Ihr wolltet nur unser Land stehlen, so wie die anderen weißen Männer auch!

Aber es gehört euch nicht. Es gehört meinem Vater und dessen Vater. Ein schlechter Gast, der unser Essen isst, unser Wasser trinkt und uns zum Dank bestiehlt!«

»Moar, ich schwöre bei der Großen Göttin, dass Liane und ich …«, erwiderte Iadsu entsetzt.

»Du hast uns verraten, und du hast dich verraten. Der einzige Grund, warum ich dich noch einmal empfange, liegt in meiner Hütte. Geh und sieh dir an, was du uns beschert hast!«, unterbrach ihn der Häuptling und zeigte befehlend auf den Eingang seiner Behausung.

Unsicher, was ihn darin erwarten würde, betrat Iadsu den einfachen Holzbau. Zuerst sah er nur eine gebückte Gestalt, die sich über etwas an der Wand beugte. Als er näher trat, erkannte er, dass es die Schamanin des Dorfes war. Ama, so hieß sie, drehte sich wortlos zu ihm um. Ihre angsterfüllten Augen, fast schwarz im Halbdunkel der Hütte, sprachen Bände.

Auf einer schmalen Pritsche hinter ihr, mit einer grob gewirkten Wolldecke umhüllt, lag Liane! Tränen der Erleichterung traten ihm in die Augen. Moar und seine Männer hatten sie gefunden und in Sicherheit gebracht. Vorsichtig kniete er sich an ihr Lager und wollte eben ihre Hand berühren, als die Schamanin ihn hart an der Schulter griff.

»Fass sie nicht an! Sie ist nicht unter uns. Ihr Nuna ist aus dem Körper gegangen. Deine Frau gehört jetzt der Großen Göttin. Ihr allein ist es erlaubt, über das Schicksal zu entscheiden.«

Die Schamanin entzündete ein paar trockene Blätter und ließ den wohlriechenden Rauch über Liane gleiten. Dazu murmelte sie jene uralten Worte, die Iadsu nur noch aus den Erzählungen seiner Vorväter kannte. Dem Ursprung nach versprach dieses Ritual dem Körper Schutz, solange das Nuna, also die Seele des Menschen, nicht darin weilte.

Plötzlich schwanden ihm die Sinne. Der Nebel, so angenehm er auch duftete, brannte wie Feuer in seinen Augen. Er hielt sich schützend die Hände vors Gesicht, wohlwissend, dass ihm das nicht helfen würde. Die Bilder, die in seinem Kopf entstanden, waren so grausig, dass es dem gestandenen Mann regelrecht das Herz zerriss.

Ein monströses Etwas, halb tot, halb lebendig, hielt ein blitzendes Schwert über den Kopf einer Frau. Nicht irgendeiner Frau, denn es war Liane, die schutzlos vor dieser bösen Kreatur kniete. In dem Moment, als der scharfe Stahl herniederfuhr, hörte Iadsu eine sanfte Stimme:

»Sag mir, was du gerade siehst, und traue nicht dem, was dir gezeigt wird. Der *Supay* will, dass du in Furcht lebst.«

Er fand sich auf der Schwelle sitzend wieder, mit dem Rücken an einen Türpfosten gelehnt. Mühsam hob er die Augenlider und versuchte, sich zu orientieren. Ama stand vor ihm und sprach mahnend auf ihn ein.

»Was, bei der Großen Göttin, hast du gesehen?«, fragte sie ungeduldig.

»Sag es mir! Ich muss es wissen!«

Auch Moar trat nun interessiert hinzu.

»Sie hat schreckliche Angst … Liane, sie ist in großer Gefahr! Jemand bedroht sie!«, brachte Iadsu stotternd hervor.

Die Schamanin wiegte rhythmisch ihren Kopf hin und her, danach ihren ganzen Körper, ehe sie einen seltsamen Tanz vollführte. Unter stetig wiederholten Beschwörungen vollendete sie das Ritual. Ein letzter wilder Schrei ließ die Bewohner des Dorfes aus ihren Hütten eilen, um das Urteil der weisen Frau zu erfahren.

»Der *Qurpa* ist nicht unser Feind«, sagte sie dann mit Blick auf den zusammengesunkenen Gast, was diesen sehr erleichterte.

»Er ist hier willkommen, bis sich die Prophezeiung erfüllt hat.«

Bei den letzten Worten zuckte Moar zusammen, ebenso wie seine Sippe. Doch niemand wagte es, die Weisung der Schamanin infrage zu stellen. Ihr waren Wohl und Wehe des ganzen Dorfes anvertraut. Allein deshalb verließ sich Moar in seiner Entscheidung stets auf Amas Meinung. Demnach bat er Iadsu jetzt wesentlich freundlicher, ihm ans Feuer zu folgen.

Noch etwas benommen lief dieser in angemessenem Abstand hinter dem Häuptling her, wie es sich geziemte. Auch wartete er, bis Moar Platz nahm, ehe er sich selbst ebenfalls auf einen der Baumstümpfe setzte. Die anderen Dorfbewohner hielten sich respektvoll und stehend im Hintergrund.

»Verzeih mir, dass ich dir misstraute. Ich muss meine Sippe schützen. Es ist nicht das erste Mal, dass man unserem Volk friedvoll entgegentritt und uns dann vernichtet.«

Moar blickte seinen Gast ehrlich betroffen an, ehe er weitersprach:

»Der eiserne Vogel flog dicht über uns hinweg und fiel dann zu Boden. Wir sind gegangen, weil wir es gehört haben. Wir fanden zuerst die Frau. Sie lag nah am Waldrand und war schwer verletzt. Du weißt, dass es uns verboten ist, Lucantajo zu betreten. Doch Ama sagte, wir müssen ihren Leib retten.

Schon vor langer Zeit hat sie es gesehen. Die weiße Frau wird uns die Erlösung bringen und die Herrschaft Túpacs beenden. Bald wird die Große Göttin zu ihr sprechen und ihr den Weg zeigen. So lautete Amas Weissagung. Bleib bis dahin bei uns, Iadsu, Sohn von Iarde, Sohn von Iadon.«

»Habt ihr nur Liane gefunden? Es war noch jemand bei ihr. Wo ist der Mann, der das Flugzeug gesteuert hat?«

Der alte Häuptling schüttelte mit dem Kopf und wies einen seiner Söhne an, worauf dieser einen großen Ballen braunen Stoffes hinter einer Hütte hervorzerrte. Der Fallschirm, mit dem Cortez aus der Antonov absprang, und er war mit Blut bespritzt! Die Sicherungsriemen, an denen der Fallschirm befestigt war, wurden nicht mit einem Messer abgeschnitten. Ihre Enden hingen stattdessen völlig zerfetzt und in langen Fasern herab.

»Wir haben den Weißen nicht gefunden, nur das hier. Er muss mitten in einem Sumpf gelandet sein. Die Kaimane haben ihn schon erwartet. Sie hüten das Wohl meine Sippe.«

So selbstverständlich, wie Moar das sagte, so schaurig klang es in Iadsus Ohren. Er mochte Juan Cortez nicht, doch ein solch furchtbares Ende, noch dazu bei lebendigem Leib, wünschte er niemandem. Schwarze Kaimane pflegten sich um ihre eigene Achse zu drehen, um Fleischbrocken von ihrer Beute abzutrennen, und sie wurden bis zu sechs Metern groß.

Was einmal zwischen ihren kräftigen Kiefern war, ließen diese Tiere nie wieder los. Der Riemen des Fallschirms, das Blut auf dem Stoff … Der Vorarbeiter von Dobrejo musste minutenlang Höllenqualen erlitten haben, ehe der Tod ihn erlöste. Mühsam schüttelte Iadsu den Gedanken an zerbrechende Knochen und reißende Sehnen ab, schaute zu Moars Haus und fragte dann leise:

»Ist sie sehr schwer verletzt?«

»Ja, das ist sie. Ama kann sie nicht heilen. Das kann nur die Große Göttin. Sobald sich die Prophezeiung erfüllt, wird deine Frau ihre Gnade empfangen und wieder unter uns sein.«

»Sie ist nicht meine Frau, Moar!«, beeilte sich Iadsu, ihm zu antworten.

Doch der Häuptling lächelte nur und tippte mit dem Zeigefinger auf sein Herz.

»Ach nein? Und warum liebst du sie dann so sehr?«

Herr im Himmel, das ist ein Albtraum! Iarde und Moritia rühren sich keinen Deut von der Stelle. Soeben ist dieses Wesen wieder erschienen. Es steht direkt vor mir, ich rieche seinen Atem! Glibberiger Geifer tropft aus seinem Maul, zwischen den Reißzähnen hindurch. Wie es mich anschaut ... wie das Raubtier seine hilflose Beute.

Hat es uns verfolgt? Wird es uns jetzt bestrafen, weil wir nicht zurück in unsere Zellen gegangen sind? Und falls ja, wie mag diese Strafe wohl aussehen? Töten kann es uns ja nicht mehr.

»Du musst keine Angst haben. Ich werde dich auch nicht bestrafen.«

Der Wächter sprach mit ihr, als hätte er ihre Gedanken vernommen. Sein gütiger Ton überzeugte Liane zwar nicht, aber zumindest schien er sie nicht sofort angreifen zu wollen. Am liebsten hätte sie nach Iardes Hand gefasst, so wie sich auch Kuqua und ihre Tochter fest an den Händen hielten.

»Bitte, ich möchte doch nur verstehen, warum ich in diesem Berg bin und was in Gottes Namen hier vor sich geht. Ich wollte niemanden verärgern und schon gar nicht eure Gesetze übertreten. Aber der Vorarbeiter ließ das Flugzeug abstürzen und ... Dann war ich plötzlich hier, und Änne ... Sie ist eine Krankenschwester und gehört überhaupt nicht in diese Zeit! Und was ist mit dem Wasser ... Ich begreife das einfach nicht!«

In ihrer Aufregung verhaspelte sich Liane so sehr, dass sie sich verschluckte und husten musste.

»Um den Mann musst du dich nicht sorgen. Er bekam seine gerechte Strafe. Ich weiß, dass du nicht freiwillig nach Lucantajo gekommen bist und dass dein Körper noch lebt. Nuna war nicht bereit, dich zu verlassen.

Dennoch musste ich es gewaltsam aus deinem Leib rauben. Es hat einen wichtigen Grund. So lange der finstere Herrscher seine Macht nicht verliert, sind alle hier dazu verdammt, ihm zu dienen, auch ich.

Vor vielen Leben sagte ein Seher, dass eine weiße Frau kommen wird, mit deren Hilfe ich Minchantonan befreien und den Dämon bezwingen kann. Erst dann kann die Große Göttin die Seelen wieder empfangen und in ihr Reich holen.

Ich glaube, dass du diese Frau bist. Deshalb ließ ich deine Freunde gewähren. Sie haben auf dich gewartet und dich vom Wasser des Vergessens ferngehalten, weil ich es ihnen erlaubte. Nun beweise mir, dass du ihrer und meiner Hoffnung würdig bist.«

»Wie soll ich das tun? Ich weiß doch nicht einmal, gegen wen oder was ich kämpfen muss.«

Liane rang verzweifelt die Hände. Zu bizarr war die Vorstellung, dass sie sich gegen diabolische Kräfte stellen sollte.

»Du bist ein lebender Mensch. Deswegen kannst auch nur du das Portal öffnen. Durch das Tor gelangen wir zu unserem Retter, der Túpac und seine grausame Herrschaft für immer besiegen wird. Versuch es!«, beschwor der Kaimanwächter sie.

Wie zum Beweis berührte er die Bohlen, doch seine schuppenbesetzte Hand wischte hindurch, als sei er ein Geist.

»Aber das kann doch nicht sein. Die Steine unten in der Grotte könnt ihr doch auch berühren, sie sogar hochheben und bearbeiten. Warum also nicht diese hölzerne Barriere?«

Statt einer Antwort machte der Wächter ihr etwas mehr Platz. Auch Moritia schaute sie auffordernd an und zeigte ebenfalls auf die dicken Pfosten.

»Wir sind tot, Kleines, schon vergessen? Tote kommen gegen diese Art der Magie nicht an. Jetzt mach schon!«

»Also gut, dann versuche ich es«, murmelte Liane wie zu sich selbst.

Vorsichtig schob sie daraufhin ihre Arme nach vorn. Tatsächlich, sie spürte einen Widerstand! Ihre Finger tasteten das trockene Holz ab. Mit einem tiefen Atemzug legte sie ihre Arme darum und zog mit aller Kraft, bis es zu Boden fiel.

»Endlich, sie hat es verstanden!«, sagte die Ärztin aufatmend.

»Bald sind wir frei!«

Doch es war ein hartes Stück Arbeit, die Verriegelung zu entfernen. Ihre Freunde konnten ihr nicht dabei helfen. Wann immer Liane nahe daran war, das mühselige Unterfangen aufzugeben, munterte sie einer von ihnen wieder auf. Selbst die kleine Lekri sprach liebevoll auf sie ein und bat sie immer wieder darum, bloß nicht nachzulassen.

Es mussten Stunden vergangen sein, als sie endlich den letzten der schweren Pfosten beiseitezog. Dahinter verbarg sich ein neuer Gang, der ebenfalls voller Spinnweben war. Hinter dem feinen Gespinst erkannte Liane ein silbriges Licht.

»Willkommen im Saal der Großen Göttin!«, flüsterte der Wächter, während er den Durchgang betrat.

»Du hast es geschafft.«

Plötzlich sackte Iarde in sich zusammen und fiel mitten auf den staubigen Weg. Die anderen drei folgten ihm, als hätte ein starker Wind sie von den Beinen gerissen. Ein schauerlicher Schrei ertönte, dessen Ursprung nicht zu ergründen war. Ein unendlich wütendes Tier mochte so bedrohlich brüllen.

Liane schaute sich nach ihren Begleitern um, sah dann wieder nach vorn zu dem Schuppenwesen, das sie verzweifelt zu sich rief:

»Nicht stehenbleiben, du musst weitergehen, ich flehe dich an. Bleib nicht stehen!«

Eine unfassbare Macht zog sie an sich und drückte sie nieder auf die Knie. Sie wollte sich dagegen sträuben, wollte sich wehren, konnte es aber nicht. Als sie den Kopf hob, meinte sie, einen eigenartig geformten Nebel zu erkennen, der immer näher kam. Gleich würde sie in dem Dunst versinken …

Die Klauen des Wächters hinterließen tiefe Spuren auf ihren Armen. Sie packten fest zu, rissen und zerrten an ihr. Mit einem letzten Ruck landete Liane auf hartem Stein. Es dauerte einen Moment, bis sie wieder zu Atem kam.

»Grundgütiger, was war das?«, stieß sie keuchend hervor.

»Der Herrscher des Berges hat sich die Seelen deiner Freunde zurückgeholt. Dich bekam er nicht, weil ich dich gerade noch rechtzeitig aus seinem Griff befreit habe.«

»Er hat sie wieder eingefangen? Dann müssen wir zu ihnen gehen und sie retten! Na los, worauf wartest du? Was ist denn?«, fuhr sie zornig auf.

Der Wächter rührte sich nicht von der Stelle.

»Nicht jetzt! Ihnen geschieht nichts. Er braucht sie, um das verlorene Gold zu finden. Hab keine Angst. Du wirst sie wiedersehen, sobald wir unsere Pflicht getan haben.«

»Aber Iarde und Moritia sagten doch, dass nur der Sohn des Königs den tyrannischen Herrscher besiegen kann. Wo ist dieser Sohn? Er ist doch längst tot!«

»Ja, das ist er. Und er ist hier, hier im großen Saal. Du hast ihn soeben befreit.«

Hinter einem Steinvorsprung trat ein Mann hervor, dessen Gestalt wahrhaft königlich anmutete. Mit breiten Schultern, muskulösen Armen und Beinen, vor allem aber hoch erhobenen Hauptes stand er vor ihnen. Eine diffus leuchtende Aura umgab seinen ganzen Körper.

»Minchantonan, mein Herr!«, rief der Wächter und beugte unterwürfig das Knie.

»Erhebe dich, Hoga, Wächter der Großen Göttin. Du bist mir mehr Freund als Diener. Sag mir, wer ist diese Frau?«

»Eure Rettung, Herr, und damit unser aller Erlösung. Das Portal wurde geöffnet. Ihr könnt es nun beschreiten und Eurer Bestimmung folgen.«

Lianes Herzschlag dröhnte in ihren Ohren, als Minchantonan hoheitsvoll nickte und sie ansprach:

»Ich bin dir zu großem Dank verpflichtet, Warmi. Mein Name wird ewig in deiner Schuld stehen. Geh nun mit dem Wächter. Er führt dich zurück zu den Deinen.«

Hogas goldgrüne Augen leuchteten im dämmrigen Licht des Saales noch intensiver. Er konnte die Freude, seinen wahren Gebieter wohlauf zu sehen, kaum verbergen. Nun, so war er sich sicher, würde die grausame Diktatur Túpac Yupanquis bald vorbei sein. Nichts wollte er lieber tun, als dessen schreckenerregende Tyrannei zu beenden und die Seelen seines Volkes in ihren letzten Frieden zu führen.

Erst wenn der Dämon besiegt war, durfte er sein Amt an Minchantonan übergeben und selbst in das nächtliche Reich des Mondes eintreten. Längst schon war Hoga seiner Würden müde. Er sehnte sich seit Jahrhunderten nach der Ruhe, die sein Glauben ihm versprach.

Es hatte nichts Gutes mehr für ihn, der Ewige Wächter zu sein. Wenn die Große Göttin nur bald seine Bitten erhörte …

Iadsu wollte nicht länger darüber nachdenken, was der Häuptling zu ihm gesagt hatte. Es gab wahrlich Dringenderes zu tun, als sich über seine Gefühle für Liane Gedanken zu machen. Schon in den nächsten Tagen sollten die Dozer und die Raupenbagger anrücken, die das Dorf binnen weniger Stunden dem Erdboden gleichmachen würden. Und der einzige Mensch, der das Fiasko verhindern konnte, lag ohnmächtig auf Moars Schlafstatt!

Es blieb wohl keine andere Möglichkeit, als nach Lima zurückzufahren. Oder wenigstens bis in die nächste Ortschaft, in der er ein Telefon fände, mit dem er … Moment! Hatte Liane nicht bei ihrer Ankunft eine Mappe mit Papieren bei sich? Vielleicht stand darin etwas, das ihm irgendwie helfen könnte.

Also erhob er sich von seinem Platz und verabschiedete sich von Moar:

»Verzeih mir, wenn ich dein Angebot vorerst ausschlagen muss. Aber ich komme wieder, so schnell ich kann.«

»Die weißen Männer werden kommen?«, fragte der Häuptling in ruhigem Ton. Er wirkte kaum überrascht, dass Iadsu die Sippe verlassen wollte.

»Nicht, wenn ich mich jetzt beeile.«

»Wir werden die Frau so lange beschützen.«

Die Dorfbewohner, allen voran Moars Sohn, geleiteten den Gast zurück zur Anlegestelle. Die Eingeborenen verstanden nicht viel von dem, was ihnen seitens der Mahag-Company zugedacht worden war. Zu tief saß die Überzeugung, dass die Große Göttin ihre Hände wachend über sie hielt.

Seit vielen Jahren lebten die Murunahua im Regenwald nach ihrem Glauben und fernab des Argwohns. Die Gier und der Machthunger der zivilisierten Welt hatten für sie keine Bedeutung. Jeder Fisch im Fluss, jeder geerntete Maiskolben und das Fortbestehen ihrer Sippe waren viel wichtiger. Dabei schwebte die Gefahr, all das womöglich bald zu verlieren, bereits wie ein Damoklesschwert über ihnen. Moar wusste das, sein ältester Sohn wohl auch, und ganz sicher wusste es Ama, die kluge Schamanin. Und doch vertrauten sie auf die wohl wichtigste Legende ihrer Kultur.

Die Männer des Dorfes schoben Iadsus Boot mit dem Bug in den Fluss und halfen ihm sogar noch, hineinzuklettern. Der zukünftige Häuptling reichte ihm zum Abschied die Hand. Zu einem Lächeln ließ er sich allerdings nicht bewegen.

»Fahre, Qurpa, fahre schnell, ehe die Nacht hereinbricht!«, sagte er in beschwörendem Ton.

Der junge Mann hatte recht. Die Sonne schickte sich bereits an, den Abendhimmel in den schönsten Farben erstrahlen zu lassen. Bald würde sie hinter den Bäumen verschwunden sein. Eine einsame Flussfahrt in der tiefer werdenden Dämmerung, noch dazu auf dem tückischen Río Yurúa, grenzte an Selbstmord.

Iadsu startete denn auch den Motor und war bald außer Sichtweite der Krieger. Allerdings dauerte der Rückweg etwas länger.

Aufgrund der Gegenströmung kam er nicht so schnell voran. Nach etwas mehr als einer halben Stunde erblickte er die langgezogene Biegung, in deren Uferzone er den Jeep versteckt hatte. Er schaffte es auch noch, sein Gefährt anzulanden. Doch schon während er behände aus dem Boot sprang, hörte er mehrere aufgeregte Stimmen, die durch die Baumschluchten schallten.

»Der kleine Mistkerl muss hier irgendwo sein. Wenn er uns entwischt, macht der Don uns allesamt einen Kopf kürzer. Sucht die Gegend gründlich ab! Vielleicht findet ihr das Auto oder wenigstens ein paar Reifenspuren. Bewegt endlich eure faulen Ärsche!«, brüllte ein Mann.

Es war der beleibte Baggerfahrer, eindeutig, und er musste in Begleitung seiner Kollegen sein! Aufmerksam blickte Iadsu in das satte Grün, jede mögliche Bewegung erfassend. Im Bruchteil von Sekunden analysierte er seine Chancen und zögerte nicht länger.

Etwa fünfzig Meter lagen zwischen ihm und dem mit ein paar Zweigen getarnten Jeep. Fünfzig Meter auf fast freier Fläche, die es zu überwinden galt, während seine Verfolger die Deckung des Waldes ausnutzen und sich verstecken konnten. Nur fünfzig Meter, und Iadsu sprintete los, als sei der Teufel persönlich hinter ihm her!

Seine Beine waren dergleichen Kraftabruf kaum mehr gewohnt, doch er verfügte noch immer über die austrainierte Muskulatur eines Quechua-Holzfällers. Sein Instinkt, untrüglich und so scharf wie ein Rasiermesser, leitete den Flüchtenden nach rechts, wo er sein Fahrzeug vermutete. Die ersten Schüsse, begleitet von kräftigem Nachhall, ertönten bereits hinter ihm.

Eine Patrone traf auf hartes Mahagoniholz und ließ es keinen halben Meter neben ihm zersplittern. Endlich, das Auto! Hastig zerrte er die Äste herunter und warf sie achtlos beiseite.

»Da ist ja unser vorwitziger Indio! Los schon, schnappt ihn euch! Endlich wir haben ihn!«, frohlockte einer der Gegner bereits. Zu früh, da Iadsu gerade die Fahrertür aufriss, einstieg und den Motor startete. Der kurze Blick in den Rückspiegel zeigte ihm, dass seine Verfolger nun ebenfalls auf der Freifläche standen, mit Waffen in den Händen. Erster Gang und Vollgas, egal wohin, nur weg!

Hinter den Reifen spritzten Erde und Staub nach oben, was den bewaffneten Männern erheblich die Sicht erschwerte und einen von ihnen fast erblinden ließ. Es hielt sie allerdings nicht davon ab, weiterhin auf den Jeep zu schießen. Die Heckscheibe zerbrach und fiel in Einzelteilen auf den Rücksitz, als ein letztes Geschoss sein Ziel erreichte.

Der rettende Abzweig des Waldweges lag direkt vor Iadsu, kaum noch erkennbar im verschlungenen Dickicht. Ohne Rücksicht auf das protestierende Getriebe wechselte er erneut den Gang und schlug das Lenkrad hart ein. Mit einem gewaltigen Satz, bei dem das Fahrzeug für einen kurzen Moment von der Erde abhob, schob sich der Jeep über eine Bodenwelle hinweg in die neue Richtung.

Blätter und tiefhängende Äste peitschten über die Front, doch Iadsu hielt nicht an, bis er sich sicher wähnte. In den tiefen Dschungel würde ihm niemand mehr folgen. Zu gefährlich war der Aufenthalt um diese Zeit, in der sich die Raubtiere bereitmachten, auf die Jagd zu gehen. Noch immer nach Luft ringend stieg er aus und lauschte in den Wald hinein, doch er vernahm weder menschliche Stimmen noch weitere Schüsse.

Erst jetzt wurde ihm bewusst, wie knapp er dem Tod entgangen war. Eines aber beeindruckte ihn zutiefst. Unter den Männern, die ihn mit ihren Pistolen erwarteten, gab es keinen Einzigen mit indigener Abstammung. Offensichtlich verweigerten die Ureinwohner ihren Brotherren bei diesem Vorhaben den Dienst, auch wenn ihnen dafür mit Sicherheit eine harte Strafe drohte.

Dennoch musste Iadsu sich nun beeilen. Das schwindende Tageslicht zwang ihn, sich schleunigst zu orientieren, um aus dem unübersichtlichen Gebiet wieder herauszufinden. Unter anderen Umständen hätte er dazu den Stand der Sonne nutzen können, aber sie war längst untergegangen.

Sein einziger Anhaltspunkt war der seichte Ostwind, der ihn schon auf dem Fluss begleitete und sich jetzt zwischen den Stämmen verfing. Von einem Moment auf den anderen bekam er sich und sein rasendes Herz unter Kontrolle und begann damit, die umherstehenden Bäume zu untersuchen. Der naturverbundene Quechua in ihm wurde wach.

Dort, die Schlingpflanzen – sie rankten sich ausschließlich um abgestorbenes Holz. Ihre winzigen Blütenkelche, nun geschlossen, zeigten stets nach Südosten. Auch fand er in der Nähe einen wilden Bienenstock. Die Tiere bauten ihre Nester für gewöhnlich mit dem Eingang nach Süden.

Zuletzt lief Iadsu ein paar Schritte den Weg entlang, den er zu befahren gedachte. Er wurde wahrscheinlich seit Jahren nicht mehr aktiv genutzt, doch die Pflanzen darauf wucherten noch nicht so hoch, dass er sie nicht bezwingen könnte. Schließlich verfügte der Jeep über ein ausreichend starkes Rammgitter vor den Scheinwerfern.

Kalaja hieß der kleine Ort, an den er heute noch zu kommen gedachte. Ursprünglich war es nicht viel mehr als ein stützpunktartiges Camp für die *Salvar de jungla*. Inzwischen aber konnte man Kalaja durchaus als größeres Dorf bezeichnen. Dort lebten neben den Rangern der Dschungelpatrouille lediglich das medizinische Personal des Buschhospitals und ein paar staatlich angestellte Holzfäller mit ihren Familien.

Der wichtigste Grund aber war für ihn, dass es in Kalaja sowohl eine Telefonanlage als auch eine Poststation gab. Er musste dringend die Umweltbehörde in Lima davon informieren, dass Moars Dorf ohne amtliche Genehmigung geräumt werden sollte. Grob geschätzt, könnte Iadsu es in zwei Stunden schaffen, sofern er sich nicht länger damit aufhielt, den Waldweg auf seine Befahrbarkeit zu prüfen.

»Warte hier bis zum nächsten Morgen. Deine Gefährten werden bald auftauchen. Halte sie vom Wasser des Vergessens fern, bis ich euch hole«, sagte Hoga, als er Liane sicher bis zum Versteck gebracht hatte.

Sie saß nun wieder in der Nische nah an der Mauer, die Kuqua sorgsam am Vorabend errichtet hatte. Der Wächter, so sehr sie sich auch anfangs vor seiner ungeheuerlichen Gestalt ängstigte, begleitete sie unter vielerlei Ermahnungen zurück. Zu groß war die Gefahr, dass sich der nebulöse Dämon auf dem Rückweg auch ihrer bemächtigte. Noch einmal überdachte sie die prekäre Lage, in der sie sich befand.

Wenn sie das Gespräch zwischen Minchantonan und Hoga richtig verstanden hatte, gab es nur eine minimale Chance. Dazu mussten mehrere günstige Voraussetzungen gleichzeitig zusammentreffen. Die Wichtigste davon war die Ruhephase, in welcher sich wohl auch der Herrscher des Berges während der Nacht befand. So erklärte es sich, dass die Gefangenen ihre Zellen erst ab einem bestimmten Zeitpunkt verlassen durften.

Darüber hinaus hielt Túpac Yupanqui die einzige Waffe, die ihn endgültig vernichten konnte, in seinem eigenen Besitz. Es handelte sich um ein Opfermesser, ein sogenanntes Tumi, aus reinem Gold. Liane war allerdings nicht klar, wie der Ewige Wächter es schaffen wollte, ihm dieses Messer zu entwenden, geschweige denn, es an Minchantonan zu übergeben.

Ich habe keine Ahnung, wie die beiden sich das vorstellen. Zuerst müsste man den Herrscher ja erst einmal finden. Keiner der beiden wusste, wo genau sich Túpac aufhält. Selbst wenn wir das geschafft haben, kommt dann gleich das nächste Problem. Dieser Dämon lässt sich das Tumi doch nicht einfach wegnehmen! Erst recht nicht, wenn es das ultimative Werkzeug ist, ihn umzubringen. Hoga sagte, es besäße eine unbezwingbare Macht und sei von der Großen Göttin höchstselbst geweiht.

In den Händen Túpacs nutzte ihm diese Macht insofern, als dass er damit bis zu diesem Zeitpunkt seine Sklaven unter Kontrolle hielt.

Schließlich hatte er auch bemerkt, dass meine Freunde und ich am Portal waren, statt schlafend auf unseren Pritschen zu liegen. Ich konnte nicht viel erkennen, aber die stinkenden Rauchschwaden sahen wirklich aus wie ein wütendes Gesicht.

Vielleicht hat der Herrscher sogar mehrere Daseinsformen. Eigentlich sollte er sich ja auch in der Ruhephase befinden. Oder er ist aufgewacht, weil er gespürt hat, dass ich die Holzbohlen entferne, und wollte mich davon abhalten. Wie auch immer, das Ganze ist ein reines Himmelfahrtskommando! Wir haben nur einen Versuch. Geht es gut aus, sind die Seelen frei. Wenn nicht, bleiben sie für immer hier in diesem Berg. Nicht nur sie, sondern auch ich!

Es ist ja nicht einmal sicher, dass Hoga überhaupt in die Nähe dieser Kreatur kommt. Zumal das Nebelgesicht ...

Plötzlich schrak Liane aus ihren Gedanken auf. Sie hörte Schritte im Stollen, erst leise, dann immer lauter werdend. Gleich darauf vernahm sie das obligatorische Summen, an das sie sich inzwischen schon fast gewöhnt hatte. Ihre Mitinsassen erschienen zur alltäglichen Arbeit, der Suche nach dem vergrabenen Gold.

Nach und nach fanden sie sich ein, Hacken, Spaten und Schaufeln tragend. Manche von ihnen hatten einen ähnlichen tönernen Napf in der Hand, wie Änne Hochegger ihn gestern mit sich führte. Die leeren Augen waren stur auf die Grotte gerichtet.

Schon gingen die Ersten zur Quelle, um dort zu trinken. Als Moritia endlich an ihr vorbeikam und ebenfalls auf die sprudelnde Wasserstelle zusteuerte, sprang Liane hoch und versuchte, sie am Arm festzuhalten. Die junge Ärztin wischte ihre Hand jedoch unwillig beiseite.

»Lass mich doch in Ruhe, Fernanda, ich habe jetzt keine Zeit! Pack lieber die Taschen zusammen, damit wir nachher gleich aufbrechen können. Ich hole mir nur schnell noch einen Kaffee und dann müssen wir fahren!«, schimpfte sie.

»Moritia! Ich bin es, Liane! Wach auf!«

Ihre Arme umklammerten Moritia mit aller Kraft, sodass es dieser nicht mehr möglich war, weiterzugehen. Überrascht von dem unerwarteten Angriff wehrte sich die Ärztin kaum noch.

»Setz dich, und bleib bitte hier. Ich muss Iarde suchen.«

Mit diesen Worten schob Liane die Gefangene in das Felsenversteck hinein und legte zur Sicherheit deren Schaufel quer vor den Eingang.

Wo war Iadsus Vater? Und wo waren Kuqua und Lekri? Die Zahl der Menschen in der Grotte schien angewachsen zu sein. Aber vielleicht täuschten sie auch ihre überreizten Nerven. Da vorn stauten sich die Massen. Oh Gott, die Quelle! Ihre Freunde durften nicht daraus trinken!

Liane eilte hin und schubste andere Seelen rücksichtslos beiseite, bis sie Iarde fand. Schon beugte er sich hinab zu dem tückischen Strudel, der aus dem Boden quoll!

»Nein! Geh weg von dem Wasser, Iarde!«, brüllte sie, so laut sie nur konnte. Das Echo ihres Schreies wurde von vielen steinernen Wänden zurückgeworfen. Dann sprang sie mit dem Mut der Verzweiflung einfach in die Menge hinein. In der Hoffnung, unter all den Durstigen die richtige Seele zu treffen, griffen ihre Hände zu.

Ein paar Sekunden später zerrte sie Iarde mit sich, fort von der Quelle und zurück in den Gang. Wenn nur Moritia inzwischen nicht wieder verschwunden war! Doch ihre Ängste bestätigten sich nicht. Die Ärztin stand im Versteck und schrieb mit den Fingern etwas in die Luft.

»Zweihundert Ampullen Penicillin, achtzig Verbandpacks, sechs Kartons Kochsalzinfusionen, ausreichend Spritzen, Kühltasche mit Seren und Desinfektionsmittel – Fernanda? Fernanda! Ich glaube, wir haben irgendwas vergessen. Wo sind die Latexhandschuhe? Bist du sicher, dass du alles Wichtige für den Einsatz eingepackt hast?«, fragte sie, während sie sich die Nase rieb.

»Das bin ich, ich hab vorhin nachgezählt. Jetzt müssen wir nur noch auf Hoga warten!«, antwortete Liane schlagfertig und postierte sich direkt vor dem Zugang der Nische.

»Hoga? Wer ist denn Hoga? Den Namen kenne ich nicht. Ist das einer der Neuen, die man uns zugeteilt hat? Kann er wenigstens mit dem Auto fahren? Ich brauche nicht noch so einen jungen Kerl, der glaubt, mit einem Praktikum bei uns die Welt zu retten. Am Ende taugen diese Burschen doch zu nichts. Es reicht mir schon, wenn nächste Woche wieder eins von den Hollywoodsternchen hier aufkreuzt. Irgendeine Schauspielerin aus Florida, soll sogar sehr berühmt sein, hab ich gehört.

Wenn ich daran denke, bekomme ich jetzt schon einen dicken Hals! Ehrlich, was können diese Promis überhaupt? Die lassen sich in einer Privatmaschine einfliegen, ziehen sich ein paar alte Klamotten über und stellen sich werbewirksam vor ihrem Kamerateam in Positur. Dann setzen sie sich neben unsere Patienten und klimpern sie ein paarmal mitleidig mit den künstlich verlängerten Wimpern.

Eine Woche später lassen sie das auf allen Kanälen ausstrahlen, um Spenden zu sammeln. Ist das nicht nett von unseren selbsternannten Botschafterinnen? Die verdienen Millionen mit ihren Filmen, aber du darfst nicht glauben, dass sie auch nur einen Zehner davon abgeben würden. Nein, das sollen doch lieber die ganz einfachen Leute tun.

Und sobald sie ihre Aufnahmen im Kasten haben, verschwinden sie wieder, weil es ihnen zu schmutzig bei uns ist. Die Letzte, die uns besucht hat, beschwerte sich in einem fort über die vielen Insekten und darüber, dass sie sich unter Garantie bei uns mit irgendeiner exotischen Krankheit anstecken würde.

Natürlich nur hinter der Kamera, denn sobald das Ding lief, war das Modepüppchen ganz die hilfreiche Gönnerin, die sich für die Natur und die Menschenrechte einsetzt. Sie versprach sogar, unserer Organisation demnächst eine größere Summe zukommen zu lassen. Darauf können wir lange warten! Ich bin nur froh, dass sich wenigstens die Stiftungen und der WWF ernsthaft engagieren.«

Liane rollte genervt mit den Augen. Hoffentlich wurde Moritia bald wieder Herr ihrer Sinne. Sehr lange konnte das ja nicht mehr dauern. Iarde, der dem Ganzen mit verständnisloser Miene zugehört hatte, lehnte sich nun mit dem Rücken an die Wand. Plötzlich fragte er:

»Woher hast du das?«

Er zeigte auf Lianes Halskette, die sich bei ihrem Hechtsprung vorhin aus dem Hemdausschnitt befreit hatte. Die Politur des halbmondförmigen Anhängers warf das Licht der nahen Fackel zurück.

»Iadsu hat mir diese Kette gegeben. Er ist dein Sohn, weißt du noch?«

Der obskure Schleier über Iardes Augen wurde sichtlich dünner, bis er zur Gänze verschwand. Das Erkennen der Situation und sein bedrücktes Seufzen ließen erahnen, wie schwer es ihm fiel, die Wirklichkeit zu akzeptieren. Er presste gequält die Hände an die Schläfen wie jemand, der versucht, sich an etwas Wichtiges zu erinnern.

In dem Moment begann Moritia erneut, sich lautstark zu beschweren:

»Übrigens, wenn dieser Hoga endlich da ist, sag ihm Bescheid, dass er sich bei Aaron melden soll. Da kann er gleich mal lernen, wie man die Verbände wechselt. Ich muss jetzt fahren, sonst schaffe ich es heute nicht mehr bis zum Einsatzort. Hat sich eigentlich … eigentlich … was ist denn? Was? Wer … Moment mal!«

»Willkommen zurück!«, entgegnete Liane trocken. Niemand war glücklicher als sie, die Ärztin wieder bei klarem Verstand zu erleben.

»Nimm die blöde Schaufel hier weg und sag mir, was passiert ist!«, forderte diese sehr energisch.

»Darüber können wir uns später unterhalten. Zuerst helft ihr mir, Kuqua und Lekri zu suchen. Sie sind nicht in der Grotte, und auch im Stollen konnte ich sie nicht finden.«

Einen Augenblick später teilten sich die drei Gefährten, einander versprechend, sich schnellstmöglich wieder am Versteck einzufinden.

Als Iadsu die spärlichen Lichter von Kalaja vor sich sah, fiel ihm mehr als nur ein Stein vom Herzen. Die Fahrt gestaltete sich äußerst schwierig, wonach es ihn viel mehr Zeit als veranschlagt kostete, das Dorf zu finden. An gleich zwei tiefer gelegenen Stellen hatte sich die Wasserläufe ein neues Bett gesucht und Sümpfe gebildet. Niemand mit einem Hauch Verstand hätte ein drei Tonnen schweres Auto wie den Jeep dort hineingelenkt.

Dem folgten umgestürzte Bäume und völlig überwucherte Abschnitte, denen er ausweichen musste. Darüber hinaus meldete die Tankanzeige bedrohlichen Leerstand, aber er wagte es nicht, auszusteigen und den Ersatzkanister einzufüllen, der auf der Ladefläche befestigt war. Vermutlich hatte man in Dobrejo diese Reserve ohnehin schon ausgekippt oder anderweitig verwendet.

Erst gegen drei Uhr morgens erreichte er die befestigte Zufahrtsstraße und sprach aus vollster Seele ein Dankgebet an die Große Göttin. Der Jeep hingegen röchelte auf und bockte ein letztes Mal, bevor er endgültig den Dienst aufgab. Also ließ er das defekte Fahrzeug am Straßenrand stehen und ging die letzten Meter zu Fuß.

Draußen vor dem Holzzaun erwarteten ihn zwei Ranger, denen er sein unangemeldetes Erscheinen erklärte. Sie schickten ihn weiter zum Commandante, der sich ihrer Weisung nach in einem zeltartigen, hell erleuchteten Unterstand aufhielt. Er eilte auf den Mann zu, von dem er nur den breiten Rücken sah.

Offenbar unterhielt er sich gerade mit einem seiner Mitarbeiter, denn er erteilte ein paar laute Anweisungen. Danach drehte er sich um und gab den Blick auf seinen Gesprächspartner frei.

Iadsu stockte der Atem! Vor ihm stand Antonio! Statt des gewohnten Anzuges trug er einfache Militärkleidung in Tarnfarben. Auch wirkte er unrasiert und hatte tiefe Schatten unter den Augen, aber er war es ganz eindeutig! Der persönliche Butler von »Don Mario« Marius Krause, hier, in einem Camp von den

Umweltaktivisten? Das konnte nur eines bedeuten: Man hatte die Salvar de jungla mit Schmiergeld gekauft und unterwandert! Moars Dorf war dem Untergang geweiht, und damit auch Lianes Schicksal besiegelt!

»Du wunderst dich darüber, dass ich in Kalaja bin, nicht wahr? Ich helfe dem Commandante seit drei Jahren mit brisanten Details, wann immer ich etwas darüber erfahre«, sprach Antonio ihn schmunzelnd an.

Verblüfft schaute Iadsu ihm in die Augen. So war das also! Deshalb kamen die Ranger dem Geschäftsführer der Mahag-Company immer wieder in die Quere! Er staunte nicht schlecht über den unglaublichen Mut des Leibdieners. Das hätte er Antonio niemals zugetraut.

Er hielt ihn eher für einen willfährigen Speichellecker, der widerspruchslos jeden noch so absurden Befehl seines Brotherren befolgte. Sollte er sich so in ihm getäuscht haben? Spontan schöpfte Iadsu wieder Hoffnung. Vielleicht war noch nicht alles verloren, zumal sich nun auch der Commandante in ihr Gespräch einmischte:

»Antonio hat mich bereits in der vorigen Woche über die Pläne für Lucantajo instruiert. Wir brauchten nur noch ein paar schriftliche Beweise, damit wir unseren Verdacht bei den Behörden auch belegen können. Deswegen ist er selbst noch einmal hergekommen. Aber wo ist die deutsche Frau, von der er sprach? Sollte sie nicht bei dir sein?«

»Krause wollte sie ermorden lassen. Noch ist sie am Leben. Momentan wird sie von den Eingeborenen im Dorf bewacht. Auf mich haben die Holzfäller auch geschossen. Eigentlich wollte ich von hier aus in Lima anrufen, weil ich befürchte, dass das Gebiet morgen einfach ohne Genehmigung geräumt wird«, sprudelte es aus Iadsu heraus.

Der kräftige Mann zog missbilligend die Augenbrauen zusammen. Etwas Ähnliches hatte er schon erwartet. Man gab sich für gewöhnlich nicht zimperlich, wenn es darum ging, erfolgversprechende Areale in Beschlag zu nehmen. Die Mahag-Company war nur eines von vielen Unternehmen in Peru, die auf diese Art mit ihren Konkurrenten und unliebsamen Fragestellern verfuhren.

»Ich habe bereits mit der Umweltbehörde gesprochen. In etwa drei Stunden dürfte eine vollbesetzte Einsatzmaschine der Policía Nacional del Perú bei Dobrejo eintreffen. Ich nehme an, du fährst mit uns? Wir wollten gerade starten, um pünktlich vor Ort zu sein. Leider verfügen wir nicht über Flugzeuge, aber unsere Autos sind allesamt einsatzfähig. Bei dieser Gelegenheit sollten wir die verletzte Deutsche gleich aus dem Dorf abholen. Sie ist in unserem Hospital sicher besser aufgehoben.«

Iadsu blickte fragend zu Antonio, doch dieser winkte schnell ab.

»Ich kann euch nicht begleiten, so gern ich es mit eigenen Augen sehen möchte, dass das Camp in Dobrejo von der Polizei geschlossen wird. Ich muss schnellstmöglich zurück nach Lima. Bisher konnte ich mein Geheimnis recht gut vor Don Mario verbergen. Du wirst sicher verstehen, dass ich es gern dabei belassen würde. Morgen ist mein letzter freier Tag. Danach sollte ich wieder meine Arbeit in La Molina verrichten.«

Er verstand, warum der Butler sich so verhielt. Antonio hatte eine Frau und zwei Kinder, die es zu schützen galt. Es war ohnehin schon eine bewundernswerte Heldentat, streng geheime Dokumente von Krauses Schreibtisch zu klauen, heimlich zu kopieren und dann innerhalb von drei Tagen die gesamte Strecke allein zu fahren, nur um die wichtigen Informationen zeitnah in die Hände der Ranger zu verbringen. Mit der regulären Post hätte dies gut und gern etwas mehr als eine Woche gedauert.

Doch so lange konnten Moar und seine Leute nicht warten, und erst recht nicht Liane, die dringend medizinische Hilfe benötigte und um ihr Leben rang. Wobei Iadsu nicht wusste, ob es sinnvoll war, ihren Körper in ein Hospital zu bringen, denn Ama hatte jede Berührung streng verboten. Der tief verwurzelte Glaube in seinem Herzen und das angelernte Wissen in seinem Kopf rangen verbissen miteinander, wie so oft zuvor.

Inzwischen drängte der Commandante zum Aufbruch. Auch Antonio blickte ständig auf seine Armbanduhr. Vor ihm lagen über tausend Kilometer auf zumeist einsamen Straßen. Er verabschiedete sich demnach, wobei er Iadsu fest die Hand drückte und noch ein paar Worte an ihn richtete:

»Du bist nicht allein. Ein großer Teil der Angestellten hält zu dir. Don Mario weiß es nicht, aber wir haben uns schon vor ein paar Jahren für die richtige Seite entschieden. Pass auf dich und Frau Alsfeld auf. Wir sehen uns spätestens nächste Woche in La Molina.«

Dann stieg er ins Auto, startete den Motor und fuhr hinaus auf die Zufahrtsstraße. Kurz darauf hatte ihn die Dunkelheit der Nacht verschluckt. Iadsu sandte ihm alle guten Wünsche hinterher, die er hatte. Der Commandante musste Ähnliches gedacht haben.

»Hoffentlich kommt er gut nach Hause. Ist ein verdammt feiner Kerl, der Antonio, und absolut zuverlässig«, murmelte er ehrfürchtig. Daraufhin hob er eine Tasche vom Boden auf und winkte seinem Gast, ihm zum Fuhrpark zu folgen.

Es war eine gefährliche, ja sogar eine lebensgefährliche Aktion, zu der die Männer aufbrachen. Nicht selten gab es bei solchen Unternehmungen tödliche Schusswechsel. Dass die Arbeiter in Dobrejo bestens bewaffnet waren, hatte Iadsu am eigenen Leib erfahren müssen. Dies sagte er auch dem Commandante, der sich gleich danach mit einer Taschenlampe die Einschusslöcher an der Heckklappe des geparkten Jeeps ansah.

»Nur Pistolen oder auch Gewehre?«, fragte der Anführer lakonisch.

»Verzeih, aber darauf habe ich nicht geachtet. Ich hatte mehr damit zu tun, mich in Sicherheit zu bringen. Es mag nicht von Bedeutung sein, aber es waren nur Weiße hinter mir her. Ich nehme also an, dass die indigenen Leute keine Waffen haben und falls doch, sind sie nicht gewillt, sie zu benutzen.«

»Das ist sogar sehr relevant!«, wurde Iadsu unterbrochen. »Kannst du in etwa abschätzen, wie viele von den Weißen in Dobrejo sind?«

»Vielleicht zehn, höchstens aber fünfzehn Angestellte. Der Vorarbeiter Cortez wird seit dem Absturz vermisst«, beeilte er sich, dem Commandante zu antworten. Von dessen vermeintlichem Tod erzählte er allerdings nichts.

»Juan Cortez? DER Juan Cortez? Groß, bärtig und mit einer Narbe an der Stirn? Dann weiß ich Bescheid, mit welcher Truppe wir es zu tun haben. Ich nehme an, du weißt von dem mysteriösen Vorfall mit dem Journalisten? Damals waren wir schon ganz nah dran, die Machenschaften dieser Kolonne aufzudecken.

Leider wurden wir von staatlicher Seite ausgebremst. Wir nehmen an, dass ziemlich viel Schmiergeld auf die Privatkonten der Beamten geflossen ist, damit sie schweigen und uns den Mund verbieten. Seitdem sind wir Cortez und seinen Männern auf der Spur. Was ist denn mit ihm passiert?«

Iadsu hob bedauernd die Schultern. Tatsächlich konnte er ja nichts Greifbares über das Schicksal des Vorarbeiters der Mahag-Company erzählen. Er ahnte nur, worauf es letzten Endes hinauslief, nämlich auf eine unverhoffte Mahlzeit für die dunklen Hüter des Regenwaldes. Also antwortete er auch nur zögerlich:

»Die Murunahua haben lediglich den Fallschirm gefunden, aber Cortez selbst nicht.«

»Ich bin ehrlich gesagt auch nicht sonderlich scharf darauf, nach seinem Arsch zu suchen. Der Schutz des Dorfes und die Rettung der Deutschen haben erst mal Vorrang!«, erwiderte der Commandante ungerührt und warf ihm eine Schutzweste zu.

»Los jetzt, die Zeit wird knapp!«

Verdammt, wo können Kuqua und Lekri nur sein? Änne Hochegger springt dort vorn zwischen den Abraumhügeln herum und singt irgendein albernes Volkslied über die lustigen Hammerschmiedgesellen von Tirol! Sie hat mich nicht einmal erkannt. Den Soldaten Walther habe ich auch schon gesehen. Er erzählt gerade jemandem, wie wichtig

die gründliche Reinigung des Gewehrlaufes ist, weil sonst die Präzision mit der Zeit nachlässt.

Nur meine Freunde sind nirgends zu sehen. Ob die finstere Kreatur sie getötet hat? Nein, daran möchte ich nicht denken. Ich zermartere mir auch so schon das Gehirn, wie es weitergehen soll. Wenigstens Moritia und Iarde benehmen sich wieder normal, Gott sei Dank.

Hier unten war ich noch nie. Je weiter ich in der Wegspirale abwärts laufe, desto mehr verbreitert sich die Höhle. Immer mehr willenlose Geister tauchen auf. Es müssen Tausende sein, und aus den seitlichen Gängen strömen sogar noch welche hinzu.

Grundgütiger! Wie viele Seelen hält der Dämon eigentlich in seiner Gefangenschaft? Wenigstens merken sie selbst nicht, dass sie Arbeitssklaven sind, weil sie das Quellwasser trinken.

Bemüht, kein größeres Aufsehen zu erregen, reihte sich Liane ein, aber sie fand die Gesuchten nicht. So ging sie wieder zurück und hoffte inständig, dass Iarde oder Moritia erfolgreicher waren. Als sie am Versteck eintraf, wurde sie schon erwartet.

»Wo bleibst du nur so lange?«, fragte Moritia besorgt. »Wir hatten schon Angst, dass wir dich auch verloren haben!«

»Ich bin nach unten gelaufen, fand aber keine Spur von den beiden. Habt ihr gewusst, dass die Grotte sich in der Tiefe noch einmal verbreitert, und dass dort noch viel mehr Leute sind als auf dieser Ebene?«

Ihre Gefährten sahen sich erst gegenseitig und dann Liane betreten an. Es dauerte eine halbe Ewigkeit, bis sich Iarde endlich entschloss, ihr zu antworten.

»Niemand von uns weiß genau, welche Dimensionen der Berg in seinem Inneren hat.«

Er seufzte tief auf, bevor er weitersprach:

»Wir können im Moment nichts für Kuqua und Lekri tun. Lasst uns auf den Ewigen Wächter warten. Er allein kann uns jetzt noch helfen.«

»Er und der Sohn des Königs!«, ließ Liane vernehmen.

Jetzt war es an Iardsus Vater, sichtlich erstaunt zu sein. Mit offenem Mund starrte er sie an, als hätte sie ihm soeben das achte Weltwunder verkündet.

»Du hast ihn gesehen? Ist Minchantonan unter uns?«, fuhr er erregt auf.

»Red schon, Weib!«, mahnte auch Moritia, bis aufs Äußerste gespannt.

Daraufhin erzählte Liane von ihrem Erlebnis, beginnend bei dem halb transparenten Nebel, der sie verschlucken wollte, bis hin zum Saal der Großen Göttin, in dem sie auf den vermeintlichen Erlöser traf.

»Hoga ist auf unserer Seite. Er sprach von einem Tumi, das er dem Dämon stehlen will!«, schloss sie ihren Bericht.

Zu ihrer Überraschung fiel Iarde nach den letzten Worten auf die Knie und verschränkte die Arme vor seiner Brust. Tränen der Erleichterung rannen über sein Gesicht.

»Endlich …«, murmelte er, während er um Fassung rang. »Endlich! Der Gebieter wird uns retten!«

Moritia legte mitfühlend eine Hand auf seine rechte Schulter. Sie verstand nur zu gut, was den Eingeborenen bewegte. Indessen zeigte sich auf ihrer Miene nichts von dessen aufglühender Hoffnung. Für Iarde mochte der Erlöser im wörtlichen Sinne die so dringend ersehnte Erlösung bedeuten. Er war ein geborener Quechua und bekäme somit seinen Platz an der Seite der Großen Göttin, an deren Güte und Reinheit er glaubte.

Aber was würde mit ihr passieren? Wohin kamen die Seelen, die nicht dem indigenen Glauben anhingen? Lösten sie sich einfach in Luft auf, sobald der grausame Dämon besiegt war? Oder gingen sie vielleicht an den Ort, der von ihrer eigenen Religion dafür vorgesehen wurde?

Die junge Ärztin senkte den Blick. Sie war zwar in einer freien Kirche getauft, aber nicht streng gläubig erzogen worden. Einen Himmel, wie ihn die Bibel proklamierte, würde sie daher wohl nicht betreten. Was im Umkehrschluss bedeutete, dass Moritia eben auch nicht in die Hölle käme. Irgendwie erheiterte sie dieser Gedanke.

Von einer Sekunde zur anderen wurde es still in der Grotte. Die Gefährten hoben nahezu gleichzeitig alarmiert den Kopf und schauten über die Steinmauer hinweg. Niemand arbeitete mehr! Als hätte man die Eingekerkerten erstarren lassen, standen sie da wie Statuen, hielten ihre Werkzeuge in den Händen und rührten sich nicht.

Noch seltsamer wirkte es, dass das stetig begleitende Summen aufgehört hatte. Liane, die in Deutschland nahe an einer Autobahn wohnte, kannte diesen Effekt. Man gewöhnte sich schnell an das Geräusch, nahm es nur noch unterschwellig wahr und empfand es dann als unnatürlich, wenn es verstummte.

»Runter!«, brüllte sie plötzlich, als sie den dunkelgrauen Nebel aus den Tiefen der Höhle aufsteigen sah. Er umwaberte die Gefangenen und schien prüfend von einem zum nächsten Körper zu wandern. Seine Rauchfinger glitten tastend voran. Schon brannte der abstoßende Gestank nach Verwesung in ihrer Nase. Nur noch wenige Meter bis zu der Felsnische, die sich jetzt als tödliche Falle für sie und ihre Freunde erweisen könnte …

Nein, nicht dieses Mal! Liane sprang mit einer raschen Bewegung auf, verließ das Versteck und stellte sich dem Monster direkt in den Weg.

»Du willst doch nur mich, nicht wahr? Dann komm und hol mich, du hässliches Miststück! Ich werde dir einen Arschtritt verpassen, den du nie wieder vergessen wirst. Ich habe keine Angst vor dir!«, brüllte sie wütend in den Dunst.

Dieser materialisierte sich jetzt und wurde wieder zu dem furchterregenden Gesicht, das sie bereits kannte. Die Kreatur riss ihr Maul auf und entblößte dabei einen tiefschwarzen Rachen. Nur einen Augenblick später verschlang sie Liane, nahm sie in sich auf und trug sie fort.

»Nein, verdammt … Liane! Nein!«, schrie Moritia und wollte zu Hilfe eilen. Doch ihre Hände griffen ins Leere. Bitterlich um ihre Freundin weinend sackte sie zusammen, während Iarde tröstend den Arm um sie legte und draußen in der Höhle die

Gefangenen wieder ihre emotionslose Arbeit aufnahmen, als sei nichts Dramatisches geschehen.

Der Nachthimmel wich gerade einem sanften Morgenrot, als die bulligen Humvees der Ranger die letzten Kilometer nach Dobrejo zurücklegten. Bei dieser Gelegenheit bemerkte Iadsu, dass er gezwungenermaßen einen gewaltigen Umweg genommen hatte. Auf leidlich ausgebauten Straßen kam man natürlich viel schneller voran.

An der verlassenen Tankstelle stoppte der Commandante den Tross zu einer letzten Einsatzbesprechung. Er versammelte seine Mitstreiter um sich und breitete eine Landkarte auf der Motorhaube aus, auf die er bei seinen Erklärungen fortwährend mit dem Finger tippte.

»Wir befinden uns jetzt etwa zwei Kilometer vor dem Camp, also genau hier. Alex, du umgehst mit deiner Gruppe das Gelände und postierst dich dahinter auf dem Weg zum Fluss. Ich möchte nicht, dass sie uns mit den Booten entkommen.

Carlos, du sicherst den vorderen Bereich ab, verteilst deine Männer rings um die Zufahrtsstraße und achtest auf unsere Fahrzeuge. Ich werde mit Mikele das Areal an der Landebahn übernehmen und dort auf die Polizisten warten. Auf diese Art könnten die Holzfäller höchstens noch die Flucht zu Fuß in den Wald antreten. Das werden sie nicht wagen, so blöd sind sie nicht.

Ab jetzt keinen Funkkontakt mehr, bis ihr mein Signal hört. Falls nicht, Abbruch um Null Siebenhundert und sofortiger Rückzug! Wir haben zwar das Überraschungsmoment auf unserer Seite, aber das heißt nicht, dass es auch wirklich klappt. Viel Glück!«

»Und was wird mit mir? Was kann ich tun?«, fragte Iadsu vorsichtig dazwischen. Die Rede des Commandante hatte ihn zutiefst beeindruckt.

»Du kommst mit mir. Eines muss dir klar sein! Egal, was passiert, du bleibst hinter mir in der Deckung, sofern ich nichts anderes sage. Hast du das verstanden? Das, was wir hier gerade vorhaben, ist kein Spaziergang, selbst wenn wir von der Polizei unterstützt werden. Ich kann nicht riskieren, dass ein unerfahrener Zivilist das Leben meiner Leute aufs Spiel setzt.

Außerdem möchte ich nicht, dass du dabei draufgehst. Wenn ich an die Heckklappe deines Autos denke, ist es durchaus wahrscheinlich, dass man ein paar Kugeln in deine Richtung lenkt. Die Typen wissen inzwischen, wer du bist.

Sie werden daher auch nicht zögern, auf dich zu schießen, wenn sie dich erkennen. Am besten hältst du dich an Mikele. Er weiß im Zweifelsfall, was zu tun ist.«

Der Anführer wies auf einen Hünen, der gut und gern über zwei Meter groß sein mochte. Einen solchen Riesen hatte Iadsu noch nie gesehen, auch nicht unter den Weißen. In seinem Stamm galten die Männer bereits als stattlich, wenn sie die Höhe von einem Meter siebzig erreichten.

Demnach musste er seinen Kopf weit nach oben heben, um Mikele ins Gesicht schauen zu können. Dieser grinste gemütlich und legte ihm beruhigend seine breite Hand auf die Schulter.

»Wird schon gutgehen, ich pass auf dich auf«, sagte er mit einer tiefen Bassstimme.

Je weiter sie vorrückten, desto weniger war Iadsu von Mikeles Worten überzeugt. Was für ein Wahnsinn, sich gegen eine so mächtige Firma mit mafiösen Strukturen zu stellen und ernsthaft zu glauben, diese besiegen zu können! Wie oft hatte er schon erlebt, was geschehen konnte, wenn jemand gegen die kriminellen Methoden der Mahag-Company aufbegehrte? Liane und der Journalist waren nur zwei Opfer in einer längeren Kette.

Eines lernte er ziemlich schnell, was diese und andere Unternehmen der Branche betraf. Man lebte wesentlich ruhiger, wenn man nicht aufmüpfig wurde und sich diverse Fragen verkniff. Selbst die Motiviertesten in den hohen politischen Positionen konnten sich nicht allzu sicher sein. Ein fingierter Skandal oder ein paar öffentliche Diffamierungen genügten schon, um einen engagierten Menschen zu entmutigen.

Wo das nicht reichte, kamen nie aufgeklärte Über- und Unfälle hinzu. Oder man überzog die betreffende Person seitens einer ganzen Armada von prominenten Rechtsanwälten so lange mit Klageschriften, bis deren Einsatzfreude erlosch.

Es grenzte ohnehin schon fast an ein Wunder, dass die Policía Nacional del Perú sich überhaupt an der Aufklärung dieses Falles beteiligte. Für gewöhnlich gab es ein Gespräch im verschlossenen Büro, verbunden mit einem ebenfalls verschlossenen Briefumschlag, der dann tief in der Schreibtischschublade des Dienststellenleiters verschwand.

Besaßen die *Salvar de jungla* wirklich so viel Einfluss auf die Politiker in der Hauptstadt? Falls ja, worauf gründete sich diese Reichweite? Iadsu wusste nur, dass hinter den Rangern ein weltweit agierender Zusammenschluss mehrerer Organisationen stand, die sich für den Naturschutz und die Einhaltung der Menschenrechte einsetzten.

Jedoch gab es im Regenwald von Peru viele Ansiedlungen, bei denen alle Rettungsversuche scheiterten. Absichtlich in die Länge gezogene Gerichtsprozesse sorgten dafür, dass die indigenen Bewohner ihr Land trotzdem verlassen mussten. Auf den nunmehr unbesiedelten Arealen gab es keinen Grund mehr, den potenziellen Pächtern Einhalt zu gebieten.

»Sie sind da!«, sagte der Commandante und wies mit dem Zeigefinger in den Himmel.

Noch sah Iadsu das Flugzeug nicht, hörte aber das immer lauter werdende Geräusch dröhnender Motoren. Die Landebahn lag nahezu unschuldig im Licht der soeben aufgegangenen Sonne, ebenso das Camp selbst. Vermutlich schliefen die Arbeiter noch. Ein typischer Samstagmorgen, nachdem der vorangegangene Abend mit der Verteilung der Wochenlöhne begann und mit einem sinnfreien Besäufnis im Kochhaus endete.

Dieser Umstand entlockte ihm trotz der inneren Anspannung ein Lächeln. Manche Dinge änderten sich wohl nie. Der Commandante, von der er nicht einmal den Vornamen wusste, hatte den Zeitpunkt für den Zugriff gut gewählt. Momentan sortierte dieser mehrere Schriftstücke und Fotografien. Dann schaute er auf seine Armbanduhr und gab das Signal zum Aufbruch.

Die Männer postierten sich gerade am Ende der Schotterpiste, als die Maschine der Polizei zur Landung ansetzte. Nun regte sich auch Leben in den Hütten, die den Holzfällern als Unterkunft dienten. Die ersten Türen öffneten sich, wohl aufgrund des unerwarteten Lärms.

Iadsu sah zuerst nur Angehörige der indigenen Volksgruppen, die sich verwundert die Augen rieben. Doch dann erschien der Baggerfahrer, was die Lage gravierend änderte. Er hielt eine entsicherte Maschinenpistole in den Händen und es hatte den Anschein, als würde er seine Waffe auch benutzen wollen. Wütend brüllte er den Arbeitern etwas zu, trieb sie wieder zurück in ihre Behausungen und trat anschließend mit selbstgefälliger Miene vor den Commandante.

»Was soll dieser Aufruhr am frühen Morgen? Können Sie mir das erklären? Was haben Sie hier zu suchen?«, fragte er, wobei er den Anführer der Ranger abschätzig taxierte.

»Das werden Ihnen die Herren der Flugstaffel gleich erläutern!«, entgegnete dieser in stoischer Ruhe und wies mit der Hand hinter sich, wo insgesamt zwanzig Polizisten soeben den Vorplatz des Camps betraten. Das überhebliche Grinsen auf dem Gesicht des Baggerfahrers erfror in Sekundenschnelle, als er die Beamten auf sich zukommen sah. Noch weniger gefiel ihm Iadsus Gesicht, das nun hinter Mikeles Rücken auftauchte.

»Wusste ich es doch, dass du ein hinterlistiges Arschloch bist. Der Don hat uns vor dir gewarnt. Du hast uns verraten, nicht wahr? Ich hätte dich sofort …«, fauchte er böse, unterbrach sich dann aber selbst.

»Was hätten Sie sofort? Sprechen Sie doch weiter!«, forderte der Commandante den Mann auf.

»An dieser Information sind wir ebenfalls sehr interessiert!«, mischte sich einer der Polizisten ein. Zum Anführer der Ranger gewandt sprach er weiter:

»Ab jetzt übernehmen wir. Sie bleiben bitte mit ihren Leuten in Bereitschaft.«

Der Commandante nickte und übergab dem Beamten neben den schriftlichen Beweisen auch die Einsatzleitung, mit einer Spur Erleichterung im Gesicht.

»Ich muss zuerst mit dem Boss telefonieren. Vielleicht sagen Sie mir wenigstens, worum es hier geht. Sie können doch nicht einfach hier auftauchen und alles …«, warf der Baggerfahrer nun schon fast weinerlich ein.

»Oh doch, wir können!«, unterbrach ihn der Polizist.

»Hier sehen Sie den Durchsuchungsbeschluss und die Anweisung zur sofortigen Räumung des Lagers, beides unterzeichnet von der Staatsanwaltschaft in Lima. Sie begleiten mich jetzt bitte zu Ihrem Büro, damit ich die Ausweispapiere der hier arbeitenden Männer überprüfen kann. Danach dürfen Sie gern telefonieren, in meinem Beisein natürlich. Betrachten Sie sich hiermit als vorläufig festgenommen!«

Die schwer bewaffneten Gesetzeshüter verteilten sich vor den Unterkünften und unterbanden so jeden Fluchtversuch, während der Baggerfahrer resigniert auf die Gemeinschaftsbaracke zuhielt. Ihn flankierten gleich zwei Beamte. Iadsu, der ihm hinterherschaute, wusste sehr genau, was auf den Mann zukam.

Krause würde mit Sicherheit jedwede Beteiligung abstreiten und alles auf die Eigenmächtigkeit seines Vorarbeiters schieben, der seinerseits nicht mehr auffindbar war. Den behäbigen dicken Mann da vorn, in seiner Funktion als Cortez' Stellvertreter, erwartete hingegen ein Gerichtsverfahren mit anschließender Haft in einem der berüchtigten Nationalgefängnisse.

Dort, wo auch viele Indigene aus den unterschiedlichsten Gründen ihre Strafe absaßen, war die Einzelhaft eine Gnade, wenn sie denn bewilligt wurde. Speziell das Volk der Quechua vergaß nicht. Es vergaß nicht, dass seine Angehörigen bis weit in die Neunziger zu Tausenden zwangssterilisiert wurden, zum Teil noch im Kindesalter. Es vergaß nicht, dass die Verantwortlichen gnadenlos den Tod dieser Menschen in Kauf nahmen. Und es vergaß nicht, wie viel Unterjochung und Leid es seit jeher erdulden musste.

Auch Iadsu gehörte zu denen, die ein Leben lang darunter litten. Das war der Grund, weshalb er sich wohl nie einer Frau intim nähern würde. Zu sehr schämte er sich des Anblicks, den das scharfe Skalpell des Arztes und die danach folgende Infektion in seinem Schambereich hinterlassen hatten. Er war gerade mal zehn Jahre alt, als man früh am Morgen seine gesamte Klasse in ein Krankenhaus fuhr.

In voneinander getrennten Räumen beraubte man sie ihrer Zeugungsfähigkeit, unter widrigsten hygienischen Bedingungen und ohne Rücksicht auf das schmerzliche Weinen der völlig verängstigten Kinder. Zusammengetrieben wie die Schafe, und ebenso behandelt, entließ man sie danach ohne jedwede medizinische Nachbetreuung zu ihren entsetzten Eltern. Iadsus Kindheit und die seiner Klassenkameraden war ab diesem Tag schlagartig beendet.

Als Liane wieder zu sich kam, war sie mit Ketten an einem der freistehenden, steinernen Pfeiler angebunden. Neben ihr standen Kuqua und Lekri, ebenso der Bewegung beraubt und scheinbar ohnmächtig. Der Saal, in dem sie sich befanden, wurde durch mehrere große Feuer erhellt.

»Kuqua, wach auf. Kuqua. Lekri. Bitte, ihr müsst aufwachen«, flüsterte sie den beiden leise zu.

»Sie kann dich nicht hören, auch nicht das Balg neben ihr. All deine Bemühungen waren umsonst! So schade, dabei wolltest du mich doch von meinem Thron vertreiben, nicht wahr?«

Die hohntriefende Stimme kam aus einem Winkel hinter ihr, doch sie konnte ihren Kopf nicht weit genug drehen.

»Du willst mich sehen, du jämmerlicher Wurm? Dann sieh her!«

Schmutziggrauer Rauch wallte zu Lianes Füßen auf und strebte zu einem Platz in der Mitte des Saals. Auf einem leicht erhöhten Podest stand ein grob behauener Felsen. Dort verdichtete sich der Nebel und wurde zum abscheulich aussehenden Abbild eines Menschen.

Die ledrige Haut, dünn und an einigen Stellen gerissen, erinnerte eher an eine Mumie als an ein lebendes Wesen. Dunkelbraune Schuppen wuchsen im Gesicht und auf den Händen dieses Monsters. Mit feurig glühenden Augen betrachtete es Liane von oben bis unten.

»Glaubtest du, mir widerstehen zu können? Ich weiß, wer du in Wahrheit bist, kleines Menschlein. Aber es wird dir nicht gelingen, mich zu besiegen! Die Große Göttin hat sich längst von deinem Volk abgewandt. Es war ein großer Fehler von dir, in den Körper der Frau überzugehen. Nun wirst du auf ewig mein Gefangener und ein Garant für die Gehorsamkeit meiner Sklaven sein, Minchantonan!«

Wie ein Peitschenhieb klang der Name durch den Raum. Also hielt der Dämon sie für die Reinkarnation des Erlösers, den er so sehr fürchtete! Liane hatte Mühe, nicht laut aufzulachen. Sie hielt es für klüger, ihn vorerst in seinem Glauben zu lassen, und antwortete nicht.

»Sieh her, Unwürdiger!«

Mit einem irren Grinsen im Gesicht streckte Túpac Yupanqui seine knochige Hand nach Kuqua aus. Ihr Körper begann wie unter großen Schmerzen zu zittern und und schien sich in Luft aufzulösen. So verfuhr er gleich darauf auch mit der kleinen Lekri, die sich in Qualen wand.

»Hör sofort auf damit!«, brüllte Liane. Sie konnte es kaum ertragen, dieser grausamen Folter zuzusehen.

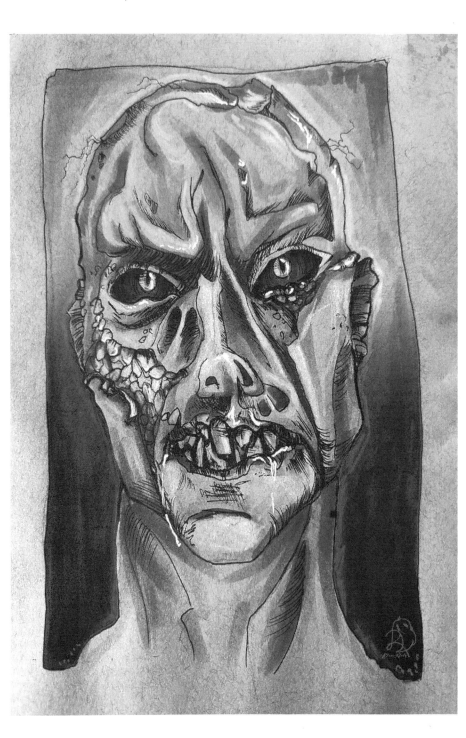

»Ich kann sie endgültig töten, verstehst du? Ich kann sie alle auslöschen, auch deine lieben Freunde!« Er ließ vor ihren Augen ein Bild entstehen, in welchem Moritia und Iarde schreiend gegen ein unsichtbares Feuer ankämpften, das sie zu verbrennen drohte.

»Das wirst du doch nicht zulassen wollen, oder? Lieber opferst du dich, so wie sich dein Vater opfern wollte. Er war ein stolzer König, der große Minchancaman, Herr der Chimú. Nichts bereitete mir mehr Freude, als sein Blut im Staub von Chan Chan versickern zu sehen.«

Das widerliche Lachen des Dämons hallte von den Wänden des Saals zurück wie ein abstruses Echo. Indes mischte sich ein anderes Geräusch darunter, das Liane veranlasste, ihren Körper zu straffen, so gut es ging. Es war ein wohlbekanntes Fauchen, kaum vernehmbar in dem wahnsinnigen Stakkato, das Túpac von sich gab.

Hoga kam ihr zu Hilfe, und er kam nicht allein. Neben ihm lief der Sohn des Königs, aber warum war er gefesselt? Hatte der Wächter sie verraten? Ein trockenes Ächzen entrang sich Lianes Kehle.

»Wie konntest du das nur tun?«, lauteten die vorwurfsvollen Worte, die sie an Hoga richtete. Er ging jedoch wortlos an ihr vorbei, ohne sie anzusehen.

Über alle Maßen verblüfft unterbrach der Herr des Berges sein gackerndes Gelächter. Minchantonans Anblick schien ihn zu verwirren, wähnte er dessen Seele doch in Lianes Körper. Sichtlich irritiert ließ er von Kuqua und Lekri ab, um sich den Ankömmlingen zuzuwenden.

»Du bringst ihn mir also, mein treuer Diener? Nun, ich werde dich zu gegebener Zeit dafür entlohnen. Aber wer ist dann das nichtswürdige Weib?«, fragte er lauernd, indem er auf Liane zeigte.

»Sie erfüllt ihre Bestimmung, und ich war niemals dein Diener, Túpac Yupanqui. Ich gehorche einzig und allein den Befehlen der Großen Göttin!«, erwiderte der Wächter.

Noch während er sprach, fielen die Fesseln von Minchantonans Handgelenken ab. Der Dämon reagierte blitzschnell, als er das falsche Spiel des Ewigen Wächters erkannte, und stürzte sich mit den spitzen Klauen voran auf den Sohn des Königs. Im gleichen Moment schleuderte Hoga ihm seinen Speer entgegen. Doch die Waffe drehte sich mitten im Flug und hielt nun auf Liane zu! Mit einem einzigen Sprung warf sich Hoga vor ihren ungeschützten Körper und breitete die Arme aus. Der Speer durchschlug die Rüstung des mutigen Wächters an dessen Schulter. Er taumelte noch ein paar Schritte, doch dann verließ ihn die Kraft, sodass er zu Boden sank und liegenblieb.

Indessen kniete der Dämon über der Brust des Erlösers und beobachtete genüsslich, wie sein Gegner immer schwächer wurde. Er hatte seine Klauen um Minchantonans Hals gelegt.

»Ich bin der einzig wahre Herrscher von Lucantajo. Niemand wird mich aufhalten. Meine Häscher haben mir ein reizendes Geschenk von deiner Mutter gebracht. Jetzt wirst du zu ihr in die flammenden Abgründe fahren und mit dir jene, die sich meiner unendlichen Macht widersetzen!«, keuchte Túpac im alles entscheidenden Kampf gegen Minchantonan.

Wie durch Magie erhob sich das goldene Tumi hinter dem Thron und schwebte in der Luft auf die Kämpfenden zu. Liane konnte vor Aufregung und Angst kaum noch atmen. Das wilde Geschrei dröhnte in ihren Ohren und wurde dort zu einem Orkan. Schon hob der Dämon die skelettartige Hand, um das heilige Opfermesser zu ergreifen und es in die Brust seines Gegners zu rammen, als sich ein greller, silbriger Lichtstrahl durch die Felsendecke des Saales bohrte.

Mit infernalischem Krachen fielen Steine von oben herab und zerbarsten am Boden in tausend Stücke. Immer größer wurde die Öffnung. Eine natürliche Helligkeit breitete sich im Saal aus, kraftvoll und unerbittlich wie die Morgensonne, die sich ihren Weg durch nächtliche Düsternis bahnte.

Davon kurz abgelenkt, brüllte die böse Kreatur auf und achtete für den Bruchteil einer Sekunde nicht mehr auf ihren Gegner. Dieser griff nun blitzschnell nach dem Tumi und trieb es Túpac mit der Schneide voran in die Schädeldecke, wo es steckenblieb.

Als hätte er auf einmal wieder neue Kraft geschöpft, schob Minchantonan die ausgedörrte Gestalt des Widersachers mühelos von sich herunter. Tatsächlich schaffte er es, das Monster bis in den gleißenden Lichtkegel zu stoßen, der immer größer wurde.

Gleichzeitig erbebte die Erde so stark, dass sich ein tiefer Riss im Boden auftat. Dort hinein zog es die noch immer wütend kreischende und tobende Kreatur, bis sie schließlich ganz verschwand. Das Letzte, was man von ihr sah, war ein sich langsam auflösender Dunstschleier.

Eines konnte der Dämon nicht wissen: Das kostbare Tumi war ein von der Großen Göttin selbst geweihtes Artefakt, dem eine eigene Macht innewohnte. Es wurde nicht erschaffen, um willkürlich Leben zu vernichten, sondern diente einzig und allein zu dem Zweck, ihre geliebten Menschen zu beschützen.

Hingegen dem, der wie Túpac eine andere Gottheit anbetete, brachte das Tumi nur Verderben. So rief es in der Hand des Feindes nach ihrer Hilfe, und es wurde erhört. Die Große Göttin hatte ihr gerechtes Urteil über den König der Inkas gesprochen.

Es war vorbei!

Erstaunt ob der eigenartigen Stille, die danach einsetzte, blickte Liane sich um. Ein kurzer Ruck an ihren Fesseln, dann war sie frei. So erging es auch Kuqua und Lekri, die schnell wieder zu sich kamen, nachdem der Dämon seine tödliche Umklammerung gelockert hatte. Bald darauf lagen sie sich in den Armen und weinten vor Erleichterung.

Liane lächelte ihnen zu, während sie rasch zu Hoga lief und sich neben ihn kniete. Ein gefallener Krieger, am Boden zusammengekrümmt in seiner letzten Stunde und wissend, dass dies sein Ende war. Die Spitze seines eigenen Speers steckte tief in seinem Körper. Bedauernd schaute sie auf den, der sie so mutig verteidigt hatte. Sie schämte sich unendlich dafür, dass sie ihn des Verrats bezichtigte.

»Es tut mir so leid!«, wisperte sie unter Tränen. Ein letzter Gruß an den Ewigen Wächter, dessen Gestalt im göttlichen Licht bereits durchscheinend wurde.

Erst als Minchantonan zu ihr trat, hob sie den Kopf.

»Mein Volk und ich werden dir für deine Hilfe ewig dankbar sein. Aber du solltest jetzt gehen. Deine Zeit ist gekommen. Verlässt du Lucantajo nicht, so wird Nuna nicht mehr in deinen Körper zurückfinden«, mahnte er eindringlich.

»Aber was wird aus meinen Freunden? Sag mir, was geschieht nun mit denen, die nicht deines Glaubens sind? Wohin kommen Moritia, Änne und Walther?«, entgegnete Liane. Der Gedanke daran, dass sich die Seelen dieser Menschen einfach in Luft auflösten, überkam sie mit aller Macht und bedrückte sie zutiefst.

»Sie mögen nicht den Glauben der Chimú haben. Dennoch gibt es auch für sie einen Ort, an dem sie ihren letzten Frieden finden werden. Die Große Göttin ist gnädig mit den Seelen, die nicht aus freien Stücken zu ihr kamen. Ich werde dafür Sorge tragen, dass ihnen nichts geschieht.

Und jetzt geh, mutige Warmi, geh zurück zu deiner Sippe. Leb wohl. Ich lasse dich frei.«

Minchantonan half ihr auf, führte sie direkt in die Mitte des Silberstrahls und nickte ihr ein letztes Mal aufmunternd zu. Als er seine Hand von ihrem Arm löste, erfasste sie ein Strudel aus weißen Funken und zog sie mit sich an die Oberfläche. Es fühlte sich so unwirklich an, dass sie die Augen schloss.

Sie wollte den Erlöser noch darum bitten, sich wenigstens von ihren Gefährten verabschieden zu dürfen, aber der mächtige Sog nahm ihr jedwede Luft. Gleichzeitig spürte sie, dass sich ihr gesamter Körper mit Leben füllte. Mit Leben und mit Wärme …

»Ticana«, flüsterte jemand nah an ihrem Ohr.

»Ticana!« Amas schmale Schultern sanken erschöpft nach unten, ebenso wie ihr Kopf. Soeben hatte sie die letzten Worte einer kraftraubenden Beschwörung gemurmelt. Das überlieferte Wissen aller Schamanen ihres Stammes lag darin und wurde durch die weltentrückte Trance verstärkt, in der Ama soeben noch schwebte.

Sie spürte unterbewusst das Erbeben der Erde. Es ließ sie hoffen, dass sich nun alles zum Guten wenden würde. Plötzlich schrak sie hoch. Lianes Hand, bis dahin ruhig auf der Bettstatt liegend, begann zu zittern. Mit leichenblassem Gesicht ging Ama durch die Tür nach draußen und schrie aufgeregt nach Moar und seinem ältesten Sohn.

»Sie ist aufgewacht! Nuna ist wieder in ihr!«

Der Häuptling war schnell, doch das war nichts im Vergleich zu seinem zukünftigen Nachfolger. Flink wie ein Waran auf der Jagd rannte dieser zu Amas Haus und kam denn als Erster bei Lianes Lager an. Auch er sah, wie sich Lianes Finger tastend über die Wolldecke bewegten.

»Kann sie uns hören?«, fragte er misstrauisch.

»Hören wohl, aber verstehen nicht. Sie ist keine von uns«, erwiderte die Schamanin kichernd. Sie wirkte so befreit wie ein Mensch, dem schier Unerreichbares gelungen war. Moar, der etwas atemlos hinzutrat, lächelte still. Dann überkreuzte er die Arme vor seiner Brust zum Zeichen, dass er der Großen Göttin für Lianes Wiederkehr dankte.

Die Dorfbewohner scharten sich bereits neugierig vor der Behausung ihres Häuptlings. Es war nicht, was die Schamanin rief, sondern dass sie überhaupt in dieser Weise ihre Stimme erhob. Abgesehen von Ritualen und Zeremonien kannten sie Ama nur still und in sich gekehrt. Demzufolge musste etwas sehr Wichtiges geschehen sein. So blickten sie ihren Häuptling fragend an, als er sich wieder an der Schwelle zeigte.

»Die weiße Frau wird heilen. Schon bald werden ihre Freunde bei uns eintreffen. Lasst uns ihnen zu Ehren ein Fest feiern. Bereitet unsere besten Speisen und Getränke vor!«, wies er seine Sippe an, die sich sofort in alle Winde zerstreute.

Zuerst galt es aber, die Spuren zu beseitigen, die der unerwartete Erdstoß verursacht hatte. Ein paar abgeknickte Äste lagen verstreut auf dem Platz, wie von einer riesigen Faust achtlos hingeworfen. Weiterhin hatte die Lagerhütte Schaden genommen. Da das eingefallene Dach aber ohnehin der Ausbesserung bedurfte, machten sich zwei ältere Männer umgehend an die Arbeit.

Sie schnitten frische Zweige einer bambusähnlichen Pflanze und flochten aus dem noch weichen Holz das Grundgerüst, welches später mit großen Blättern überzogen wurde. Zusätzlich mit Moos, breit gefächertem Farn und Sumpfgras bedeckt, bot es am Ende wieder den gewohnten Schutz gegen die bevorstehende Regenzeit.

An anderer Stelle wurden essbare Wurzeln ausgegraben und zum Kochen vorbereitet. Moars Sohn zog mit einem weiteren Jäger in den Wald, um Wild zu erbeuten und Honig für den süßen Maisbrei zu ernten. Selbst die Kinder der Sippe beteiligten sich, indem sie Tierfelle auf den Sitzplätzen ausbreiteten und genügend Holz für ein Feuer bereitlegten.

Es war ein glücklicher Tag. Nicht nur für Liane, die bald darauf in der Lage war, die Augen zu öffnen, sondern auch für Moar selbst. Er ahnte, dass sich mit ihrem Erwachen auch die Zukunft seines Dorfes endgültig entschieden hatte. Tief in seinem Herzen breitete sich ein Gefühl von Sicherheit aus.

Seine Hoffnung sollte sich bewahrheiten. Die Sonne hatte gerade ihren Zenit erreicht, als zwei seiner Späher durch laute Pfiffe das Erscheinen von fremden Menschen ankündigten. Iadsu betrat das Dorf, in Begleitung von Mikele und dem Commandante, die sich gemäß seiner Bitte respektvoll zurückhielten.

Während der Fahrt auf dem Fluss erklärte der Quechua den beiden Rangern in allen Einzelheiten, wie es überhaupt zu dem Ganzen kam. Er sprach offen über das Vorgehen der Mahag-Company innerhalb der Grauzonen des Gesetzes und über Lianes unfassbaren Mut, sich Krause und Cortez entgegenzustellen. Sein Bericht endete damit, dass sie es war, die nun dringend Hilfe benötigte.

»Wenn wir die Frau irgendwie nach Dobrejo bringen können, wäre vielleicht ein Hubschrauber die Lösung. Das nächste größere Krankenhaus steht in Puerto Mapuyo. Noch besser wäre allerdings das Buschhospital, allein weil die Strecke dahin viel kürzer ist. Das ist aber nur dann eine Alternative, wenn ihre Verletzungen nicht so dramatisch sind.«

Der Commandante überlegte kurz und antwortete:

»Wenn man uns im Dorf beim Transport hilft, und davon gehe ich aus, sehe ich eine Chance. Für alles andere finden wir schon eine Lösung.«

Als Moar aus seinem Haus kam, herrschte gespannte Stille. Der Häuptling trug zu diesem besonderen Anlass eine ganz neue Blätterkrone. Er sah den Besuchern aufmerksam entgegen, ließ sie vor sich treten und zum Zeichen ihrer Friedfertigkeit die Waffen ablegen. Anschließend bat er sie mit einer einladenden Geste, ihm in das Innere des Hauses zu folgen.

Währenddessen ging es in Krauses Villa zu wie im Taubenschlag. Kurz zuvor erhielt der Geschäftsführer unerwarteten Besuch von einem hochrangigen Mitarbeiter der peruanischen Umweltbehörde. Der sichtlich aufgeregte Mann wurde von Antonio gewohnt freundlich empfangen und angemeldet.

Nachdem der Butler ihn in die Büroräume geführt und den Herren einen Drink serviert hatte, schloss er leise die Tür hinter sich. Erst draußen auf dem Flur erlaubte Antonio sich ein spitzbübisches Grinsen.

Der Commandante der *Salvar de jungla* hatte offensichtlich ganze Arbeit geleistet.

Nicht nur in Dobrejo erschienen Polizisten, sondern auch in den Häusern, in denen das politische Establishment residierte. Das Gerücht von unangekündigten Razzien sprach sich schnell in den betreffenden Kreisen herum und wurde äußerst ernstgenommen. Zumindest bei denen, die sich für ihre wohlwollenden und befürwortenden Unterschriften von der Mahag-Company bezahlen ließen.

Demnach saß auch Krauses Gast, ein Sekretär, sehr auf seinem Platz. Er fuhr sich ständig mit der Hand durchs Haar und konnte nicht begreifen, dass sein Gegenüber in dieser Situation noch derart gleichmütig blieb.

»Wie können Sie so gelassen sein? Sie müssen doch begreifen, dass eine weitere Zusammenarbeit unmöglich ist! Ich rechne damit, dass sämtliche Unterlagen beschlagnahmt werden, die der Staatsanwaltschaft in Verbindung mit Dobrejo relevant erscheinen. Das heißt auch, dass mein Dazutun nicht länger verborgen bleibt, wenn ich die Papiere jetzt verschwinden lasse.

Ich habe wirklich keine Lust, Ihretwegen meinen sicheren Posten zu riskieren. Mein Einfluss ist nicht so weitreichend, als dass ich diesbezüglich über Immunität verfügen würde. Es sei denn, ich könnte mich ersatzweise auf eine zukünftige Stelle in Ihrem Unternehmen berufen. Sie hatten mir seinerzeit ja versprochen, dass ich mich in so einem Fall auf Ihre Unterstützung verlassen ...«

»So leid mir das tut, Gonzales, aber ich sehe Sie nicht hinter einem meiner Schreibtische!«, beendete Krause den Redeschwall seines aufgebrachten Besuchers abrupt. Äußerlich vollkommen ungerührt bemerkte er wohl, dass es dem Mann um seine nackte Existenz ging. Ihm entgingen weder die Schweißperlen auf dessen Stirn noch die unverhohlene Angst, die der Sekretär ausstrahlte.

Korruption war in diesem Land völlig normal und galt bis hinauf in die höchsten Kreise als willkommenes Mittel, etwas am Rande der Legalität und gegebenenfalls auch darüber hinaus durchzusetzen. Die vielen Schlupflöcher in der Gesetzgebung Perus luden regelrecht zu einer vorteilhaften Auslegung ein.

Auf absolute Loyalität konnte hingegen niemand vertrauen, schon gar nicht, wenn die Entgegennahme der sogenannten Spenden aufflog. Gonzales erwartete aber genau das von der Mahag-Company, deren Interessen er seit mehr als drei Jahren nur allzu blauäugig förderte.

176

Seiner Signatur war es geschuldet, dass Pachtverträge über bewohntes Land geschlossen wurden, und das zu einem vergleichsweise geringen Preis, die rücksichtslose Vertreibung der Ureinwohner inbegriffen. Schlagartig erkannte er, dass seitens des früheren Partners nicht mit Verständnis oder gar einem Entgegenkommen zu rechnen war. Moralische Skrupel sah eine solche Übereinkunft nicht vor.

Mit zusammengekniffenen Augen und eiskalter Stimme erwiderte der Sekretär:

»In dem Fall kann ich leider nicht länger dafür garantieren, dass Ihre Reputation gewahrt bleibt, Herr Krause. Sie werden verstehen, dass ich keine andere Wahl habe, als mit dem zuständigen Staatsanwalt zusammenzuarbeiten.«

»Drohen Sie mir gerade, Gonzales? Dann sage ich Ihnen jetzt mal, wie es läuft! Sie haben die Verträge ohne Wissen Ihres vorgesetzten Ministers unterzeichnet und somit rechtsgültig gemacht. Was kann ich dafür, wenn Sie nicht nachprüfen, ob die Buschaffen da ein paar Häuschen gebaut haben oder nicht?

Ich bin laut der geltenden Rechtssprechung lediglich für die Ernte und den reibungslosen Export von Mahagoni verantwortlich. Demnach hat sich niemand in meinem Unternehmen strafbar gemacht, denn die Pachtverträge legitimieren die umgehende Beseitigung aller vorgefundenen Hindernisse.

Und jetzt verschwinden Sie aus meinem Haus! Unsere Zusammenarbeit ist hiermit beendet!«

Krause sprach sehr ruhig und selbstsicher. Tatsächlich konnte ihm so gut wie nichts geschehen. Gonzales würde nicht so dumm sein, seine heimlichen Nebeneinkünfte offenzulegen. Dann, und das wusste Don Mario, drohte seinem Helfer sehr viel mehr als nur der Verlust der beruflichen Position.

Indem er Fernando einen unauffälligen Wink gab, drückte er einen Knopf auf seiner Telefonanlage. Antonio erschien, um den Gast an die Pforte zu geleiten. Ein Blick in die Augen des fahrigen Sekretärs genügten, um dessen aussichtslose Lage zu erkennen.

Nachdem er die Tür hinter Gonzales geschlossen hatte, hörte der Butler laute Stimmen im Obergeschoss. Krause schien sich heftig mit seiner Lebensgefährtin zu streiten, denn Lenore zeterte erbost: »Du glaubst doch nicht wirklich, dass ich auf der Stelle anfange, meine Koffer zu packen! Sag mal, spinnst du? Herrje, ich bin gerade erst aufgestanden und wollte gerade frühstücken! Außerdem kommt die Friseurin in einer Stunde. Ich habe am Nachmittag ein Shooting an der Plaza de Armas mit einem Starfotografen. Hast du eigentlich eine Vorstellung davon, wie schwer der Typ zu kriegen ist und was die Bilder von ihm kosten?

Wenn ich das absage, noch dazu so kurzfristig, bin ich bei meiner Agentur abgemeldet und bekomme nie wieder einen Job. Du musst verrückt sein, wenn du denkst, dass ich deinetwegen meine gesamte Karriere aufs Spiel setze! Wieso fliegen wir denn jetzt auf einmal nach Panama?«

Ihre empörte Stimme überschlug sich förmlich. Allein die entsprechenden Kleider auszuwählen und binnen kürzester Zeit reisefertig zu sein, war eine Zumutung, für die sie eine sofortige Erklärung von ihm verlangte.

»Dann bleib doch hier, du dämliche Gans!«, brüllte Krause in höchstem Zorn und warf ihr die Tür seines Büros vor der Nase zu. In rasender Eile zog er die Schubladen seines Schreibtisches auf. Darin lagen neben handschriftlichen Papieren und Notizbüchern auch seine Pässe, welche er nun zusammen mit ein paar Schriftstücken in die Reisetasche warf, die Fernando bereitwillig herbeigeschafft hatte.

Dazu kamen zwei umfangreiche Aktenmappen, die er aus dem Wandsafe holte, außerdem ein paar Geldbündel und mehrere Kreditkarten. Unterdessen läutete das Telefon. Krause meldete sich mit einem knappen »Ja?« und legte nach kurzer Zeit wortlos auf.

»Makene, dieser kleine, niederträchtige Dreckskerl … Er hat uns tatsächlich verpfiffen! In Dobrejo wimmelt es nur so von Bullen. Höchste Zeit, den Deutschen eine Freude zu bereiten«, knurrte er und griff nach einem mehrseitigen Dokument, das er ohne weitere Umschweife unterschrieb. Es war der Vertrag, der die Übernahme der Mahag-Company einleitete.

»Bring den zur Post, Eileinschreiben! Danach rufst du im Hangar an. Ich brauche meine Maschine spätestens vierzehn Uhr, vollgetankt und abflugbereit mit Zielort Panama City. Hol den Royce aus der Garage und pack ein paar Sachen zusammen. Du wirst mich begleiten.«

»Und was wird mit Lenore?«, warf Fernando vorsichtig ein.

»Mir doch egal! In Panama gibt es auch geile Weiber.«

Der Leibwächter nickte. Er hatte verstanden.

Papa? Bist du es? Nein, das kann nicht sein. Papa ist tot. Ich war es auch. Aber wo bin ich jetzt? Meine Augen sind offen, nur sehen kann ich nicht viel. Da sind Schatten um mich herum, die ineinander verschwimmen. Wohin hat Minchantonan mich geschickt? Vielleicht doch zur Großen Göttin?

Da, menschliche Stimmen, ich höre es ganz deutlich. Jemand redet mit mir! Um Himmels willen …

Ein bisher nie gekannter Schmerz durchfuhr Liane, als sie sich in die Richtung drehen wollte, aus der die Stimmen kamen.

»Au! Verdammte Scheiße, tut das weh!«, fluchte sie wenig fein.

»Ich glaube, das lässt sich so nicht übersetzen«, antwortete ihr ein Mann ziemlich trocken.

»Wer sind Sie?« Selbst den Kopf zu bewegen, fiel ihr unglaublich schwer. Sie fühlte sich, als wäre sie von einem Bus überfahren worden.

»Machen Sie sich bitte keine Sorgen, junge Frau. Mein Name ist Fred Körner. Ich bin gebürtiger Deutscher und der Anführer einer Rangerpatrouille. Wir sind gekommen, um Sie in ein Krankenhaus zu bringen, wo man Ihre Verletzungen behandeln wird. Wissen Sie, wo Sie sich gerade befinden?«

Der Commandante schaute in Erwartung einer Antwort gespannt auf die Frau vor ihm. Sein geübter Blick erkannte sofort, dass sie an den Folgen eines schweren Traumas, wenn nicht gar eines handfesten Schockzustandes litt.

Auch als die Schamanin die Decke hob und bedenklich auf das lädierte Bein der Patientin zeigte, erschrak er nicht. Er hatte mehrere Jahre im Kriegsgebiet im Nahen Osten gedient, ehe er sich dem Schutzprojekt in Südamerika anschloss. Was er dort an menschlichem Leid sah, prägte sich so tief in sein Hirn ein, dass ihn danach so gut wie gar nichts mehr erschütterte.

»Ich bin in Peru. Jedenfalls hoffe ich das«, erwiderte Liane zögerlich.

»Gut, das ist ein Anfang. Ich werde mich jetzt um Ihren Transport kümmern. Sie sollten sich nach Möglichkeit nicht aufregen. Neben mir steht übrigens jemand, der Sie dringend sprechen will.«

Körner trat lächelnd beiseite, um dem sehr aufgeregten Iadsu Platz zu machen. Längst hatte der Commandante gemerkt, dass sein Begleiter darauf brannte, etwas zu sagen. Er nickte Mikele zu und verließ zusammen mit ihm diskret die Behausung.

»Liane …« Iadsus tonloses Flüstern ließ erahnen, wie sehr sie ihm am Herzen lag und dass er sich um sie ängstigte. Fast scheu kniete er sich vor ihr Lager und wagte es nicht, ihre Hand zu nehmen. Moar und Ama wechselten einen wissenden Blick, ehe sie den beiden Rangern nach draußen folgten.

»Ich bin froh, dass man diesen Ort nicht zerstört hat. Es ist so idyllisch!«, sagte Mikele gerade, als sich der Häuptling zu ihnen gesellte. Seine Sippe hatte inzwischen allerlei Speisen zubereitet und diese mit exotischen Früchten garniert. Würdig und seinem hohen Rang angemessen bat Moar die Gäste, sich auf den langen Baumstamm zu setzen.

Danach stimmte Ama einen fremdartigen, aber wunderschönen Gesang an, in den sich das leise Knistern des entzündeten Feuers mischte. Es war ein besonderes Ritual, das beim Erklingen des letzten Tones seinen Höhepunkt fand, als die Schamanin ein Büschel hellgelbes Sumpfgras am Speer des Häuptlings befestigte.

Die Ranger konnten sich zwar nicht erklären, was es damit auf sich hatte, aber sie waren sich einig darin, dass sie gerade etwas Beeindruckendes und Schützenswertes erlebten. Umso mehr, da es vor der herrlichen Kulisse des Regenwaldes stattfand und somit unvergesslich sein würde.

In Moars Hütte dachte hingegen niemand an das nun folgende Festmahl. Liane und Iadsu hörten auch nicht die fröhlichen Rufe der Dorfbewohner, die den Besuchern unbedingt ihre Sprache beibringen wollten. Sie unterhielten sich leise über das, was im Berg der Seelen geschah.

Beginnend mit dem Flugzeugabsturz bis hin zu dem silbernen Lichtgefüge, das sie zurück in die Welt der lebenden Menschen brachte, erzählte Liane alles, woran sie sich erinnern konnte. Dazu gehörten der verfluchte Geist Túpac Yupanquis, die unendlich vielen gefangenen Seelen und nicht zuletzt auch Iarde, von dem sie berichtete.

»Es ist kein Berg im herkömmlichen Sinne, auch keine Pyramide, verstehst du? Im Inneren existiert eine weit verzweigte ehemalige Tempelanlage, und sie reicht hunderte Meter unter die Erdoberfläche. Dort gibt es Grotten, die wie Säle gestaltet sind, und kleinere Räume, verbunden durch viele Gänge.

Ich weiß nicht, wie ich dir das erklären soll. Halt mich bitte nicht für verrückt, aber … Ich habe deinen Vater dort gesehen. Er hat mir geholfen, mich vor dem Dämon zu verstecken. Leider konnte ich dann nicht mehr mit ihm sprechen. Es ging alles so schnell!«, sagte sie gerade bedauernd, als ihr das Tuch wieder einfiel, das der Gefährte ihr für seinen Sohn mitgab.

Hastig kramte sie in ihrer Hosentasche, fand aber nur Staub und ein paar undefinierbare Brösel darin.

»Ich muss es verloren haben, als Minchantonan mich in den Lichtstrahl führte. Es tut mir so leid, Iadsu. Ich schwöre dir, dein Vater hat es mir gegeben. Das Tuch ... ich meine ... an den Seiten war es grün verziert und ... und es war fast durchsichtig!«

Nur mit Mühe stammelte Liane die letzten Worte hervor. Iadsus Finger hatten sich bei der Erwähnung seines Vaters so fest in ihre Decke gekrallt, dass das Blut aus seinen Händen wich. Mit großen Augen und offenem Mund starrte er sie an.

»Mahagoniblätter«, flüsterte er schließlich nach einer gefühlten Ewigkeit. »Grüne Mahagoniblätter an einer langen Ranke. Meine Mutter hat dieses Motiv in all ihre Taschentücher gestickt.«

Die schwere Eingangstür der Villa fiel mit einem lauten Krachen ins Schloss. Als gleich darauf der wuchtige schwarze Rolls Royce Krauses vom Hof fuhr, geschah etwas Merkwürdiges. Wohl zum ersten Mal seit langer Zeit schallte Gelächter durch die Räume.

Antonio hatte in den vergangenen Stunden das Hauspersonal heimlich darüber informiert, in welch peinlicher Art sich die Dinge für ihren Dienstherren änderten. Das verstohlene Geflüster ging von Ohr zu Ohr, von Etage zu Etage, und wurde besonders seitens der geplagten Hausdamen mit einer mokanten Schadenfreude quittiert.

So war es denn auch eine von diesen Frauen, die im Anschluss daran der aufgebrachten Lenore entgegenhielt, sie solle ihre Koffer gefälligst alleine packen. Lenore, noch immer über den vorausgegangenen Streit beleidigt, hatte nicht einmal bemerkt, dass ihr abtrünniger Lebensgefährte längst auf dem Weg zum Flughafen war. Demnach saß sie in ihrem Ankleideraum im Erdgeschoss und wurde soeben von einer aufstrebenden Make-up-Künstlerin verwöhnt, als Cita ihren Befehl rigoros verweigerte.

»Was erlaubst du dir? Wenn ich etwas von dir verlange, dann hast du mir zu gehorchen! Das werde ich Don Mario erzählen!«, keifte sie zornig.

»Wo willst du hin? Bleib gefälligst hier!«

Doch ihre Worte interessierten niemanden mehr, am wenigsten Cita, die schlicht genug vom affektierten Benehmen des Möchtegern-Models hatte und das, obwohl Lenore dem Alter nach gut und gern ihre Tochter sein könnte.

Viel wichtiger war es, sich mit ihren Kolleginnen über die unerwartete Neuigkeit auszutauschen. Oben in Krauses Büro verteilte Antonio soeben die letzten wöchentlichen Lohnschecks, welche zum Glück schon auf dem Schreibtisch lagen. Er bat gleichzeitig darum, die Schecks sicherheitshalber noch am selben Tag einzulösen und sich nach einer neuen Stellung umzusehen.

La Molina, der Distrikt der Wohlhabenden, strotzte nur so von herrschaftlichen Häusern, deren Besitzer gutes und zuverlässiges Personal brauchten. So gab es auch nur einen Angestellten, der ernsthaft traurig darüber war, Krauses Villa verlassen zu müssen.

Nachdem er seinen Lohnscheck erhalten hatte, lief der Gärtner nicht wie alle anderen zielgerichtet zum Eingangstor, sondern noch einmal durch sein gepflegtes Refugium. Besonders die herrliche Rosenhecke bedachte er mit einem bedauernden Blick. Ob er wohl je wieder so etwas Prachtvolles fände?

Am liebsten hätte er die kostbarsten Stücke ausgegraben und mitgenommen, aber Diebstahl kam für einen ehrlichen und aufrechten Menschen wie ihn nicht infrage. Seine derbe, von tiefen Furchen durchzogene Hand strich ein letztes Mal zart über die hellroten und weißen Blütenköpfe.

»Adios mi amore«, raunte er zum Abschied.

Danach schaute er sich furchtsam um. Hoffentlich hatte ihn niemand dabei beobachtet. Am Ende lachte man jetzt im Haus über ihn! Doch er war allein inmitten der duftenden Blumen. Der Gärtner schluckte gerührt, fasste sich und verließ als einer der Letzten das Gelände, ohne sich noch einmal umzusehen. Antonio begleitete ihn, wohl wissend, wie schwer es dem arbeitsamen Mann fallen mochte, sein Werk gleichsam im Stich zu lassen.

Die einsetzende Ruhe im Haus wurde von Lenores kreischender Stimme unterbrochen. Sie schrie in höchstem Maße erzürnt nach ihren Dienstmädchen, dann nach Antonio und zum Schluss nach Marius Krause selbst. Da ihr niemand antwortete, ließ sie die verdutzte Kosmetikerin einfach allein und rannte suchend durch die Gänge. Die Absätze ihrer Pumps klackten die Treppen hinauf und wieder hinunter, doch sie fand keine Menschenseele mehr vor.

Zuletzt betrat sie das verlassene Büro ihres Lebensgefährten. Verzweifelt schaute die junge Frau auf die umherliegenden Papiere und den geöffneten Wandsafe. Sie war drauf und dran, endgültig die Contenance zu verlieren, als das Telefon auf dem Schreibtisch läutete.

»Hier Gerhard Reinecke, Berlin! Sagen Sie, ist Herr Krause noch zu sprechen? Ich habe soeben eine sehr fragwürdige E-Mail von seinem Butler bekommen. Dem Inhalt nach soll Herr Krause das Haus mit unbekanntem Ziel verlassen haben! Außerdem wüsste ich gern, wo sich meine Mitarbeiterin Frau Alsfeld gerade aufhält. Ihr Ehemann ruft seit drei Tagen bei mir an, weil sie nirgends erreichbar ist!«

»Ich … Woher soll ich denn das wissen? Mein Freund ist nicht da. Scheiße, es ist überhaupt niemand mehr da!«, heulte Lenore los.

»Hören Sie, junge Dame! Sehen Sie zu, dass Sie Herrn Krause erreichen, und teilen Sie ihm mit, dass er mich umgehend zu kontaktieren hat! Sonst sehe ich mich gezwungen, selbst nach Peru zu fliegen und mich davon zu überzeugen, dass es Frau Alsfeld gutgeht. Was sind denn das für Sitten bei Ihnen?«

Lenore warf daraufhin den Hörer in die Gabel. Ihr Gesicht glühte vor Wut, aber noch mehr vor Angst. All das, worauf sie sich immer verlassen hatte, nutzte ihr nun nichts mehr. Schlagartig begriff sie, dass es hier nichts mehr zu retten gab. Sie lief die Treppe hinunter, drückte der wartenden Make-up-Artistin einen Geldschein in die Hand und schickte sie nach Hause.

Anschließend raffte sie die wertvollsten Kleidungsstücke, ihren

Schmuck und ein paar persönliche Dinge zusammen. Es wurden zwei schwere Koffer, die sie ohne fremde Hilfe bis an die Eingangspforte wuchtete und mühsam dabei ächzte. Dort angekommen wählte sie in ihrem Handy die Nummer der Taxizentrale. Während sie wartete, brach sie erneut in Tränen aus.

Es kam ihr nicht mehr in den Sinn, Krause anzurufen und ihm die Anweisung des Anrufers mitzuteilen. Wozu auch? Diese Liaison war endgültig vorbei. An ihm als Mensch lag ihr ohnehin nichts. Lenore bedauerte lediglich den Verlust der Villa und des damit verbundenen Komforts. Nun würde sie, die an Dienstmädchen und Luxus gewöhnt war, sich erst einmal mit einem kleinen Hotelzimmer begnügen müssen.

Als der Commandante erneut das Haus des Häuptlings betrat, bot sich ihm ein rührendes Bild. Iadsu kniete vor dem Krankenlager und hatte die Stirn auf die Arme gelegt. Seine Schultern zuckten kaum merklich. Fast schämte sich der Ranger, diese intime Szene zu unterbrechen.

»Es tut mir leid, dass ich euch stören muss, aber wir sollten langsam aufbrechen. Mikele baut draußen gerade eine Trage.«

An Liane gewandt fragte er: »Wie fühlen Sie sich? Glauben Sie, dass Sie in der Lage sind, sich ein wenig aufzurichten? Vor dem Transport muss ich Ihr Bein schienen, und das wird wahrscheinlich schmerzen. Schaffen Sie das?«

Bei dem Wort *schmerzen* hob Iadsu ruckartig den Kopf. Nichts wollte er weniger, als dass Liane noch zusätzlich wehgetan wurde. Schon öffnete er empört den Mund, um dem Commandante gründlich die Meinung zu sagen und ihn daran zu hindern. Doch Liane legte zu seinem Erstaunen beruhigend die Hand auf seinen Arm und antwortete:

»Natürlich schaffe ich das. Ich bin keine Prinzessin! Also tun Sie, was Sie tun müssen.«

Gleich darauf bereute sie ihre freimütige Zustimmung und kämpfte verbissen gegen das an, was der Commandante als Schmerz bezeichnete. Es fühlte sich eher an, als würde man ihr das Bein der Länge nach mit einer rostigen Säge durchschneiden. Auch begann die offene Wunde mit dem herausragenden Knochenfragment durch die Bewegung stark zu bluten.

Ama sah dem Treiben ein paar Minuten lang kopfschüttelnd zu, bis sie schließlich eingriff und den Commandante einfach beiseiteschob. Und das, obschon er sie um mindestens eine Kopflänge überragte!

Zuerst flößte sie Liane einen bitter schmeckenden Trank ein und bat Iadsu, sie festzuhalten. Was danach geschah, konnte keiner der Anwesenden wirklich verstehen. Iadsu hätte jedenfalls viel darum gegeben, diesen entsetzlichen Schrei nicht hören zu müssen.

Nur zehn Sekunden später lächelte die Schamanin zufrieden. Das Bein der Patientin lag nun in der vorbereiteten Schiene, fixiert durch zwei hölzerne Knebel und fest mit Seilen verschnürt. Mit einer gehörigen Portion Stolz blickte Ama den Commandante an und nickte ihm zu, als wollte sie ihm sagen: »So macht man das!«

Schwer atmend nahm Liane es hin, dass die Schamanin wie zur Entschuldigung ihre Wange streichelte, ehe sie von den Männern vorsichtig auf die Trage gehoben wurde. Noch leicht betäubt von dem ekligen, aber wirkungsvollen Heiltrank erfasste sie erst auf dem Weg zum Boot, was sie Ama zu verdanken hatte. Es war nicht nur das Einrenken ihres Sprunggelenks, das in ihr den zugegeben mörderischsten Schmerz ihres Lebens hervorrief. Nein, es war das Leben selbst!

Am Portal zu Lucantajo fiel ihr etwas Seltsames auf. Moars Sohn, der an ihrer Seite ging, staunte ebenfalls bei diesem Anblick. Das tote Holz, vorher fast weiß wie von der Sonne ausgeblichene Knochen, zeigte sich in einem ganz neuen Gewand. Sattgrüne Blätter wuchsen aus den vertrockneten Ästen heraus, neue frische Triebe sprossen hervor und suchten sich einen Halt. Schon in wenigen Tagen würde nichts mehr an das frühere Aussehen erinnern. Das ewige Gleichgewicht – es war wieder hergestellt!

Die Fahrt auf dem Fluss ließ Liane noch einmal die unberührte Schönheit des Regenwaldes erleben. Heute aber mit wachen Augen und wissend, dass es gute Gründe gab, hier niemanden aus der sogenannten Zivilisationsgesellschaft eindringen zu lassen. Der Ort gehörte den Murunahua, und nur ihnen! Lucantajo war einst ein Heiligtum der Chimú und unbedingt erhaltenswert, vor allem deshalb, weil es deren Kultur in seiner reinsten Form verkörperte.

Später in Dobrejo wartete sie zusammen mit Iadsu auf den Hubschrauber, der sie ins Buschhospital bringen sollte. Währenddessen ließ sie sich erzählen, was im Holzfällercamp vorgefallen war. Entsetzt nahm sie zur Kenntnis, dass die Arbeiter die Waffe gegen Iadsu richteten.

»Ist Cortez denn nicht mehr zurückgekommen?«, fragte sie ihn erstaunt.

»Nein, und es gibt auch keine Spur von ihm. Moars Leute fanden nur den Fallschirm.«

Eine ausweichende Antwort, aber er wollte Liane die unschönen Details lieber ersparen. Aus Iadsus Sicht hatte seine Vorgesetzte selbst mehr als genug erlitten, nicht zuletzt wegen Juan Cortez. Deswegen wechselte er schnell das Thema und kam auf Antonio zu sprechen, dessen Herz auf dem rechten Fleck schlug.

Als der Helikopter eintraf, verabschiedete sich Mikele von ihnen.

»Es war mir eine Ehre. Ich wünsche Ihnen gute Besserung. Und bitte, passen Sie beim nächsten Besuch im Regenwald auf sich auf! Wir sind nicht immer gleich verfügbar, wenn es brennt!«, meinte er lachend.

Auch der Commandante reichte zuerst Liane und danach Iadsu freundschaftlich die Hand.

»Meine Männer haben deinen Jeep aufgetankt und ein bisschen daran herumgebastelt. Er steht jetzt fahrbereit vor dem Tor.

Ich denke, bis Puerto Mapuyo wird es reichen. Dort gibt es eine kleine Werkstatt, soweit ich weiß.«

Ihm war durchaus bewusst, dass sich das Paar nur ungern trennen ließ. Gleichwohl reichte der Platz im kleinen Hubschrauber des Buschhospitals nicht aus, um sowohl Liane als auch Iadsu mitzunehmen. Also nahm er den beiden die Entscheidung ab, wenn er sie auch im Herzen bedauerte.

»Sie hatten wirklich Glück, dass man Sie rechtzeitig hergebracht hat. Wir können aufgrund der frischen Naht noch keinen Castverband anlegen, aber ich denke, in spätestens acht Tagen wird es so weit sein. Bis dahin bleiben Sie bitte im Bett und bewegen Sie sich so wenig wie möglich.

Die Fraktur braucht jetzt vor allem strikte Ruhe, damit neue Substanz um die Bruchstelle gebildet werden kann. Mit dem Streckgestell müssen Sie sich demnach leider abfinden. Es mag Ihnen vielleicht altmodisch vorkommen, aber das ist noch immer die beste Methode, verletzte Gliedmaßen zu fixieren.

Ich sehe heute Abend noch einmal nach Ihnen, bevor mein Dienst zu Ende ist. Rufen Sie nach mir, wenn Sie mich brauchen, in Ordnung?«

Der Arzt, der Liane soeben untersucht und behandelt hatte, schaute sie aufmunternd an. Er war es auch, der sie am Vortag sofort nach ihrem Eintreffen operierte. Der offene Bruch an ihrem Unterschenkel wurde wieder an die richtige Stelle gerückt, mit mehreren Drähten adaptiert und zusätzlich verschraubt. Zum Glück hatte das malträtierte Sprunggelenk keinen größeren Schaden davongetragen. Die Heilungschancen standen also recht gut.

Liane fühlte sich noch etwas mitgenommen, kein Wunder nach dieser Aufregung. Ihr wurde schwindelig, als sie in den Hubschrauber verladen wurde. Außerdem hatte sie über Tage hinweg weder etwas gegessen noch ausreichend getrunken. Dennoch lag ihr etwas auf dem Herzen, das ihr zumindest für den Moment wesentlich wichtiger schien als das leibliche Wohl.

»Ehrlich gesagt hätte ich gern ein Telefon, sofern das möglich ist. Meins habe ich bei dem Flugzeugabsturz leider verloren. Selbst wenn man es je fände, ist es mit Sicherheit kaputt. Können Sie mir helfen?«, entgegnete sie bittend.

»Kein Problem, ich schicke Ihnen nachher Schwester Fernanda vorbei. Sie bringt Ihnen dann alles Nötige.«

Fernanda? Hatte Moritia nicht auch von einer Fernanda gesprochen? Sie holte tief Luft. Das also war das Buschhospital, in dem ihre Gefährtin gearbeitet hatte!

Als die Krankenschwester an ihr Lager trat, konnte sich Liane nicht länger beherrschen und sprach sie darauf an:

»Entschuldigen Sie bitte, aber ich muss Sie etwas fragen. Sagt Ihnen der Name Moritia etwas? Ich meine Frau Doktor Moritia Varus. Kennen Sie jemanden, der so heißt?«

Fernandas Augen richteten sich ungläubig auf die Patientin und füllten sich gleich darauf mit Tränen.

»Ja, ich kenne sie. Besser gesagt, ich kannte Moritia. Sie war meine beste Freundin und ist vor längerer Zeit am Dengue-Fieber verstorben. Warum fragen Sie?«

»Oh, das tut mir aufrichtig leid. Ich dachte, ich hätte ihren Namen im Zusammenhang mit einem Hospital irgendwo gelesen«, erwiderte Liane ausweichend.

»Ohne diese hervorragende Ärztin hätte es sehr viel mehr Tote gegeben, als die letzte Viruswelle begann. Draußen in Flur hängt ein Bild von ihr. Ich hole es Ihnen, warten Sie bitte einen Moment.«

Die Krankenschwester hastete aus dem Zimmer und kam kurz darauf mit einer schwarz gerahmten Fotografie in den Händen zurück.

»Sehen Sie, das ist meine Mori. So durfte aber nur ich sie nennen. Sogar ihrem Mann hat sie es nicht erlaubt, sie mit diesem Spitznamen anzusprechen.«

Ja, sie war es tatsächlich, mit ihren langen Haaren und dem energischen Blick, den Liane nur zu gut kannte. Schwester Fernanda lächelte und hielt dabei das Bild in ihren Händen, so zärtlich und behütend, wie man einen besonders wertvollen Schatz hält. Man sah ihr an, wie sehr sie ihre Freundin vermisste. Gleich darauf straffte sie ihren Rücken und wischte sich die letzten Tränen von den Wangen.

»Der Doktor sagte vorhin, Sie brauchen ein Telefon? Mal sehen, aufstehen dürfen Sie ja noch nicht. Wenn Sie sich bei Ihrem Anruf kurzfassen, würde ich Ihnen das zweite Funktelefon aus dem Schwesternzimmer holen. Das wäre sicher machbar«, bot sie freundlich an.

Keine schlechte Idee, zumal Liane darauf brannte, zuerst mit Karsten und danach mit Herrn Reinecke über die letzten Geschehnisse zu sprechen. Dabei ging es vorrangig darum, ihre Heimreise zu organisieren. Unter gar keinen Umständen wollte sie die nächsten Wochen hier in Peru verbringen.

Sobald das verletzte Bein es zuließ und sie sich wenigstens mittels einer Gehhilfe bewegen konnte, würde sie den nächstbesten Flieger nach Deutschland nehmen. Nach Hause, sie wollte endlich nach Hause! Das sagte sie auch ihrem Vorgesetzten, als dieser sich am Telefon sehr erleichtert zeigte. Reinecke versprach, umgehend ihren Rückflug zu buchen und dafür zu sorgen, dass die entsprechenden Tickets am Flughafen von Lima zu ihrer Verfügung standen.

Noch glücklicher war Lianes Ehemann. Vielleicht kam es ihr auch nur so vor, aber zum ersten Mal seit Ewigkeiten klang so etwas wie Besorgnis in seiner Stimme mit. Sollte er tatsächlich noch einen Hauch Liebe für sie empfinden? Liane wusste es nicht.

Nur eines wurde ihr mit erschreckender Gewissheit klar, nachdem sie das Gespräch mit Karsten beendet hatte. Sie würde nach all dem, was sie hier erlebt hatte, nie wieder die Liane von früher sein. Nicht nach Lima, nicht nach Dobrejo und erst recht nicht nach Lucantajo!

Etwas in ihr war endgültig zerbrochen, das spürte sie deutlich. Und gleichermaßen wuchs aus diesen Scherben ein neues Leben, so wie auf dem Totholz des Portals junges Grün erschien. Liane konnte sich zwar nicht im Ansatz vorstellen, wie dieses neue Leben aussehen sollte, wo es stattfinden könnte und noch viel weniger, ob es überhaupt möglich wäre, aber sie wollte es! Sie wollte es sogar unbedingt!

Leben … Es ist immer noch ein komisches Wort!

Am Flughafen in Berlin warteten gleich zwei Menschen auf sie. Nicht nur Karsten, der ihr Gepäck nahm und sich äußerst fürsorglich um sie bemühte, sondern auch Annett, die nach der ersten festen Umarmung den Kofferraum ihres Kombis öffnete. Heraus sprang Lianes Terrier, laut bellend und direkt in ihre Arme hinein.

Der kleine Hund riss sie in seiner Wiedersehensfreude fast von den Beinen. Dies war der Tatsache geschuldet, dass sie an Krücken lief und einen unförmigen Stützstiefel trug. Er hatte Liane ebenso vermisst wie sie ihn. Während der Heimfahrt wich er nicht von ihrer Seite, ließ sich ausgiebig kraulen und leckte immerfort ihre Hand ab.

Die vielen Fragen, die besonders Karsten an sie hatte, beantwortete Liane nur ausweichend. Annett bemerkte ihre Erschöpfung und übernahm das Gespräch, indem sie von den Neuigkeiten aus der Firma berichtete. Es gab Gerüchte darüber, dass die Geschäftsleitung sich nach dem Fiasko mit Krause neu orientieren wollte. Demnächst sollte zu diesem Thema eine Betriebsversammlung mit allen Mitarbeitern einberufen werden.

Liane hörte zwar mit halbem Ohr zu, äußerte sich aber nicht. Ihr war nicht nach Reden zumute. Um ehrlich zu sein, wollte sie nur noch schlafen. Der lange Flug hatte sie über alle Maßen angestrengt, auch wenn man ihr im Flugzeug einen gut erreichbaren Platz für körperlich eingeschränkte Menschen in der ersten Klasse zuwies.

Kein Vergleich mit dem vorherigen und ungleich preiswerteren Economy-Ticket, denn so konnte sie sich wenigstens körperlich ein bisschen entspannen und wurde zuvorkommend von den Stewardessen bedient. Reinecke, der sonst sehr auf die Minimierung der laufenden Geschäftskosten bedacht war, wollte sich wohl auf diese Art für die ihr zugemuteten Strapazen entschuldigen.

Daheim angekommen quälte sich Liane nicht mehr die Treppenstufen hinauf ins Schlafzimmer. Sie ließ stattdessen ihre Krücken vor dem Wohnzimmersofa fallen, legte sich auf die weichen Polster und schlief auf der Stelle ein. Sie bemerkte nicht einmal mehr, dass Annett sie liebevoll in eine Decke hüllte und ihr einen sanften Kuss auf die Stirn gab.

Erst am nächsten Tag erwachte Liane, weil die Kirchenglocken unweit ihres Hauses läuteten, wie immer pünktlich sieben Uhr morgens. Noch im Halbschlaf registrierte sie, dass das verletzte Bein auf einem Kissen lag. Gleich daneben hob ihr Hund fragend den Kopf und schaute sie an. Ein Lächeln kroch in ihr Gesicht. So klein er war, so groß war seine Liebe, denn er hatte sie die ganze Zeit über bewacht und sogar Karsten böse angeknurrt, als er nach ihr sehen wollte.

»Lust auf einen Besuch im Garten?«, fragte Liane leise.

Was für eine Frage – natürlich wollte er raus! Ihr quirliges Fellbündel sprang freudig von der Couch und lief zur Terrassentür.

Alles wie immer, wie sie amüsiert feststellte. Draußen angekommen setzte sich Liane auf ihre Gartenbank, während der Hund jeden Grashalm einzeln beschnüffelte und neue Markierungen setzte. Der freche Nachbarskater sollte ja nicht glauben, dass er sich hier dauerhaft breitmachen durfte.

Noch war es friedlich an diesem frühen Samstagmorgen. Liane stützte den Kopf bequem in die Hände, lauschte dem enthusiastischen Gezwitscher der Vögel und schaute einfach nur sinnierend in ihr früheres Refugium.

Die Dahlien im Rabattenbeet zeigten bereits dicke Knospen. Bald würden sie in voller Blüte stehen. Bunte und prächtige

Dahlien, die vielleicht genau so in dem Garten des Herrn Sanitätsrates Langzierl wachsen mochten, von dem Änne Hochegger so schwärmte. Ob sie sich wohl jetzt in einem überirdischen Gefilde befand, das mit diesen herrlichen Blumen angefüllt war?

Minchantonans Worte gingen ihr durch den Kopf. »Die Große Göttin ist gnädig mit den Seelen, die nicht aus freien Stücken zu ihr kamen«, sagte er.

Niemand hatte diese Gnade mehr verdient als die wackere Krankenschwester aus Wien. Vielleicht war sie jetzt sogar in der Nähe ihrer geliebten Kaiserin Sissi. Und Walther, der amerikanische Soldat – hoffentlich hatte ihn die Große Göttin zu Sergeant O'Riley geschickt, den er so sehr verehrte.

Ich glaube, auf die eine oder andere Art sind wohl alle in ihrem persönlichen Himmel gelandet. Ganz besonders Moritia, der ich von ganzem Herzen ein zweites Dasein an der Seite ihres Mannes wünsche. Sogar mir wurde die Gnade zuteil, in mein gewohntes Leben zurückzukehren. Ich bin mir nur nicht sicher, ob dies hier noch mein Himmel ist ...

»Ist das wirklich dein Ernst? Du willst wieder nach Peru, wo du fast ermordet wurdest? Wo du tagelang ohnmächtig warst, von einem indianischen Scharlatan mit irgendwelchen Drogen vollgepumpt? Liane, ich sage es dir nur ein einziges Mal. Wenn du jetzt gehst, gibt es kein Zurück mehr für dich! Diese Tür ist dann für immer geschlossen!«

Karsten redete sich mehr und mehr in Wut. Wie immer, wenn sie etwas tat, mit dem er emotional nicht zurechtkam, also nichts Unbekanntes für Liane. Einen letzten Versuch unternahm sie noch.

»Ich kann so nicht weiterleben. Bitte versteh doch, ich muss das tun.«

»Das ist totaler Schwachsinn! Wer sagt dir denn, dass du das musst?«, fragte er böse.

»Mein Herz!«

Mit dieser ehrlichen Antwort hatte Karsten nicht gerechnet. Kurz aus dem Takt gebracht schnappte er nach Luft und ließ dann seiner Enttäuschung freien Lauf. Er trat in seiner Wut sogar gegen den gepackten Koffer, der bereits im Flur stand und nun scheppernd zu Boden fiel.

Liane hingegen lächelte ihren Mann nur verträumt an. Was immer er ihr entgegenhielt, um sie von der Dummheit ihres Plans zu überzeugen, es traf sie nicht mehr. Sie hatte ein ganz bestimmtes Bild vor ihrem inneren Auge, als sie Karstens ausschweifende Tiraden einfach unterband.

»Ich wünschte, ich hätte dir das geben können, was du brauchst. Wirklich, ich wünschte, ich wäre dir eine andere und bessere Frau gewesen. Aber das kann wohl nur ein Mensch, der so ist und denkt wie du. Leb wohl, Karsten.«

Liane betrat die Straße vor dem Haus, das ihr nicht mehr gehörte. Sie hatte die Verzichtserklärung dafür, wie auch sämtliche anderen wichtigen Abtretungen, vor einer Woche von ihrem Rechtsanwalt beglaubigen lassen. Die neu gewonnene Freiheit machte ihr Mut, den letzten Schritt in eine neue Zukunft zu gehen.

Es war nicht so, dass sie Deutschland für immer den Rücken kehren wollte. Hier gab es Menschen, die sie liebte und regelmäßig besuchen würde. Annett zum Beispiel, die ihr übergangsweise eine kleine Gästewohnung angeboten hatte. Natürlich auch ihre Familie und vielleicht sogar Karsten, sofern er sich je wieder beruhigen konnte.

Direktor Reinecke gehörte nicht zu den Leuten, an denen ihr Herz hing. Die Art, wie er ihre sofortige Kündigung aufnahm, zeugte von absolutem Unverständnis. Gerade jetzt, so betonte er, würde er ihre Unterstützung beim Neuaufbau des Geschäfts benötigen. Die exquisiten Lieferverträge mit einem vielversprechenden Forstunternehmen in Deutschland lägen bereits vor. Aber sie ließ sich nicht mehr umstimmen. Lianes Entschluss stand fest.

In den vergangenen Wochen hatte sie viel Zeit zum Nachdenken. Karsten stellte ihr eine Pflegerin zur Seite, die stundenweise für sie sorgte und ihren Alltag erleichterte. Den Rest des Tages verbrachte sie damit, zu grübeln und das, was sie bislang für ihren Lebensplan hielt, auf Herz und Nieren zu überprüfen.

Der letzte Eintrag in ihrem Tagebuch stammte von ihrem Geburtstag. Liane las die Zeilen nochmals durch und am Ende dessen wusste sie, was zu tun war. Als sie Karsten von ihrem Vorhaben erzählte, nach Peru zurückzukehren, wenn sie wieder gesund war, sprach er den Rest des Abends nicht mehr mit ihr. Seither gab es nahezu täglich Streit. Er konnte es nicht verstehen, und wollte es auch gar nicht.

Ohne Bedauern hörte sie von draußen durch das weit geöffnete Fenster, wie Karsten gerade mit seiner Mutter telefonierte und sich bitter über ihre Rücksichtslosigkeit beklagte. Er hatte durchaus recht mit seinem Vorwurf, denn jetzt dachte Liane erstmalig nur an sich und daran, was sie brauchte, um glücklich zu sein. Ein wundervoller Mensch stand im Mittelpunkt ihrer Wünsche, und er erwartete sie. Nur noch sechzehn Stunden …

Ach, Iadsu! Seine Herzenswärme, seine Ruhe und sein unkompliziertes Wesen fehlten Liane plötzlich so sehr, dass es ihr nahezu körperlich wehtat. Nicht, weil er der Mann ihrer Träume wäre oder gar aus sexuellen Gründen heraus, oh nein! Er war einfach nur ein Mensch, der verstanden hatte, dass Zuneigung keine Einbahnstraße ist, die nur eine Richtung kennt.

Neben Liane stand ihr geliebter Hund, den sie dieses Mal unter keinen Umständen zurücklassen wollte. Erwartungsvoll und unternehmungslustig schaute das Tier sie an.

»Dir wird es dort gefallen. Du darfst so viele Mäuse jagen, wie du willst«, raunte sie ihm zu. Dann stieg sie, ohne sich noch einmal umzublicken, in das Taxi, das mit laufendem Motor auf sie wartete.

Epilog

Ein Jahr später stand sie versonnen lächelnd am Ufer eines kleinen sumpfigen Weihers. Umgeben von sattgrünen Bäumen und Pflanzen genoss Liane einfach nur die Ruhe, die der gerade angebrochene Morgen mit sich brachte. Iadsu neben ihr verstand auch ohne Worte, was sie fühlte.

Plötzlich zeigte er erstaunt auf die Wasseroberfläche. Ein schwarzer Schatten bewegte sich darunter und hielt direkt auf sie zu. Als der Kaiman den Kopf hob und sie aufmerksam betrachtete, stockte Liane der Atem. Sie kannte diese goldgrünen Augen, und sie würde sie niemals vergessen.

»Hoga«, flüsterte sie …

Ende

Hauptpersonen im Buch

Liane Alsfeld
Karsten Alsfeld – ihr Ehemann
Annett Karani – ihre Freundin
Gerhard Reinecke – ihr Vorgesetzter
»Don Mario« Marius Krause – der Besitzer der Mahag-Company in Lima
Lenore – seine Lebensgefährtin
Fernando Alba – sein Mitarbeiter
Antonio – der Butler
Juan Cortez – Vorarbeiter vom Holzfällercamp Dobrejo
Iadsu Makene – Dolmetscher vom Stamm der Quechua, Lianes Assistent
Iarde Makene – Iadsus Vater
Lekri, Kuqua, Moritia, Änne und Walther – Gefangene Seelen
Túpac Yupanqui – König der Inkas und Herrscher von Lucantajo
Hoga – der Ewige Wächter des Berges
Minchantonan – leiblicher Sohn von Minchancaman, dem letzten König der Chimú

Eine Bitte der Autorin

Liebe Leser*innen,

ich habe dieses Buch aus einem persönlichen Herzenswunsch heraus geschrieben. Es handelt neben einer Legende der Chimú, einer Vorkultur der Inka, unter anderem von der rücksichtslosen Zerstörung des Mahagoni-Regenwaldes in Peru. Leider liegen meiner Geschichte sehr reale Fakten zugrunde, wie ich anhand intensiver Recherchen herausfinden konnte.

Die Großhändler Perus liefern seit Jahren immer mehr Mahagoni-Holz an ihre Abnehmer weltweit. Sie exportieren diesen wertvollen Rohstoff auch in die Europäische Union und vor allem nach Deutschland. Die Nachfrage bei den Verbrauchern steigt in ungeahnte Höhen, allen Appellen und umweltschonenden beziehungsweise nachhaltig erzeugten Alternativen zum Trotz.

Die Palette der Nutzung ist breit gefächert, was sowohl an der besonders schönen Maserung und Farbe als auch an der langen Haltbarkeit dieser Holzart liegt. Von Gartenmöbeln über Terrassendielen bis hin zu Wandverkleidungen und Luxusobjekten, wie zum Beispiel Bootskörper für Yachten und hochwertigen Musikinstrumenten, erfreut sich Mahagoni einer großen Beliebtheit.

Ein undurchschaubares System, beginnend mit gefälschten Dokumenten und leider auch zum Teil korrupten Beamten, sorgt dafür, dass die im Regenwald lebenden indigenen Ureinwohner Perus mehr und mehr ihre Existenzgrundlage verlieren. Nahezu täglich werden ganze Siedlungen wider geltendem Recht abgerissen, um die dort wachsenden Bäume zu ernten.

Selbst die partielle Ausweisung als Nationalpark hat an diesen fatalen Umständen nichts geändert. Die Territorialreservate, in denen die Völker weitgehend isoliert von der übrigen Zivilisation leben, werden trotz staatlicher Anweisungen bis heute von illegalen Holzfällern wie auch von goldsuchenden Glücksrittern und Erdölfirmen ausgebeutet, um höchstmöglichen Profit zu erlangen.

Derzeit ist besonders der Stamm der Murunahua davon betroffen, weil die Eindringlinge unter anderem diverse Krankheiten mit sich bringen, denen die Murunahua körperlich nicht gewachsen sind. Laut ernstzunehmenden Berichten der Organisation Survival International starben in den Jahren 1990 bis 2000 schätzungsweise fünfzig Prozent dieses Stammes durch Gewalteinfluss und an den Folgen der eingeschleppten Zivilisationskrankheiten.

Im Regenwalddorf Cuninico, das in meinem Buch als Heimatort von Kuqua und ihrer Tochter Lekri Erwähnung findet, kämpfen die Menschen seit mehreren Jahren um eine angemessene Entschädigung dafür, dass ihr Land von einer defekten Erdölpipeline vergiftet wurde. Bis heute wurde seitens der Verursacher nichts Nennenswertes gegen die Verseuchung des Grundwassers unternommen, geschweige denn ein finanzieller Ausgleich geschaffen.

Angesichts dessen habe ich mich entschlossen, fünf Prozent des Erlöses aus diesem Buch an den WWF zu spenden. Diese weltweit agierende Organisation hat ein Schutzprojekt ins Leben gerufen, das sich vor Ort für den Schutz und die Erhaltung des Lebensraumes der indigenen Stämme Perus einsetzt und mittels schärferer Kontrollen die illegale Abholzung des Mahagoni-Regenwaldes eindämmt.

Ich würde mich sehr freuen, wenn Sie sich mir anschließen, indem Sie dieses Buch kaufen und sich vielleicht sogar selbst mit einer zielgerichteten Spende an dem Projekt beteiligen. Die dazugehörigen Informationen finden Sie hier:

www.wwf.de/spenden-helfen/fuer-ein-projekt-spenden/
schutzgebiete-in-peru

Ich glaube, dass Sie wissen, wie wichtig es ist, sich für die Erhaltung des Regenwaldes auf dem südamerikanischen Kontinent einzusetzen. Er ist nicht nur ein einzigartiges Biotop für die dortige Pflanzen- und Tierwelt, sondern in gleichem Maße eine Lebensgrundlage für die gesamte Erde. Nicht umsonst nennt man ihn auch die »Grüne Lunge«.

Ich danke Ihnen von ganzem Herzen.

Ihre Uta Pfützner

LEGIONARION

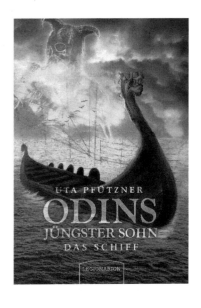

Uta Pfützner
Odins jüngster Sohn
Das Schiff

ISBN: 978-3-96937-023-0

Nordische Mythologie trifft auf Moderne
Der Umzug nach Oslo eröffnet Dominik völlig neue Welten.
Er kommt nicht nur der Möglichkeit näher, Schiffe zu bauen,
sondern zieht auch die Blicke einer jungen Frau auf sich, die ihn
fasziniert. Durch sie lernt er eine Gemeinschaft kennen, die in
ihrer Freizeit ein Leben nach altem Brauch der Wikinger führt.
Sein geheimnisvoller Tutor Asbjörn spielt dort eine große Rolle.
Das kleine Dorf, von seinen Bewohnern Upsala genannt, zieht
Dominik immer tiefer in seinen Bann. Hinter den rituellen Ge-
pflogenheiten scheint mehr zu stecken, als nur die nordische
Tradition. Dominik wird von besonderen Träumen überrascht,
die sich zunehmend verstärken, realer werden und den jungen
Mann verunsichern.
Spielt seine Fantasie verrückt oder bergen die Menschen in Upsala
ein großes Geheimnis?

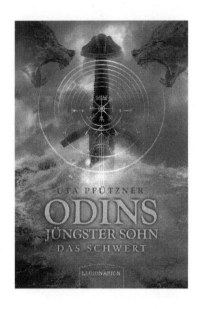

Uta Pfützner
Odins jüngster Sohn
Das Schwert

ISBN: 978-3-96937-068-1

Nachdem sein Vater sich mit einem Brief verabschiedet hat, bleiben letzte Zweifel bei Dominik. Er weiß, dass er seinen Wurzeln nicht entfliehen kann. Er will es auch gar nicht mehr. Dennoch fühlt sich Dominik seltsam verlassen. Seine Verlobte Helke, aber auch Ella, Jörund und die Freunde aus Upsala bleiben treu an seiner Seite. Bis es zu einem von Loki herbeigeführten Zwischenfall kommt, der das fast gemütliche Leben erneut in aufregende Bahnen lenkt und Dominik in Angst und Schrecken versetzt.

Der hinterlistige Gott kann seine erste Niederlage nicht verkraften und nutzt die Gier einer mit allen Wassern gewaschenen Frau. Er trifft damit den jüngsten Sohn Odins dort, wo es ihn am meisten schmerzt. Kann der Allvater das drohende Unheil verhindern?

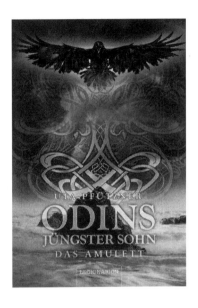

Uta Pfützner
Odins jüngster Sohn
Das Amulett

ISBN: 978-3-96937-078-0

Dominiks Söhne könnten auch Vierlinge sein, so ähnlich sind sie sich. Es sind nicht nur die äußeren Merkmale. Auch charakterlich scheinen Jöran, Ingmar, Erik und Odal eines Sinnes zu sein. Mit ihren Streichen und ihrem unerschütterlichen Zusammenhalt rauben sie sowohl Dominik als auch Helke bisweilen den letzten Nerv. Als Kinder schließen die Jungen einen Pakt, bei dem sie sich schwören, dass niemals etwas zwischen sie kommt. Doch das ändert sich, als Jöran die etwas ältere Rena kennenlernt und durch sie in zwielichtige Kreise gerät. Dominiks Welt gerät endgültig aus den Fugen. Wird seines Vaters Vermächtnis ihm in der Not helfen?

Uta Pfützner
Die Hüterin der Adler

ISBN: 978-3-96937-092-6

Julia lernt in den Sommerferien bei ihrer Babja in Sibirien viel über Natur und Tierwelt. Besonders die Riesenseeadler haben es ihr angetan. Viele Jahre später widmet Julia ihr Leben der Arterhaltung dieser majestätischen Vögel, nicht ahnend, dass sie damit selbst in große Gefahr gerät. Finstere Mächte versuchen, Julia und ihr kleines Refugium zu zerstören. Im Zentrum dieses dunklen Nebels scheint Viktor zu stehen, den Julia von früher kennt.

Als sie einen schwer verletzten Adler findet und in ihre Obhut nimmt, eröffnen sich ihr nie geahnte Geheimnisse, die auch ihre Tochter Erina betreffen.

Sibirien und seine Geheimnisse.
Mit der Hilfe majestätischer Seeadler trotzt Julia jeder Gefahr.

Jasmin Engel
Die Traumreisende
Nachtblüten

ISBN: 978-3-96937-082-7

Gibt es mehr als diese Welt?
Kennst Du das Gefühl, schon einmal gelebt zu haben?
Die 27-jährige Marie begibt sich seit ihrer Kindheit auf Traumreisen. Jahrelang hat sie sich mit ihren luziden Träumen zurückgehalten und sich mit ihrem Verlobten Cirilo ein schönes Leben aufgebaut. Doch nun kann Marie sich dem Sog der Zwischenwelten nicht länger entziehen. Dabei trifft sie nicht nur auf vertraute Personen und lichte Wesen, sondern auch auf bedrohliche Gestalten und düstere Mächte, die sich an ihr stören.
Bald wird ihr jemand aus einer höheren Welt als Schutzengel zugeteilt. Sofort fühlt Marie sich Ion eigenartig verbunden. Sie beide scheinen sich aus einer weit zurückliegenden Zeit und aus mehr als nur einem früheren Leben zu kennen …

M. L. von Burgberg
Ragdim
Das Geheimnis der Wächter

ISBN: 978-3-96937-084-1

Der Namenlose ist zurückgekehrt. Nach einem Jahrzehnt der Ruhe zieht er erneut mordend und brandschatzend durch das Königreich Kilây.

Garven Abalain, der ihm in jungen Jahren den Tod geschworen hat, wird durch seine militärischen Pflichten und ein Verbot der Tempelgemeinschaft gebunden – seine Jagd nach dem Namenlosen scheint aussichtslos.

Der einzige Mann, der die öffentliche Verfolgung veranlassen könnte, stellt Garven vor eine harte Loyalitätsprüfung: Eine junge Frau aus dem Randbezirk als Mätresse gefügig zu machen oder ihre Eltern zu ermorden.

Monika Loerchner
Der Zorn des Schattenkönigs

ISBN: 978-3-96937-076-6

Gottesland: in dem der Wachsame Gott den Menschen das Ewige Leben verspricht – solange sie seine Gesetze befolgen.
Freiland: in dem die Magie den Menschen alles gibt, was sie begehren – solange sie bereit sind, ihre Schatten zu ertragen.
Ein Mann, der über die Mauer zwischen den Ländern herrscht: der Schattenkönig.
Im magiereichen Norden sinnt Arabella auf Rache an dem Peiniger ihrer Schwester. Im Süden führt der Händler David eine Schriftrolle mit sich, die das Leben der Menschen auf beiden Seiten der Mauer für immer verändern wird. Wie auch der Schattenkönig, sein Stellvertreter Hunter und die mysteriöse Kämpferin Nicole werden sie vom Schicksal auf die Probe gestellt – und nicht jeder wird sie bestehen.